Billys Mutter ist tot. Und auch wenn er jeden Tag in der Skandalpresse liest, dass es schlimmere Arten gibt, zu sterben, ist es für den Neunzehnjährigen und seinen kleinen Halbbruder Oscar das Tragischste, was jemals passieren konnte, dass ihre Mutter bei einem Überfall ums Leben kam. Jetzt ist Billy gleichzeitig Mum und Dad für Oscar, egal was seine Tante, die Lehrer und das Jugendamt sagen. Ihr neues Leben ist chaotisch und spaßig und voller Liebe. Doch Billy wird die Gedanken an den Mörder seiner Mutter nicht los und fühlt sich nicht nur von jeder düsteren Gestalt bedroht, sondern auch von Oscars leiblichem Vater, der vehement das Sorgerecht einfordert. *Wir kommen schon klar* ist eine lakonisch erzählte, herzzerreißende Geschichte vom frühen Erwachsenwerden und vom Zusammenhalt einer kleinen Familie.

Stephen Mays erster Roman *Tag* kam bei einem kleinen walisischen Verlag heraus und gewann den Preis für das beste walisische Buch 2009 – obwohl der Autor überhaupt kein Waliser ist. Er hat Kreatives Schreiben unterrichtet und fürs Theater und Fernsehen geschrieben. Stephen May lebt in Yorkshire.

www.sdmay.com

Stephen May

Wir kommen schon klar

Roman

Aus dem Englischen von
Nicolai von Schweder-Schreiner

bloomsbury taschenbuch

MIX
Papier aus verantwortungsvollen Quellen
FSC® C083411
FSC
www.fsc.org

August 2012
Die Originalausgabe erschien 2012 unter dem Titel
Life! Death! Prizes!
bei Bloomsbury Publishing, London

Umschlaggestaltung: Rothfos & Gabler, Hamburg,
unter Verwendung eines Bildes von © plainpicture
Satz: hanseatenSatz-bremen, Bremen
Druck und Bindung: CPI – Clausen & Bosse, Leck
Printed in Germany

ISBN 978-3-8333-0835-2

1

Mums Begräbnis findet im Millennium Crematorium statt, einem hellen Backsteinkasten im Schatten des Indoorspielplatzes am Rande der Stadt. Es sieht aus wie eine Autobahnraststätte. Drei Hilfsarbeiter in Signaljacken stehen rauchend im kalten Regen und warten darauf, dass sie das Loch mit Erde auffüllen dürfen. Ein paar Meter weiter steht ein großer, spindeldürrer Mann, mit einem Gesicht, bei dem ihm gar nichts anderes übrig blieb, als Leichenbestatter zu werden. Außerdem Großtanten, Nachbarn, ein paar junge Büromäuse, enge Anzüge, Hüte und zwei Arten von Gesichtern. Die zerfließenden und die leeren.

Auch Dean Hessenthaler ist da, Oscars Vater, der ziemlich massig wirkt in seinem dicken teuren Mafia-Mantel und grimmig aus seinem fleischigen Gesicht schaut, während er so tut, als sähe er sich die Blumen an, die sich um uns herum stapeln. Mann, hat der sich gehen lassen.

Und dann Reverend Luke Newell, der Pfarrer, der mit den Händen ringt wie ein Kinderschänder. Er sieht ungefähr so alt aus wie ich, müsste aber älter sein. Das ist bestimmt sein größter Auftritt bisher, wahrscheinlich ist er tierisch nervös. Sieht aus, als würde er sich jeden Moment in die Hose machen.

Und dann ist da noch Oscar, feierlich und still, ein sechsjähriger Kennedy in Anzug und schmaler schwarzer Krawatte. Er sieht cool aus, als würde er in einer Band spielen. Und jedes Mal, wenn ein Blick auf ihn fällt, bleibt kein Auge trocken. Feuchte Taschentücher werden gezückt. Oscar braucht die Leute nur anzusehen, und schon brechen sie in Tränen aus. Dann zerfließen auch die leeren Gesichter.

Immun dagegen ist offenbar nur Dean. Als er Oscar sieht, murmelt er: »Alles klar, Kleiner?« Und als Oscar nicht reagiert, nickt er nur, als wäre das genau die Antwort, auf die er gewartet hat. Oscar scheint ihn gar nicht wahrzunehmen.

Rote Augen, rote Nasen. Alles schnieft und flüstert. Sogar die Journalisten, sogar die Polizei. Bleiche Gesichter, schwarze Klamotten. Alles ist rot, weiß und schwarz. Hakenkreuzfarben. Die Farben des Todes. Das hier ist kein Lasst-uns-das-Leben-feiern-Begräbnis oder so ein Quatsch. Hier trägt niemand Partykleider. Oder Papierhüte. Oder Hawaiihemden. Oder Fußballtrikots oder Teddybären. Und es gibt auch keine Gimmicks, wie man sie auf Beerdigungen heutzutage manchmal bekommt.

Man muss nur die entsprechenden Magazine durchblättern, und schon stößt man auf Jungs, die im Auswärtstrikot der Queens Park Rangers beerdigt werden, oder Mädchen, die im Tutu in die Unterwelt hinabsteigen. Oder einen alten Mann, der seine Golfschläger, seine Autoschlüssel oder seine Northern-Soul-Platten mit ins Grab nimmt. Eine Art Sozialwohnungs-Pharao, der einem sagt: Das letzte Hemd hat doch noch Taschen.

Hier nicht.

»Komm, Billy, gehen wir.« Oscar flüstert, aber mit fester Stimme wie ein General, der seine Truppen anführt. Oder besser gesagt wie ein Schauspieler, der die anderen Schauspieler anleitet. Wie jemand, der weiß, was er zu tun hat. Er strafft die Schultern und macht sich gerade. Ein schmaler Meter destillierten Heldentums. Er zerrt an meiner Hand, energisch und erstaunlich kräftig für so ein Strichmännchen. Ich folge ihm und habe das Gefühl, dass mein Gesicht auch gleich zerfließt, als wäre ich eine von diesen blöden Büromäusen. Fuck! Bitte nicht. Ich gehe in die Hocke, halte ihn an den Schultern, schaue ihm in die Augen und sage: »Okay, Mann, bringen wir es hinter uns.« Dann stehe ich auf, und schon sind wir drinnen.

Jeden Tag höre ich Geschichten, die noch trauriger und idiotischer sind als unsere. Zum Beispiel heute Morgen. Heute Morgen las ich von einem Kleinkind aus Inverness, das auf eine Vase fiel und starb. Russell Poulter spielte gerade mit seinem Lieblingsspielzeug, stolperte, warf die Vase um, fiel in die Scherben und schnitt sich den Hals auf. Alles vor den Augen seiner Mutter, einer Krankenschwester, die wahrscheinlich genau wusste, was mit ihrem Kleinen passierte, aber nichts dagegen tun konnte. Eben ist sie noch am Abwaschen und hört den Kleinen spielen und im nächsten Moment hält sie seinen Kopf im Schoß und muss mit ansehen, wie das Leben aus ihm sickert. Das ist viel trauriger als unsere Geschichte. Und idiotisch, denn was bitte gibt es Harmloseres als eine Vase?

Mrs Poulter mochte die Vase nicht mal. Sie war

billig und kitschig, ein Geschenk ihrer Schwiegermutter, die auch sonst keinen Geschmack hatte. Sie hatte sie eigentlich auf dem Flohmarkt verkaufen wollen.

Traurig. Idiotisch.

Ich lese diese Zeitschriften inzwischen alle. *Chat, Bella, Best, Take a Break, Love It, Reveal, Pick Me Up* – und noch ein paar mehr. Große Dramen des echten Lebens. Die Blätter, auf denen in knalliger Schnörkelschrift *Leben! Tod! Kreuzworträtsel!* unter dem Titel steht. In denen es um die Russell Poulters dieser Welt geht. Das wirkt. Es hilft mir. Ich hab dann das Gefühl, dass ich noch Glück gehabt habe.

Ich habe Glück gehabt, weil ich noch am Leben bin und Oscar auch und wir ein Haus haben und genug Geld, um einmal die Woche zu Morrisons zu gehen und uns Smacks zu kaufen.

Okay, Oscar. Bringen wir es hinter uns. Beerdigen wir unsere blöde Mutter, die Frau, die es für nötig hielt, sich auf einem Parkplatz mit einem dahergelaufenen Niemand einen Kampf auf Leben und Tod zu liefern.

Von außen sieht die Kapelle wirklich aus wie eine Raststätte und innen drin eigentlich auch. Dieses Gebäude könnte alles sein: eine moderne Pfarrkirche, ein Museum, ein Supermarkt, eine Schule oder ein Gefängnis.

Der Gottesdienst selbst ist eher retro. Gedichte. Hymnen. Psalmen. Tante Toni, Mums Schwester, hat alles organisiert, und ich kann nicht behaupten, dass ich es anders gemacht hätte, aber das heißt nicht, dass es richtig so ist. Ist es nämlich nicht. Es ist alles total verkehrt. Reverend Luke erzählt aus Mums Leben, all das, worum wir – Toni und ich – ihn gebeten haben, aber aus seinem Mund klingt es irgendwie so klein und unbedeutend. Nach einer ganz gewöhnlichen Büromaus. Jemand, den man ruft, damit er einem die Ablage sortiert oder die Weihnachtsfeier organisiert. Es sind alles nur Worte. Nicht mal Worte. Töne. Ein einziges Geblubber. Er erwähnt auch nicht, wie sie gestorben ist. Dieses lächerliche Pausenhofgerangel, ein albernes Gezerre. Wahrscheinlich gar keine schlechte Entscheidung: Es ist wirklich eine extrem peinliche Art zu sterben, warum sollte man groß darüber reden? Und Rev. Luke spricht auch nicht darüber, wer uns alle hier zusammengebracht hat. Nämlich Aidan Jebb.

Das einzig Moderne ist eine PowerPoint-Präsentation mit Fotos aus Mums Leben, untermalt von Vaughn Williams' *Lark Ascending*. Und auf jedem Bild guckt Mum mit aufgerissenen Augen und breitem, übertrieben optimistischem Grinsen in die Kamera. Vom glucksenden Baby 1969 zur Hochglanz-Managerin bei den Southwood Enterprise Awards 2009, jedes Mal scheint sie »Juhu! Smiley!« zu rufen. Wenn man die ganzen Fotos so sieht, könnte man sie glatt für verrückt halten. Ich frage mich, ob sie nicht tatsächlich irgendwie gestört war.

Hätte Mum so eine Beerdigung gewollt? Wahrscheinlich nicht. Immerhin war sie Eventmanagerin, sie hätte ein Riesending daraus gemacht. Wenn Mum etwas organisierte, dann richtig. Der Tod als

Event. Es wäre ein Spektakel geworden, etwas, worüber geredet wird, woran man sich später erinnert – ich kann mir gut vorstellen, wie sie zu ›Gimme! Gimme! Gimme! A Man After Midnight‹ in die Kapelle kommt. Oder ›Going Underground‹. Irgendwas Skandalöses jedenfalls.

Und bestimmt hätte es auch nicht hier, in dieser Raststätten-Kapelle, stattgefunden. Es wäre eine exklusive, sorgfältig ausgewählte Location gewesen. Wo man nicht so leicht hinkommt, im Nachhinein aber die Mühe wert. Der hipste, angesagteste Totenacker der Stadt. Friedhof mit Aussicht.

Aber Beerdigungen sind ja nicht für die Toten da. Den Toten ist das scheißegal. Nein, Beerdigungen sind einzig und allein für die Lebenden. Und diese hier ist ganz traditionell und funktional, für diejenigen unter uns, die einfach funktionieren wollen, in traditionell englischer Manier. Die einen Fuß vor den anderen setzen, bis alles überstanden ist.

Nicht alle Lebenden wissen das zu schätzen. Mein Vater ist nicht hier (eine kurze SMS: *Denk an dich, Kumpel.* Kumpel? Er ist nicht mein Kumpel. Er ist mein Vater. Das sollte er sich mal wieder ins Gedächtnis rufen. Und seine Textvorlagen kann er sich auch sparen), aber im Großen und Ganzen ist es ein Erfolg. Und der Erfolg misst sich hier an der Lautstärke der Schluchzer in der Kirche, der Anzahl der knochenzermalmenden Händedrücke, die ich später in der Oaks Avenue bekomme – und der Menge an Billig-Alk, der beim Leichenschmaus fließt.

Man muss nicht tot sein, um ein Geist zu sein.

Wenn man sich so umschaut, sieht man genug Leute, die wie Geister durch ihr Leben irren. Vielleicht geht das den meisten so. Seufzend und stöhnend ziehen sie durch die Straßen, durch die Shops und durch den Jahresurlaub. Schimpfen über ihr Leben, voll beladen mit irgendwelchem Zeug. In Fesseln und Ketten. Gefangen in Jobs und Häusern. Steuervergünstigungen. Mieten und Hypotheken, Elternabenden und Städtereisen.

Dabei gibt es Schlimmeres, als ein Geist zu sein. Ein gefährlicher Zombie zum Beispiel, der in einer Endlosschleife zwischen Dealer, Polizeiwache, Sozialarbeiter, Wohnheim und Straße steckt. So sieht es nämlich aus in unserem Land: Geister und Zombies, wo man hinschaut.

Aidan Jebb wog bei seiner Geburt weniger als zwei Pfund. Er kam sechs Wochen zu früh. Nur einer der beiden Zwillinge überlebte. Aidan war der vier Minuten jüngere, und während Callum Jebb nur einmal kurz hustete und starb, ohne einen Schrei von sich gegeben oder auch nur die Hände geöffnet zu haben, folgte ihm Aidan brüllend und kämpfend, indem er den Schwächeren zur Seite stieß. Und nach einem Leben griff, das nicht gerade auf ihn gewartet hatte.

Aidan war so groß wie die Hand seines Vaters, ein Wunderbaby, in ein Haus geboren, in dem es keine Teppiche gab, aber einen Breitbildfernseher und *Sky Sports*. Als er nach sechs Monaten endlich aus dem Krankenhaus kam, erschien ein Bild von ihm in der *Gazette*. Triumphierend trug man ihn ins Haus, das inzwischen durch Spenden diverser Wohltäter komplett eingerichtet war. Aidan – benannt nach seinem Großvater väterlicherseits, einem legendären Spielsüchtigen – hatte ihnen Glück gebracht, und die Willkommensfeier dauerte mehrere Tage lang. Allen fiel auf, wie still und wie brav Aidan war. Und Rosie, seine Mutter – selbst noch ein Kind –, lachte jedes Mal und meinte, wie komisch das sei, weil sie doch so laut war. Seien wir ehrlich, sie war ein Partygirl, für alles zu haben, und er guckte einfach nur und sabberte ein bisschen, wenn er rumgereicht und geknufft und gestupst wurde und die verschwitzten Gesichter vor ihm auf- und abtauchten. Nein, echt, Aidan musste man nur eine Flasche geben, und schon war er glücklich.

»Da unterscheidet er sich ja nicht groß von dir, Rosie«, meinte irgendein Klugscheißer.

Bald schon war er das einzige männliche Wesen in einem reinen Mädchenhaushalt. Ab und zu waren zwar Männer da, aber nur zu Besuch. Sie kamen und gingen, und so war es auch allen am liebsten. Aidan gluckste und lächelte jedes Mal, wenn einer der dürren Kerle hereinschwankte. Er kicherte, wenn sie fluchend versuchten, den Kinderwagen zusammenzuklappen. Er klatschte in seine kleinen Hände, wenn sie ihn nach oben in sein kaltes Zimmer trugen, wo es nach Apfel roch und ihn das beruhigende Flimmern von Dads einzigem Vermächtnis erwartete, das Rauschen von *Cartoon Network* in der Ecke.

Morgens gab es dann meistens Gepolter und Geschrei, aber Aidan lag sicher in seinem Gitterbett, bis sie ihn holen kamen. Es war nie wegen ihm. Mit ihm hatte das nichts zu tun. Diese morgendlichen Gewitter entsprachen nun mal dem Klima zu Hause, die Männer brachten sie mit, und mit ihnen verzogen sie sich auch wieder, mit einem letzten Windstoß und einem Knall. Dann gab es nur noch Rosie und ihn, und seine Oma, und Rosies Freundinnen, und die Geschäfte, und die warme Musik der Kneipen, in die man Kinder mitnehmen durfte. Bis der nächste Unruhestifter vor der Tür stand, dicke Ringe an den Fingern und ein breites Lachen auf den Lippen. Bis der nächste Kerl antanzte, mit ein paar Scheinen in der Tasche, frisch frisiertem Haar und dem sicheren Gespür dafür, wann es Zeit für die Drinks war.

Nach der Beerdigung scheint es unter den Gästen eine stillschweigende Abmachung zu geben, dass man sich von jetzt an gehen lassen kann. Die aufgebrezelte Elternvertreterin, die Mum vor dem Schultor kennengelernt hat, der entfernte Onkel mit Helmfrisur, der Marketingcrack mit den teuren Schuhen, der Familienbetreuer von der Polizei, oder auch mein Freund Alfie, der seinen Eyeliner auf die Farbe seines Vorstellungsgesprächs-Anzugs abstimmt, ob Büromäuse oder Mr und Mrs Khan von nebenan, irgendwie scheint es beschlossene Sache: Ab jetzt darf jeder durchdrehen.

Ich verteile ein paar Chips und Ähnliches und versuche dann, mich zu verkriechen. Ich bin hier nicht der Gastgeber. Das kann ich nicht. Wenn überhaupt, dann sind es Mums Schwester Toni und ihr Freund Frankie.

Tante Antonia ist der pure Sonnenschein. Jeder hat sie gern: Sie ist wie Mum, nur alles eine Nummer größer. Ihre Frisur, ihr Lachen. Sie nimmt generell viel Raum ein. Komisch, oder? Wie dieselben Gene so unterschiedliche Ergebnisse hervorbringen können. Antonia hat das gleiche Gesicht wie ihre Schwester, aber irgendwie falsch zusammengesetzt. Als hätte ein ambitionierter Hobbykünstler versucht, Mums Gesicht aus dem Gedächtnis zu malen.

Angeblich hieß es in der Familie immer, Mum sei die Hübsche und Toni die Schlaue. Immerhin war es ja auch Toni, die nach Oxford ging. Später änderte sich das, als Mum sich einen Namen als *die* Ansprechpartnerin für perfekt organisierte Business-Events machte. Und dann fing sie an, richtig Geld damit zu machen und sich einen Kundenstamm aufzubauen, zu dem ein Großteil des FTSE 100 und dazu noch sämtliche hippen Internetfirmen zählten. Während Antonia mittlerweile Naturwissenschaften an einer Mädchenschule unterrichtete. Sicherlich eine respektable, schöne und anständig bezahlte Tätigkeit, aber nicht das, was man von ihr erwartet hatte. Toni störte das nicht. Neben allem anderen hatte sie auch ein großes Herz.

Und jetzt hat sie ein paar Gläser Wein intus, hat rote Wangen und redet laut und wirkt größer denn je.

Frankie, ihr Lebensgefährte – der sie weder heiraten noch Kinder mit ihr haben will –, fühlt sich pudelwohl. Frankie ist ein Idiot, aber hier ist er ganz in seinem Element. Er ist so etwas wie ein Verkäufer, und sein Charme kommt daher, dass er immer in Pubs rumhängt. Mit ihm kann man sich immer über irgendwas unterhalten. Über Fußball, Nachrichten, Fernsehen, Geld, technische Geräte, Autos, Krankheiten, das, worüber die Leute eben gern reden. Und er kann Witze erzählen. Frankie läuft von einem Grüppchen zum anderen, schenkt nach und bietet Blätterteigpasteten an und zieht insgesamt die große Jovialitätsnummer ab. Wenigstens hat sich Hessenthaler aus dem Staub gemacht.

Ich war bisher erst auf zwei Beerdigungen, der von Oma Ann, Mums Mutter, letztes Jahr, wo ich den Leichenschmaus geschwänzt habe und mit Alfie kiffen war – und von der ich, glaube ich, kein Trauma davongetragen habe –, und der von meiner Oma väterlicherseits, die ich vorher nur ein einziges Mal gesehen hatte. Damals war ich erst neun, aber soweit ich mich erinnere, empfand ich es als viel zu hormongesteuert. Die ganze Aufregung ging mir total auf die Nerven. Ich wollte so schnell wie möglich nach Hause. Wie die Erwachsenen da plötzlich alle zusammenbrachen. Das Gefühl, dass ihr Kummer explodieren könnte und innen ganz feucht, rot und schleimig war, wie in einem Horrorfilm.

Ich erzähle wahrscheinlich nichts Neues, aber der Tod ist eine Droge, und keine besonders sinnvolle. Er ist vulgär. Und schmutzig. Vor allem, wenn er zu früh kommt. Dann schütten wir Alkohol oben drauf, zünden die Lunte an und entfernen uns unauffällig. Nur, dass das manchmal gar nicht so einfach ist. In arabischen Kulturen geht man besser damit um, finde ich. Die Toten kommen innerhalb von vierundzwanzig Stunden unter die Erde, es wird so theatralisch wie möglich am Grab geweint, und es gibt – selbstverständlich – keinen Alkohol als Beschleuniger.

Diese Beerdigung läuft aus dem Ruder.

Gealterte Großtanten, die schwitzend gestikulieren und von Kopf bis Fuß in Armani gekleideten jungen Männern zu nahe kommen. Büromäuse, die schnurrend einen Buckel machen und aussehen wie rollige Katzen. Elternvertretermütter, die sich mit ihren Männern darüber in die Haare kriegen, wer eigentlich fahren wollte. Dickbäuchige Polizisten mittleren Alters, die sich über Fußball streiten. Ein fünfzigjähriger Liverpool-Fan brüllt einen verdutzten Jungen an: »Und wie geht die Hymne? Kennst du überhaupt eure blöde Hymne?«, weil er den Fehler begangen hat, zu sagen, dass er Man-U-Fan ist. Eine vermeintliche Lesbe mit Igelfrisur und John-Lennon-Brille erklärt einer üppigen Blondine im kleinen Schwarzen, das, offen gesagt, etwas zu klein ist bei ihrem Körperbau, den Bergarbeiterstreik. Was sie sagt, klingt politisch, soziologisch und historisch korrekt und alles, aber es ist ganz offensichtlich, dass sie damit nur von ihren Blicken ablenken will, die immer wieder in den verführerischen Ausschnitt der Blondine wandern, in der ich inzwischen übrigens die Besitzerin des Copyshops um die Ecke erkenne. Fräulein Copyshop lächelt müde. Den Tod haben wir am Nachmittag abgehakt, und heute Abend gehört die Bühne langsam wieder dem Leben – oder zumindest dem Sex.

Toni sitzt im Wohnzimmer auf dem Sofa und beobachtet Oscar, der offensichtlich nichts von dem Lärm um ihn herum mitbekommt und in aller Ruhe mit ein paar Ritterfiguren spielt. Frankie hat seinen breitesten irischen Akzent aufgesetzt, der extrem unecht klingt und auf den die Damenwelt immer so abfährt – und erzählt einer kleinen Gruppe faszinierter Büromäuse lustige Geschichten vom Leben auf einem Bauernhof in Wexford. Gewissenhafte, professionelle junge Damen, die es ganz sicher nicht gewöhnt sind, nachmittags zu trinken.

Kein Wort davon ist wahr. Ich weiß nicht viel über Frankie, er ist mir im Grunde egal – aber ich weiß, dass er Wexford und überhaupt Irland gehasst hat. Noch heute rührt er keine Kartoffeln an. Nicht mal Pommes. Er konnte es kaum erwarten, dort wegzukommen. Frankie ist Mitte der Achtziger mit einem Abschluss in Rechnungswesen in London gelandet und hat Unmengen von Geld gemacht, indem er erstklassig gelegene Grundstücke an Araber und irgendwelche Wichser aus der Musikbranche verkauft hat.

Die Begleiter der jungen Damen stehen mit finsterem Blick daneben und warten darauf, dass der alte Ire endlich den Mund hält und sie ihre Anekdoten aus dem Skiurlaub loswerden oder tolle Tipps austauschen können, wie man am besten von irgendwo nach irgendwo kommt.

Meine Schultern verspannen sich. Das Ganze fängt an, mich anzuwidern. Mit ihrem Partylächeln sieht

Toni aus wie ein Furcht einflößendes, unersättliches Tier. Mit einem Lipgloss-Maul. Ich habe das Gefühl, als könnte sie mich jeden Moment beißen, zermalmen und herunterschlucken.

Ich weiß, dass das alles ganz natürlich ist. Ich weiß, dass es normal ist, aber andererseits ist es auch widerwärtig, wenn etwas so natürlich und normal ist. Normal und natürlich bedeutet nicht, dass etwas gut ist.

Meine Mutter ist tot.

Ich will es rausbrüllen, wie ein kleines Kind. Wie Oscar es aus irgendwelchen Gründen nicht tut. Ich will all diese Leute hier zum Schweigen bringen. Nur für einen Moment, sie sollen der Wahrheit ins Auge sehen, vor der sie sich die ganze Zeit verstecken. Meine Mutter ist tot. Meine Mutter ist tot.

Ein paar neugierige Gesichter drehen sich nach mir um, Frankie hält mitten in seinem Geschwätz inne, und ich erschrecke kurz und frage mich, ob ich womöglich tatsächlich gebrüllt habe. Aber wahrscheinlich ist es nur meine angespannte Körperhaltung, die Fight-or-Flight-Reaktion, die meine Fantasie beflügelt, also strecke ich mich ein bisschen und entspanne mich.

Toni kommt auf mich zu. »Wir müssen ein paar Dinge besprechen, Billy.«

»Doch nicht jetzt, Toni.«

»Wann dann, Billy?«

Ich zucke mit den Schultern. Sie seufzt. Dauernd seufzen die Leute um mich herum. Das geht mir offen gesagt auf die Eier.

Sie versucht es noch mal. »Hast jedenfalls alles

schön aufgeräumt. Sieht richtig ordentlich aus hier.« Ich zucke wieder mit den Schultern. Das war nicht schwer. Ein Blick in die Gelben Seiten und ein Griff zum Telefon. Sogar ich schaffe es, bei einer Reinigungsfirma anzurufen.

»Sauber und aufgeräumt lässt sich das Haus besser verkaufen.«

Neben meinem Fuß bewegt sich etwas. Oscar hat sich neben uns fallen lassen, die Ritter tragen ihre Kämpfe jetzt zwischen unseren Beinen aus.

»Ehrlich, Toni. Nicht jetzt.«

Toni und ich ein paar Tage zuvor beim Rechtsanwalt. Mr Waddington sieht müde und zerknautscht aus in seinem alten Kammgarnanzug, er erklärt uns, wie chaotisch es um Mums Angelegenheiten steht.

»Das Testament ist zehn Jahre alt«, sagt er. »Und stammt damit ganz klar aus der Zeit, bevor Ms Smiths zweites Kind geboren wurde, äh«, er sortiert seine Unterlagen, »Oscar.« Pause. »Und, äh, bevor Ms Smith eine Immobilie besaß. Und natürlich ist, äh, Billys Volljährigkeit nicht berücksichtigt. Ebenso wenig wie das bedauerliche Ableben von Ms Smiths Mutter.« Er nickt mir zu. »Sehr bedauerlich. Und eine Lehre, wie wichtig es ist, seine Angelegenheiten in Ordnung zu halten.«

Mr Waddington fährt sich mit der Hand über das schüttere Haar. Streicht die langen, quer über den Kopf gekämmten Strähnen glatt. Wir sagen nichts. Was gibt es da auch zu sagen?

Im Wesentlichen geht es in diesem uralten Testament darum, dass Oscar und ich der Obhut unser Oma Ann, Mums Mutter, übergeben werden sollen, die auch mit Mums Sachen anstellen darf, was sie will. Damals hatte Mum natürlich keine richtigen Sachen, aber jetzt gibt es das Haus, den Subaru – Sooby-Doo, wie Oscar und ich ihn getauft haben –, und Oma Ann ist tot. Was bedeutet, dass das Haus zwischen Oscar, Toni und mir aufgeteilt werden muss, wobei Oscars Vormund – »Wer immer das sein mag«, bemerkt Mr Waddington vorsichtig – bis zu seinem achtzehnten Lebensjahr seinen Anteil verwaltet.

Und dann kommt er zu Mums Verbindlichkeiten, die aus ein paar überzogenen Kreditkarten bestehen. Nicht weiter von Bedeutung, wenn man als gefragte Eventmanagerin 60.000 Pfund jährlich kassiert, aber problematisch, wenn man kein Geld mehr verdient, weil man so leichtsinnig war, sich umlegen zu lassen, als man sein beschissenes Netbook gegen einen zerlumpten Junkie verteidigt hat, der sich für einen Zehner einen Schuss setzen wollte.

Insgesamt schuldet Mum Mr HSBC und Mr American Express um die 30.000 Pfund, und ihnen zu erzählen, sie sollen uns am Arsch lecken, kommt ganz offensichtlich nicht infrage. Jedenfalls wäre es, wie Mr Waddington es formuliert, »nur eine kurzfristige Option.«

Alles verschwimmt. Ich mische mich unter die Leute. Wahrscheinlich lächle, lache, nicke und nuschele ich irgendetwas, während die Leute auf mich zu und wieder weg driften, aber ich kann mich nicht daran erinnern. Alfie kommt mir betrunken entgegen und wird auf einmal total ernst, aber ich glaube, ich gehe gar nicht darauf ein und lächle, nicke, lache und nuschele nur. Jedenfalls höre ich ihm nicht zu. Das Leben ist, wie ich gerade erst erfahren durfte, scheißkurz.

Das Haus erscheint mir allmählich zu klein. Um zu beweisen, dass sie noch leben, sind die abgetakelten Tanten kurz davor, über die Anzugträger herzufallen. Kommt mir zumindest so vor. Irgendwas läuft da auf jeden Fall. Möglicherweise übertreibe ich das auch mit dem Sex, der angeblich in der Luft liegt, aber das glaube ich nicht. Als ich in den Garten stolpere, hat Mr Khan – der schüchterne Mr Khan, der mir jedes Mal, wenn wir uns begegnen, einen »sehr schönen Tag, junger Mann« wünscht –, hat Mr Khan seinen Ärmel hochgekrempelt und lässt sich von einer der Elternvertretermütter den Bizeps befühlen.

Weiß der Himmel, wie es auf Beerdigungen von Kleinkindern zugeht. Das muss das totale Chaos sein.

Ich muss pissen und renne aufs Klo. Irgendjemand kotzt gerade da rein, und vor der Tür steht eine gackernde alte Schachtel und regt sich auf. Reverend Luke Newell. Na klar. Wer sonst. Dann gehe ich eben in den Garten. Oscar kommt. »Hey, Bruderherz«, sage ich. Er nickt.

Wir gehen zusammen durch den Flur. Die Lesbe ist immer noch mit der Blondine zugange. Als wir an ihnen vorbeikommen, stürzt sich Ms Copyshop auf Oscar und hält ihn fest umklammert. Die Lesbe blinzelt nervös durch ihre Brille. Das ist etwas, an das

Oscar und ich uns noch gewöhnen müssen, dieses ewige Umarmen. Das ständige Gedrücke und Betatsche. Ich frage mich, was all diese mittelalten Brüste für einen Einfluss auf Oscars Entwicklung haben werden. Immerhin ist er inzwischen sechs. Ein prägendes Alter. Was passiert, wenn das irgendwann aufhört? Wird er sein ganzes Leben lang hinter Frauen in den Wechseljahren mit riesigen Möpsen her sein und sich nach jener kurzen Zeit zurücksehnen, als er ständig von wohlduftendem, üppigem weiblichem Fleisch umgeben war?

Mum, was soll bloß aus uns werden?

Oscar reißt sich endlich los und sprintet durch die Tür in den Garten.

»Warte mal, Großer«, sage ich. Als wir beide im Garten sind, bleibt er stehen und sieht mich an. Er hat etwas auf dem Herzen.

»Tante Tonia will, dass wir bei ihr wohnen, oder?«

»Kann sein, ja«, sage ich.

»Ich mag sie auch, aber …«, fängt er an.

»Aber …?«

»Billy«, sagt er und sieht mich ernst an. »Können wir hierbleiben? Mum ist hier. Mum wird immer hier sein.«

»Aber natürlich«, antworte ich. Und das meine ich auch so. Aber mir ist nicht wohl dabei. Vielleicht war das gelogen. Ich beschließe, mir keine Sorgen deswegen zu machen. Schließlich lügen sich alle anderen um mich herum noch viel mehr vor. Dauernd denken sie sich etwas Neues aus, um sich gegenseitig weiszumachen, sie würden ewig leben. Wäre diese

Party eine Szene in einem ausländischen Film, dann stünde in den Untertiteln: *Andere Menschen sterben, sicher, aber wir hier, wir sind unsterblich.*

Genau das soll es bedeuten, das Gelächter, das jetzt ausbricht. Die Tränen, die Auseinandersetzungen, die verzweifelten Geschichten. Alles eine Riesenlüge. Andere Menschen sterben. Wir nicht. Wir stehen hier bis in alle Ewigkeit und lachen uns gegenseitig über unsere Geschichten tot. LOL.

Es nieselt die ganze Zeit, und wir sind schon klitschnass, aber ich halte es da drinnen nicht aus, ich kann diese vor Trauer und Schweiß triefenden Menschen nicht ertragen.

»He, Oscar«, sage ich. »Sollen wir uns im Schuppen verstecken?«

»Au ja!«, erwidert er.

Ich glaube nicht, dass Mum je im Schuppen war. Sie hat einfach das ganze Gartenzeug da reingeschmissen, und hin und wieder kam Mr Khan und hat den Rasenmäher rausgeholt. Ob Mr Khan in Mum verliebt war? Vielleicht. Aber vielleicht hat er auch einfach nicht ertragen, wie wild und unbändig sie war, was sich deutlich in unserem Garten widerspiegelte. Vielleicht hat er versucht, sie zu bändigen, indem er alle sechs Wochen unseren Rasen gemäht hat. Kann natürlich auch sein, dass es beides war.

Aus irgendeinem Instinkt heraus muss ich einen Blick durch das spinnwebenverklebte Fenster hineinwerfen.

Nur schemenhaft, aber unverwechselbar erkenne

ich Dean Hessenthaler. Die Hose in den Knien, die überraschend dünnen Beine seltsam gekrümmt, vollführt er den ältesten Tanz der Welt. Dean Hessenthaler ist dabei, in unserem Schuppen jemanden von hinten zu nehmen.

Ich kann nicht schnell genug denken, um etwas zu unternehmen, also sehe ich regungslos zu, wie Hessenthaler seinen animalischen Trieben nachgeht. Ich kann einfach den Blick nicht abwenden.

Eine der Aufgaben, die Dean Hessenthaler sich stellte, als er Mums Macker wurde – bevor Oscar zur Welt kam –, bestand darin, mir Dinge beizubringen, die er bei einem Jungen für unverzichtbar hielt. Dauernd zeigte er mir irgendwelche toten Tiere und ließ mich einen zermanschten Himbeerfleck begutachten, der früher mal ein Igel oder ein Hase gewesen war. Einmal präsentierte er mir die unversehrten Kadaver von fünf Blaumeisenkindern, deren Nest vom Baum geweht worden war. Sie lagen ordentlich aufgereiht nebeneinander.

»Wie Goebbels' Kinder«, sagte Dean.

Und dann erzählte er mir die Geschichte, wie Frau Goebbels in einem Bunker ihre sechs Kinder vergiftete, damit sie nicht den Russen in die Hände fielen. Eine Weile sah es so aus, als bestünde Dean Hessenthalers Mission darin, mir Albträume einzujagen. Offenbar war die Mission noch nicht abgeschlossen.

Oscar ahnt, dass irgendwas los ist.

»Lass mich mal, Billy. Lass mich mal gucken.« Das müssen die beiden da drin gehört haben, denn jetzt springen sie auseinander, und man sieht undeutlich, wie sie an ihren Klamotten herumnesteln, Knöpfe zumachen und Reißverschlüsse hochziehen. Und dann bekomme ich kurz ihr Gesicht zu sehen. Niemand, den ich kenne. Irgendeine von den Büromäusen.

»Da sind Leute drin, Oscar«, sage ich. »Die haben sich geküsst.«

»Igitt«, erwidert er und verzieht das Gesicht.

»Igitt«, stimme ich ihm zu und verziehe ebenfalls das Gesicht.

Oscar hält mir die Hand hin, ich nehme sie, und wir drehen uns um. Er bleibt stehen.

»War das mein Dad?«, fragt er. Was wieder mal beweist, dass die wahrhaft Unschuldigen sich nicht täuschen lassen.

Als wir wieder im Haus sind, weiß ich, was zu tun ist. Ich suche uns ein ruhiges Eckchen und rufe den Taxiservice an. Kaum habe ich meinen Namen genannt, sagt die junge Dame am Telefon, sie schicken mir sofort sämtliche freien Wagen. Offensichtlich wissen alle Bescheid. Jeder in Southwood weiß Bescheid. Mum war tagelang auf dem Titelblatt der *Gazette*, was teilweise merkwürdige Folgen hat. Alte Damen bestehen darauf, mich in der Schlange vorzulassen, Verkäufer stürzen sich auf mich, um mich zu bedienen. Alle reden sie zu schnell und lächeln zu viel. Und kaum rufe ich ein Taxi, rückt ein ganzer Fuhrpark an. Als hätte ich plötzlich Superkräfte.

Kurz darauf geht in der Oaks Avenue gar nichts

mehr. Ein Taxistau. Ich laufe durchs Haus und sage den Gästen, dass sie nach Hause gehen sollen. Höflich, aber bestimmt. Und ohne Widerrede. Ich wundere mich über mich selbst. Die Leute sind ziemlich schnell draußen. Die meisten schwanken in Richtung Taxis, nur ein kleines Grüppchen zieht noch los, ein Curry essen. Ein Curry, unfassbar.

Ich klopfe an die Schuppentür, aber es ist niemand mehr da. Minuten später sehe ich, wie Dean Reverend Luke in ein Taxi schiebt. »Aber wehe, der saut mir den Wagen ein«, höre ich den Fahrer nörgeln. Als Dean ihm einen Schein in die Hand drückt, ist er still. Dean dreht sich um und hebt die Hand. Sehr verhalten nicke ich ihm zu. Er sieht mich lange an. Es bedeutet irgendwas, ich weiß aber nicht, was, und dann dreht er sich wieder um, schlägt den Mantelkragen hoch und schlurft wie ein großer alter Grizzly hinaus in den Abend.

Tante Toni und Frankie gehen als Letzte. Eine halbe Ewigkeit versuchen sie uns zu überreden, mitzukommen. Toni jedenfalls, Frankie macht weiter wie ein Haushaltsroboter. Räumt die Spülmaschine ein, stellt Essen weg, wischt Tische ab, klirrt und klappert und summt die ganze Zeit irgendeine beknackte Melodie. Dummerweise zerbreche ich mir auch noch den Kopf, was er da summt. Oscar sitzt zu meinen Füßen und fängt wieder mit seinen Rittern an.

»Komm schon, Billy. Du kannst nicht hierbleiben. Nicht in diesem Chaos.«

»So schlimm ist es gar nicht.«

»Aber es ist nicht richtig.« Sie klingt wie ein kleines Kind. Als wollte sie gleich mit dem Fuß aufstampfen. »Wir kommen schon klar.« Das habe nicht ich gesagt. Das war Oscar, und er klingt wie sechzig. Er klingt so ziemlich wie der angepissteste Erwachsene der Welt. Toni zieht geräuschvoll die Luft ein. *Bitte jetzt nicht anfangen zu weinen. Bitte nicht.* Aber dann atmet sie tief durch. Und zählt im Kopf bis zehn. Irgendwas Yogamäßiges. Frankie kommt dazu. ›The Dock of the Bay‹, denke ich. *Sitting on the dock of the bay*. Die Melodie, die er summt. Ein Triumphgefühl überkommt mich. Ich lächle ihm über Tonis Schulter zu. Wahrscheinlich sehe ich aus wie ein Psycho. Er runzelt die Stirn, schnappt sich einen Chip, der auf dem Fernseher liegt, und verschwindet wieder in der Küche.

Toni gibt auf.

Gehen tun sie trotzdem noch nicht gleich, erst mal gibt es noch ein bisschen Theater um ihre Jacken. Und dann wird noch ein bisschen umarmt, geküsst und geweint. Sie drückt ihre nasse Wange an meine und sagt: »Billy, deine Mutter war …« Dann hält sie inne und fängt noch mal von vorne an. »Deine Mutter war … sie war … sie war …«

»Ich weiß«, sage ich. »War sie.« Und wir versuchen beide zu lächeln.

»Was war sie?«, fragt Oscar. Aber jetzt gibt es erst mal nichts mehr zu sagen, und schon düst sie ab und hinterlässt eine Wolke aus fruchtiger Seife und Wein. Frankie schüttelt mir die Hand. Er zwinkert mir zu. Er zwinkert mir tatsächlich zu. Wichser. Die

Tür geht zu. Oscar sagt: »Gott sei Dank ist es vorbei. Können wir einen Film angucken? Können wir *Kung Fu Panda* angucken?«

»Ja, Mann«, sage ich. »Können wir. Wir können tun, was wir wollen.«

2

Schule. Oscar ist erst sechs, aber er muss ausstaffiert werden wie Sir Ranulph Fiennes auf einer Reise zum Südpol. Ich meine, ich weiß, dass es windig und nass ist und alles, aber er sieht nicht aus, als wollte er ein paar Stunden in der ersten Klasse von Mrs Bingsley verbringen, sondern als plane er, den Mount Everest zu besteigen: ganz allein und ohne Sauerstoff.

»Sag mal, Oscar, brauchst du wirklich zwei Taschen *und* einen Rucksack?«

Sein kleines Gesicht legt sich in Falten. Er hat sich schon immer Gedanken um alles Mögliche gemacht, und daran hat sich nichts geändert. Er schließt seine herzzerreißenden Äuglein und zählt auf:

»Lunchpaket, Lesebuch, Malbuch, Federmappe, Blockflöte, Hausaufgabenheft, Mütze, Asthmaspray, Ersatzklamotten, Schal …«

»Schon gut, Oscar, ich hab verstanden.«

»… Sportsachen, ein Lieblingsspielzeug – aber eins, wo es nicht so schlimm ist, wenn es verloren geht …«

»Ja, ich hab doch gesagt, es ist okay.«

»… Essensgeld, Gummistiefel.«

Scheiße. Essensgeld. Gummistiefel.

Essensgeld ist nicht das Problem. Ich hole ein paar Pfund aus Oscars Sparschwein. Er hat immer massenweise Bargeld. Der kleine Geizkragen. Hortet alles, was er zu Weihnachten und zum Geburtstag und so kriegt. Gummistiefel ist schon schwieriger.

Als Oscar sieht, wie ich die gelben *Fireman-Sam*-Stiefel in seinen aus allen Nähten platzenden Rucksack stopfe, hört er kurz auf, Haferflocken in Richtung Mund zu schaufeln und wirft mir einen ernsten Blick zu.

»Nilpferde«, sagt er. Ich habe keine Ahnung, was er meint.

»Ich trage keine *Fireman-Sam*-Stiefel mehr, Billy. Ich hab jetzt Nilpferde.«

Es versetzt mir einen Stich. Mir wird klar, dass mir die *Fireman-Sam*-Stiefel ans Herz gewachsen sind. Oscar hat das komplette Outfit, und eine Zeit lang ging er voll darin auf. So wie De Niro, richtig eingetaucht ist er in die Rolle, mit seiner blauen Jacke und dem gelben Plastikhut. Seit wann ist Sam nicht mehr angesagt? Warum weiß ich nichts davon? Und was für Nilpferde?

»Die Nilpferdgummistiefel, die Mum gekauft hat, als wir im Lakeside-Shoppingcenter waren, erinnerst du dich?«

»Ja, klar.« Ehrlich gesagt kann ich mich nicht mal daran erinnern, dass wir im Lakeside waren. Angeblich sind Folteropfer häufig in der Lage, die Erinnerung an ihre schrecklichen Erlebnisse auszublenden. Sonst könnten sie gar nicht weiterleben. Das gilt auch für mich. Die gelegentlichen Fahrten zu den großen Einkaufstempeln werden jedes Mal sofort aus dem Gedächtnis gelöscht, sobald zu Hause das Auto ausgeladen ist und auf *Five Life* die Fußballergebnisse runtergerattert werden.

»Wo sind die denn?« Er sieht mich ausdruckslos an. Offensichtlich kann er sich nicht vorstellen, warum es seine Aufgabe sein sollte, zu wissen, wo sich irgendetwas befindet. Bis vor ein paar Wochen war es allerdings auch nicht meine. Dafür war jemand anderes zuständig. Mum.

»Oben?«, schlägt er hoffnungsvoll vor. Er versucht nur zu helfen. Letztendlich finde ich sie unter dem Wohnzimmersofa, sie sind sogar ganz niedlich. Graue Gummistiefel, und beide Füße gucken wie beleidigte Nilpferde aus der Wäsche. »Ich weiß, wie ihr euch fühlt«, nuschele ich den beiden zu und gehe wieder in die Küche, wo Oscar an der Tür steht und sich auf die Lippe beißt wie ein Fallschirmspringer, der nicht springen will. Wie jemand, der es bereut, dass er sich nachts betrunken zu einer Mutprobe hat überreden lassen.

»Na komm, mein tapferer kleiner Kämpfer.« Tapferer kleiner Kämpfer, das hat Mum immer gesagt.

»Billy, ich komm schon klar. Ich fang ganz bestimmt nicht an zu weinen. Das weißt du doch, oder?«

Und in dem Augenblick denke ich: aber ich vielleicht. Weinen, meine ich. Gar nicht mal so sehr, weil er so tapfer ist, sondern vor allem wegen dem Satz: »Das weißt du doch, oder?« Auch das hat nämlich Mum immer gesagt. Zum Beispiel: »Ich bin nächste Woche nicht da, dass wisst ihr doch, oder?« Es war so eine Art geflügeltes Wort, weil wir es natürlich nie wussten. Mum war immer superorganisiert und supereffizient. Sie wusste, wann wer wohin musste, um wie viel Uhr wir da sein sollten, mit wem wir verabredet waren und warum. Sie hatte Ziele. Nicht nur für sich selbst, auch für uns. Sie war diejenige, die wusste, wo etwas aufbewahrt wurde. Diese bescheuerten Nilpferde hätten sich nie vor ihr versteckt. Das hätten sie sich gar nicht getraut.

Oscar will nicht, dass ich ihn direkt vor der Schule rauslasse. Wie alle Kinder heutzutage ist er ein Nazi, was Umweltverschmutzung und so betrifft, also steigt er an der Ecke Kestrel Road aus. Dort nimmt er dann den sogenannten *Walking Bus*, den Schulbus auf Füßen.

Der *Walking Bus* wird von der Stadt betrieben. Sinn und Zweck ist es, dass die Mütter ihre SUVs stehen lassen und stattdessen auf ihren Blahniks strahlende Erstklässlergesichter in Zweierreihen die paar hundert Meter von der Bibliothek an der Kestrel Road bis zur Sir-Walter-Scott-Schule begleiten. Das bedeutet, dass der Parkplatz der Bibliothek zweimal am Tag für eine halbe Stunde aussieht wie der Trainingsplatz einer Fußballmannschaft. Alles glänzt schwarz. Überall getönte Scheiben. Ein einziges Meer von Angeberkarren.

Ich beobachte, wie die diensthabende Elternvertreterin ihre Truppe zur Schülerlotsin bringt, neben den roten Telefonzellen ein Merkmal, an dem man erkennt, dass dies eine gute Schule in einer guten Gegend ist. Eine Gegend, in der man gern ein bisschen draufzahlt, wenn man ein Haus kaufen will. Die Schülerlotsin wirkt hektisch und nervös wie ein Soldat auf Patrouille in Kabul. Sie guckt total misstrauisch, als könnte sich in dieser Parade reflektierender Rucksäcke Sprengstoff befinden statt den Überresten von Schmelzkäsesandwiches. Doch als Oscars kleine Pudelmütze an ihr vorbeizieht, schmilzt ihr Soldatenblick dahin.

Während sie die letzten Kiddies zum Bürgersteig führt, hält sie Oscar fest und drückt ihn an sich. Schicksalsergeben steht er da, tough wie ein Gardist, und erträgt still ihre vollbusige, tränenreiche Umarmung. Die Schülerlotsin schwankt bedenklich. Es muss schwierig sein, jemanden zu umarmen, noch dazu wenn er so klein ist, und gleichzeitig eine zwei Meter lange Metallstange in der Hand zu halten. Ich stelle mir kurz vor, was für eine absurde Tragödie es wäre, wenn ihr das Ding aus dem Arm rutschen und einen von den Knirpsen erschlagen würde. Ohne Zweifel eine super *Leben!-Tod!-Kreuzworträtsel!*-Story.

Ich spiele schon mit dem Gedanken, Oscar aus dem Griff der Schülerlotsin zu befreien, da lässt sie ihn los, wischt sich die Tränen am Ärmel ihrer Signaljacke ab und geht wieder ihren Pflichten nach. Wie ich sehe, starren sämtliche Kinder und Mütter in unsere Richtung. Wahrscheinlich gehen wir demnächst an einer Überdosis Mitleid drauf, mein kleiner Bruder und ich. Davon kann man richtig krank werden. Emotionale Diabetes oder so.

Ich sitze im Sooby-Doo, rauche, streiche mir über den Bart und höre mit halbem Ohr zu, wie der neue Frühstücks-DJ mit der Sprecherin der Verkehrsmeldungen flirtet. Der Bart ist neu, ich habe ihn weder aus modischen Gründen, noch ist er irgendwie kunstvoll zurechtgeschnitten. Er ist das Produkt zweier chaotischer Wochen, in denen ich es nicht geschafft habe, mir Rasierklingen zu kaufen, und es mir am Arsch vorbeiging. Entstanden aus meiner persönlichen Mischung aus Faulheit, Gedankenverlorenheit und Trotz. Ich bin mein Bart. Mein Bart ist ich. Kaum zu glauben, dass ich davor noch keinen hatte.

Die Rauch- und Bartstreichaktion führt dazu, dass ich zu spät ins Museum komme. Jenny wirft einen vielsagenden Blick auf ihre Uhr. Aber dann fällt ihr Mum ein, und sie guckt betroffen. Und überreagiert natürlich gleich.

»Kaffee?«, jault sie, springt hinter dem Ladentisch hervor, an dem wir Postkarten verkaufen, und verschwindet in der ehemaligen Sakristei, in der jetzt die Personalküche untergebracht ist. Das Sozialgeschichtliche Museum befindet sich in der alten St.-Nicholas-Kirche, die inzwischen umgebaut und verweltlicht wurde. Ich gehe Mike Hallo sagen. Mike ist unser Teamchef. Ein sechsundsechzigjähriger Exbulle, genau genommen Kommissar, der im Laufe seiner vierzigjährigen Karriere bei der Polizei schlimme Dinge gesehen – und getan – hat. Für ihn ist es Ehrensache, darauf hat er in den Wochen, seit ich hier bin, schon mehrmals hingewiesen, mit absolut allem fertigzuwerden. Sein Lieblingsspruch lautet: »Das A-Team haut so schnell nichts um.« Das sagt er so ziemlich jede Stunde, ein kleines Mantra, ganz schön nervig, andererseits kommt hier in der

Stille unseres kleinen heiligen Plätzchens tatsächlich nur selten etwas vor, das auch nur annähernd unsere Ruhe stören würde. Am verstörendsten ist wahrscheinlich die Tür. Vor tausend Jahren haben die Leute in Southwood mal einen Wikinger gefangen genommen, ihn gefoltert und seine Haut an die Kirchentür genagelt. Wenn man genau hinsieht, erkennt man noch die verkrusteten, schuppigen Fetzen, die an den Nägeln kleben.

Als ich reinkomme, entstaubt er gerade die Ausstellungsstücke – es zählt zu Mikes bemerkenswertesten Charaktereigenschaften, dass ihm selbst die niedrigste Tätigkeit Freude bereitet. Ich kann das nicht. Ich kann mich nicht den ganzen Tag mit irgendwelchem Kleinkram herumschlagen. Was ich am Museum mag, ist die Möglichkeit, in die Luft zu gucken und zu träumen. Es ist der perfekte Job für mein Überbrückungsjahr. Jeder, den ich kenne, findet das Museum langweilig. Da haben sie recht. Aber langweilig finde ich gut. Mit langweilig komme ich gut klar. Vor allem jetzt. Langweilig rockt. Sollen die Leute doch in Kaschmir trekken gehen, ich bleibe hier und werde richtig gut in Sudoku, besten Dank.

Mike redet über Fußball. Er hofft, dass dieses Jahr mal jemand die Top Five aufmischt.

»Tottenham muss unbedingt ein paar Tore schießen. Aston Villa auch. Und die Blackburn Rovers und der ganze Rest. Ich will einen anständigen Wettkampf sehen.«

Ich habe so gut wie keine Ahnung, wovon er redet, aber ich stimme ihm natürlich zu. Das freut ihn.

»Ich weiß noch, wie Burnley Meister wurde. Oder Ipswich. Oder Nottingham Forest unter Brian Clough. Zweimal haben sie den Europapokal geholt, und das als relativ kleiner Verein.«

»Wahnsinn«, pflichte ich ihm bei, und Mike wirft mir einen kurzen Blick zu, um sich zu vergewissern, dass ich ihn nicht verarsche. Also mache ich weiter: »Ja, und Manchester United ist doch sogar mal abgestiegen, oder? Kaum noch vorstellbar heute.«

»Vierundsiebzig«, sagt er feierlich. »Ich kann mich noch genau erinnern.« Zufrieden schwirrt er ab und wischt mit seinem feuchten Tuch die Sammlung frühneuzeitlicher Rasenmäher ab. Dann kommt er zurück und stellt die große Frage:

»Alles klar bei dir? Geht's dir gut?«

»Ja. Doch, alles okay. Den Umständen entsprechend halt.«

Mike nickt. Und nach einer Anstandspause meint er schließlich: »Heute wird ziemlich was los sein.«

»Echt?«

»Jo. Elfte Klasse Stadtgeografie.« Er verzieht keine Miene. Ich mustere ihn aufmerksam. Manchmal ist es schwer zu sagen, ob Mike mich auf den Arm nehmen will.

»Stadtgeografie?«

»Sieht so aus. Scheint jetzt Abiturfach zu sein.«

Die Verlockung ist groß. Wir könnten jetzt ein ganzes Stündchen über den vermeintlichen Niedergang des Schulsystems diskutieren, aber ich bin nicht wirklich scharf darauf, mir wieder anzuhören, wie scheiße heutzutage alles ist, und bevor Mike groß in

Fahrt kommt, taucht zum Glück Jenny mit meinem Kaffee auf. Sie ist immer noch verlegen und macht ein paarmal vergeblich den Mund auf. Ich will ihr helfen, aber ich weiß nicht, wie. Mir fällt nichts Sinnvolles ein. Wir schweigen immer noch. Dann habe ich plötzlich eine Eingebung. Halleluja.

»Mike meinte gerade, heute wird ganz schön was los sein. Eine Gruppe von Elftklässlern.«

Jenny lächelt erleichtert.

»Ja«, sagt sie. Wir haben es geschafft. Alle drei haben wir den furchtbar peinlichen Umstand überwunden, dass meine Mutter tot ist, und können jetzt entspannt Heißgetränke servieren, Aufnäher für Anoraks verkaufen (ich bin richtig stolz, dass wir wahrscheinlich eines der letzten Museen sind, in denen man diese Dinger bekommt), uns mit mittelalten Mastermind-Fans über Sämaschinen unterhalten, ab und zu einen Betrunkenen rauswerfen – und uns um Schulklassen kümmern.

Aidan Jebb sang furchtbar gern. Das fiel schon früh auf. Wenn er zum Radio mitsang oder aus seinem billigen Spielzeug-Keyboard Melodien herausholte. Er wurde mit dem Kinderstar Aled Jones verglichen und später mit Charlotte Church. In der Grundschule empfahl man ihm Privatunterricht, doch dazu kam es nie.

»Er braucht keinen Unterricht«, sagte Rosie. »Er ist ein Naturtalent.«

Fast jeder, der zu Besuch kam, wollte ihn auf Video aufnehmen. Aidan lernte schnell, dass man mit

Singen Preise, Aufmerksamkeit und Süßigkeiten gewinnen konnte. Regelmäßig wurde er nachts geweckt, um Rosie und ihrem jeweiligen Macker etwas vorzusingen und zu tanzen.

Es war natürlich nicht jedermanns Geschmack. Manchen Männern war das Ganze zu freakig: diese seltsam volle Stimme, die aus diesem räudigen Klappergestell kam. Manche waren auch nicht sehr nett. Rosie war zu der Zeit in keiner besonders guten Verfassung. Sie hatte schon immer gern ein Gläschen getrunken, aber inzwischen brauchte sie so etwas wie einen Muntermacher, um morgens überhaupt hochzukommen. Etwas, um ihren Stoffwechsel anzukurbeln. Und man muss auch sagen, dass die Jungs, die mit zu ihr nach Hause kamen, immer älter und unangenehmer wurden. Manchmal ließen sie ihr etwas Geld da. Manchmal auch nicht, obwohl sie sie darum bat. Manchmal schlugen sie ihr stattdessen ins Gesicht und nannten sie ein dreistes Miststück.

Rosie traf sich nicht mehr mit ihren Schulfreundinnen und lernte dafür andere Frauen kennen, mit denen sie den ganzen Tag vor der Glotze saß und Wodka-Cola trank. Manchmal kamen ein paar Typen vorbei, und dann nahmen sie Temazepam und hatten Sex, und manchmal war es sogar ganz lustig.

Einmal filmte das einer, und sie sahen es sich direkt danach an. Das rote, schlabbrige Fleisch, das Gekeuche und Gegrunze. Die kahlen Köpfe zwischen fetten, unscharfen Schenkeln – Rosie wurde innerlich ganz heiß, aber nicht im positiven Sinne. Ihr wurde eher ein bisschen schlecht. Und es war ihr peinlich, wie unaufgeräumt und schmutzig es bei ihr aussah. Die anderen schien das nicht kümmern, sie soffen, lachten und jubelten jedes Mal, wenn jemand die Stellung wechselte, und spulten zu den besten Stellen vor. Die, wo die Männer über den Gesichtern der Mädchen kamen. Alle hatten ihren Spaß, und der Typ mit der Kamera gab ihr vierzig Mäuse »für die Wohnung«, aber sie beschloss trotzdem, dass das nie wieder passieren durfte. Ein paar Wochen lang kam Aidan dann pünktlich und mit ordentlich gebügeltem Hemd zur Schule, und Rosie ging jeden Freitag zur Schulversammlung, um ihn singen zu sehen. Jeder sagte, aus ihm würde noch ein Star.

Die Schüler sind eigenartig. Sie wirken interessiert, aufmerksam und aufgeweckt. Es ist fast erschreckend. Wir waren nie so. Wir waren nur froh, aus der Schule rauszukommen. Nicht so sehr wie die Lehrer natürlich, aber gefreut haben wir uns schon.

Die hier sind jedenfalls anders. Ein halbes Dutzend wie aus dem Ei gepellte junge Erwachsene. Die Einzige, die etwas gefährlich wirkt, entpuppt sich als die Lehrerin. Sie sieht aus wie eine fleischgewordene Figur aus einem japanischen S&M-Comic. Schillernder violetter Lippenstift und toupierte rote Haare. Ein silberner Stecker blinkt aus der gespensterhaft milchigen Haut hervor, dort, wo man sich zu georgianischen Zeiten wahrscheinlich einen Schönheitsfleck hingemalt hätte.

Und ich kenne sie.

Sie heißt Lucy Avis, und ihre jüngere Schwester

Katie war seit der Siebten in meiner Klasse. Bevor sie an die Uni ging und in die Gothicszene eintauchte, galt Lucy in Southwood als Star der Tischtennismannschaft. Sie war dauernd in der *Gazette* mit irgendeinem Pokal in der Hand. Ich wundere mich, dass sie wieder hier ist. Wozu geht man an die Uni nach Nottingham, schafft sich ein neues Image als Sadomaso-Queen und kehrt dann in das Provinznest zurück, aus dem man kommt, wo die Leute nicht vor Schreck zusammenzucken, wenn sie dich auf der Straße sehen, sondern dich fragen, ob du noch Tischtennis spielst?

Sie ist eine gute Lehrerin. Erschreckenderweise haben ihre Schüler nicht nur unser Info-Paket gelesen und aufgenommen, sondern stellen auch noch extrem intelligente Fragen. Sie machen dem Fachbereich Stadtgeografie wirklich alle Ehre.

Mike führt sie herum, erzählt seine Geschichten, und sie lachen an den richtigen Stellen (erstaunlich, wie viel Lustiges man über das Leben von Rasenmäher-Designern erzählen kann). Am Ende lächelt mich Lucy freundlich an, ich sehe ihre gepiercte Zunge rosa-silbern zwischen zwei hübschen Reihen kostspielig erhaltener Zähne aufblitzen – Zähne wie die Gartenzäune in amerikanischen Filmen – und spüre eine leichte, aber eindeutige Explosion in meiner Brust.

Die Kids – clever, wie sie sind – merken das sofort. Von hinten höre ich einen Trenchcoatträger mit dünnem Flaum zischen:

»Der steht auf Sie, Miss. Perversling.«

Das Mädchen neben ihm macht »Shhh!«, und als ich in seine Richtung sehe, senkt der Trenchcoatträger den Blick, grinst aber noch. Ich bin der Meinung, alle öffentlichen Gebäude sollten zur grinsfreien Zone erklärt werden. Lucy lächelt und fährt sich mit der gepiercten Zunge über die 1-a-Zähne. Dann kommt Jenny über die alten Kirchenfliesen geklackert. An ihrer Seite ein bulliger Kerl mit Glatze. Seine Erscheinung ist so fehl am Platz, dass ich ihn erst gar nicht erkenne.

»Billy«, nuschelt sie. »Das ist Dean Hessenthaler.«

Seine Hand schießt mir entgegen, ganz anders als auf der Beerdigung. Ich ignoriere sie.

»Bist ganz schön groß geworden, Kleiner«, sagt er. »Wird noch ein richtig hübscher Bengel aus dir.« Seine Stimme klingt freundlich. Ich sage nichts. Mir fällt nichts ein, außer vielleicht: »Alter, du bist ganz schön fett geworden.« Und das wäre ja wohl ziemlich unhöflich, oder? Nicht, dass er etwas anderes verdient hätte.

»Richtig ordentliche Beerdigung übrigens, Billy. Also, den Umständen entsprechend, meine ich. Ich war echt am Boden zerstört wegen Suzanne. Wirklich.«

»Hm.«

Er hat Oscars Augen, denke ich. Dasselbe erstaunliche Blau. War mir bisher gar nicht aufgefallen.

»Sollen wir lieber ins Büro gehen?«, frage ich, aber er hört mich nicht.

Mum hat Dean Hessenthaler an dem Tag kennengelernt, als an der Mauer der ehemaligen Co-op ein Wandbild entstand. Die Stadt hatte Mum beauftragt, bei der Wiederbelebung des Stadtzentrums mitzuwirken. Die Idee war, ein paar bunte Persönlichkeiten aus der Umgebung vorzustellen, und Mum hatte ein paar Möchtegern-Banksys engagiert, die die Bürger von Southwood in Plaka-Farbe verewigen sollten.

»Er ist mir gleich aufgefallen«, sagte sie. »So ein großer Boxertyp mit einem unverschämten Lächeln. Als ob er sagen wollte: ›Das ist alles, was du kannst?‹« Schließlich forderte einer der professionellen Künstler den Angeber auf, mitzumalen. Und natürlich hatte er tatsächlich ein bisschen Talent. Vielleicht war er kein Banksy, aber als Bob Ross hätte er schon durchgehen können. Ein paar flinke Pinselstriche, und schon hatte er ein erstaunlich naturgetreues, überlebensgroßes Porträt von Mum hingemalt. »Ich war vielleicht sauer«, erzählte Mum. »Das Bild war nämlich ziemlich ungeschönt. Bei seinem Talent hätte er ruhig ein bisschen schmeichelhafter sein können. Vor allem, wenn er mit mir ins Bett wollte.«

Aber Dean Hessenthaler war zu clever, als dass er Mum geschmeichelt hätte. Er wusste, wie er am besten bei ihr landen konnte. Indem er sich nämlich einen Scheiß darum scherte, was sie von ihm hielt. Und wie sich herausstellte, konnte er nicht nur mit Pinsel und Farbe umgehen.

Er sah nicht besonders gut aus. Schon damals hatte er gut zwanzig Pfund Übergewicht, eine Säufervisage und schielte leicht. Aber er war unglaublich selbstbewusst. Die Frauen dachten wahrscheinlich, er müsse etwas Besonderes sein. Ich meine, der Typ sieht so gewöhnlich aus und macht so auf dicke Hose, da muss doch irgendwas dran sein, oder? Das ist die verdrehte Logik, nach der solche Typen die besten Frauen abkriegen. Schon in der Schule kann man beobachten, wie irgendwelche miesen kleinen Arschlöcher bei den tollsten Mädchen landen, die auch noch in der Schulband spielen und alles. Ich muss es wissen, ich war selbst schon mal das kleine Arschloch. Deswegen hab ich auch Schauspiel gewählt und nicht IT.

»Merkwürdig«, sagt Dean jetzt, »aber ich hatte kurz vorher noch überlegt, mich zu melden. Wegen dem Kleinen und so. Hätte ich es doch vorher gemacht. Jetzt kommt es mir komisch vor, nachdem …« Er lässt den Satz in der Luft hängen. Ich merke, dass er nervös ist. Er hat eine kleine Rede eingeübt und will sie unbedingt halten, deswegen will er auch nicht in die Sakristei gehen. Er hält inne. Nachdem er die ganze Zeit über meine Schulter hinweg die Schatten an der Wand bewundert hat, sieht er mir jetzt direkt in die Augen. Anscheinend hat er jetzt genug Small Talk gehalten, es ist Zeit, zur Sache zu kommen.

»Ich finde, ich sollte Oscar sehen dürfen. Ich würde ihn gern besser kennenlernen.« Das kommt so unerwartet, dass ich lachen muss. Hessenthaler wird rot. Er mochte es noch nie, wenn man über ihn lacht. Das muss ein großes Problem zwischen Mum und ihm gewesen sein, weil sie über alles lachte.

Ich erinnere mich an eine Begebenheit mit Dean. Das ist lange her, noch vor Oscars Zeit.

Wir spielen im Garten Ball. Dean nippt zwischendurch an seinem silbernen Flachmann, den ich damals unglaublich mondän fand. Ich spüre, wie Mum uns durchs Küchenfenster beobachtet, also versuche ich einen Trick, tunnle Dean, und er legt sich ziemlich aufs Maul. Ich lache. Er lacht.

»Hin-gefal-len, hin-gefal-len«, singe ich, wie in der Fankurve. Dean lacht wieder. Wirklich ein guter Verlierer.

»Lass uns Elfmeterschießen machen«, schlägt er vor.

Ich bin begeistert und stelle mich hin wie ein deutscher Torwart, ich schlackere mit den Knien, werfe mich in die Brust, wedele mit den Händen und hüpfe auf und ab. Dean legt den Ball auf ein Häufchen Erde.

»Das Stadion hält den Atem an«, sage ich. »Elfmeter in der letzten Minute. Kann Southwood ausgleichen und das Pokalfinale in die Verlängerung führen?« Ich bin erstaunt über Deans giftigen Blick. Er nimmt fünf Schritte Anlauf und donnert den Ball so hart er kann mitten aufs Tor. Das Ding ist perfekt angeschnitten und knallt mir voll auf die Nase, und, zack, liege ich auf dem Rücken und heule. Es fühlt sich an, als hätte ich eine Faust ins Gesicht bekommen. Mum kommt aus der Küche gerannt. Dean versucht, sich rauszureden.

»Sorry, Suzanne«, sagt er. »Keine Ahnung, wie das passieren konnte. Mein Fuß ist weggerutscht. Bin bisschen außer Übung.«

Mum reagiert kurz angebunden aber höflich, während sie mir ein Taschentuch vor die blutende Nase hält.

»Halb so wild«, erwidert sie. »So was passiert.«

»Ja«, sagt Dean. »Er wird es überleben.«

Hier in unserer kleinen Kirche holt Dean jetzt tief und geräuschvoll Luft.

»Also, ich finde, es spricht einiges dafür, dass Oscar in Zukunft bei mir lebt. Das meine ich ernst. Vielleicht sollte er bei seinem Vater sein, wenn er keine Mutter hat. Vielleicht sollte man ihn nicht in der Obhut eines Teenagers lassen. Zumal er ja einen Vater hat. Das ist nicht richtig. Nichts für ungut.«

»Schwachsinn«, sage ich, viel zu laut. Ich spüre, wie sich alle im Souvenirshop nach uns umdrehen. Die Schüler kichern. Hessenthaler fährt sich mit der Hand über die Kopfhaut.

»Hör zu, wir sollten das ganz vernünftig klären, wie erwachsene Menschen.« Und natürlich hat er recht, genau das sollten wir tun.

»Verpiss dich«, sage ich. »Leck mich!«

Er tritt einen Schritt zurück. Er sieht ernsthaft gekränkt aus. Derweil entwickeln meine Worte einen seltsamen Nachhall. Ich wiederstehe der Versuchung, hochzuschauen. Das hier ist immerhin eine Kirche, ob jetzt verweltlicht oder nicht, und obwohl ich militanter Atheist bin, würde es mich nicht wundern, wenn ich dafür bestraft würde, im Hause des Herrn geflucht zu haben. Hessenthaler holt noch mal tief Luft. Er muss das jetzt klären.

»Wir sollten dem Jungen wenigstens selbst die Wahl lassen.«

»Oscar«, sage ich. »Und nein, du darfst ihn nicht sehen.«

»Ich glaube nicht, dass du das verhindern kannst, Freundchen.«

»Ich diskutiere darüber nicht mit dir«, sage ich und drehe mich um. Er kann nicht mehr. Ich spüre eine Hand auf meiner Schulter.

»Du drehst mir nicht den Rücken zu.«

Ich wirbele herum, und plötzlich rollen und wälzen wir uns beide über den Boden. Mir ist klar, wie peinlich das ist, dieses Gegrunze und Aufeinandergewerfe, wie auf dem Schulhof, aber ich sehe auf einmal nur noch rot und schlage so hart und so oft ich kann zu. Ich merke, dass ich ein paarmal im Gesicht getroffen werde, und schmecke Blut im Mund, da höre ich plötzlich eine Art Tierlaut, ein ersticktes Muhen wie eine Kuh in den Wehen, und Hessenthaler lässt von mir ab. Mike hat ihn im Schwitzkasten, den Arm auf dem Rücken und das Handgelenk in einem fast unmöglichen Winkel verdreht.

Ich bleibe liegen, bekomme kaum Luft, und als ich mir mit der Hand die Nase abwische, ist sie danach mit Blut und Rotz verschmiert. Mike führt Hessenthaler zur Tür, vorbei an den staunenden Gesichtern der Stadtgeografen.

Bevor er ihn loslässt, sagt Mike: »Nächstes Mal bitte auf dem Dienstweg, Alter.« Hessenthaler richtet sich auf, es scheint, als wollte er sich auf Mike stürzen, der seinem Blick standhält, ruhig und beherrscht, ganz der erfahrene Bulle. Also dreht Hessenthaler sich um und geht, und unsere angelsächsische Tür – an der noch die Andenken an die Folter kleben – schlägt hinter ihm zu.

Ich spüre die kühlen Steinplatten durch mein Museumssweatshirt und höre meinen rasselnden, schweren Atem.

Jemand klatscht. Es klingt irgendwie sarkastisch.

Als ich die Augen öffne, sind die Schüler weg, und Mike und Jenny stehen über mir wie besorgte Boxtrainer bei einem Titelkampf.

»Tee?«, fragt Jenny und geht los, bevor ich etwas erwidern kann. Mike hilft mir hoch.

»Du musst an deiner Führhand arbeiten, mein Junge. Trotzdem hast du nicht schlecht ausgeteilt, wenn man bedenkt, dass du eigentlich klar unterlegen warst, also rein gewichtsmäßig.«

»Ich glaube«, sage ich vorsichtig, nachdem ich meinen Tee bekommen habe und sicher bin, dass ich wieder normal sprechen kann, »ich glaube, ich muss mir eine Weile frei nehmen.« Jenny und Mike nicken beide.

»Wir schaffen das hier schon«, sagt Mike, und Jenny nickt wieder. »So lange du willst. Das A-Team haut so schnell nichts um.«

3

Oscar und ich packen gerade das Essen vom Chinesen aus, als ich ihn plötzlich sehe. Eigentlich haben wir es ja gar nicht nötig, uns was zu essen zu holen. Die riesige Gefriertruhe unten im Keller ist randvoll mit Herzhaftem jeder Art. Aufläufe. Lasagne. Irish Stew. Würstchen in Yorkshirepudding. Spaghetti Bolo, Currys von Mrs Khan. Es gibt kein kohlenhydratreiches Nationalgericht, das wir nicht haben. Wann immer Mums Freundinnen in den letzten Wochen nicht geputzt haben, haben sie gebacken. Wir verhungern nicht.

Sogar meine Freunde haben uns unterstützt. Alfie zum Beispiel, der normalerweise supergeizig ist, bringt auf einmal gigantische Haschischklumpen vorbei. Obwohl ich so gut wie nie kiffe. Davon kriegt man Kehlkopfkrebs, und, noch schlimmer, es kann einen in den langweiligsten Menschen der Welt verwandeln. Und was am allerschlimmsten ist, ich kann im Grunde gar nicht kiffen. Ich huste und würge jedes Mal, meine Joints fallen auseinander, und ich komme mir total unfähig vor. Trotzdem drückt er mir alle paar Tage ein Piece in die Hand. Er will etwas beisteuern, genau wie Mums Freunde. Und ja, ich weiß, dass sie es gut meinen, dass sie nur helfen wollen, blablabla, aber manchmal würde ich am liebsten schreien: Hallo, ich hab's kapiert. Ihr seid auf unserer Seite. Es reicht. Kann ich jetzt bitte Fischstäbchen und Tiefkühl-Pommes essen. Lasst mich einfach abschalten und irgendwelchen Scheiß im Fernsehen gucken oder auf dem PC *Empire* spielen. So wie bisher auch.

Und heute, als ich Oscar vom *Walking Bus* abgeholt habe und sah, wie seine Schultern unter dem Rucksack herunterhingen – er sah aus wie eine müde, aber fest entschlossene Schnecke –, da dachte ich, scheiß drauf: wir gehen zum Chinocken. Das gesunde, selbst gemachte Zeug kann in der Tiefkühltruhe bleiben.

Draußen tobt es. Der Wettermann in seiner beknackten roten Jacke hat mit Dauerlächeln Gewitterregen und Wirbelstürme angekündigt, das alte Fenster klappert, und der Himmel sieht immer mehr aus wie in einem englischen Low-Budget-Horrorfilm. Der Wind jagt Klagehymnen durch die Schornsteine, und der ferne Donner und die Blitze machen Oscar Angst. Als ich die schweren Vorhänge zuziehe, sehe ich ihn auf der anderen Straßenseite im Regen stehen und zu unserem Haus rüberstarren. Aidan Jebb. Das Licht spiegelt sich in der Scheibe, deswegen sieht man kaum etwas, aber die dürre Silhouette ist unverwechselbar. Aidan Jebb. Ich presse die Nase gegen die Scheibe und halte die Hand über die Augen. Das sieht verdammt noch mal ganz nach ihm aus. Auch wenn er offiziell nicht als Verdächtiger gilt, und auch wenn er in der *Gazette* als *Jugendlicher, dessen Name aus rechtlichen Gründen nicht genannt werden darf* unkenntlich gemacht ist, jeder hier in der Gegend weiß, dass Aidan Jebb meine Mutter umgebracht hat. Jeder in der Stadt weiß, wie er aussieht. Diese Art von Information sickert nicht durch, sie spritzt in alle Richtungen. Und jeder kriegt etwas ab.

Komischerweise habe ich damit gerechnet – Southwood ist eine kleine Stadt –, irgendwann trifft man jeden, selbst wenn man denkt, er sei untergetaucht. Aber nicht so. Nicht vor meinem Fenster. Ich bin total geschockt und gebe offenbar irgendeinen Laut von mir, jedenfalls fragt Oscar: »Was ist, Billy? War da ein Blitz? Hat er jemanden getroffen?« Und, ja, irgendwie stimmt das. Aber ich sage nichts. Oscar kommt zu mir rübergerannt, ich blicke zu Boden, und als ich im nächsten Moment wieder hochsehe, ist er weg, sodass ich mir selbst nicht mehr sicher bin. Hab ich mir das nur eingebildet, sind es das Unwetter und die Angst? War es nur irgendein Passant, mit dem ich ihn verwechselt habe?

»Ich kann nichts sehen.«

»Es gibt auch nichts zu sehen, Oscar. Hast du dir schon was zu essen ausgesucht? Wenn du dich beeilst, können wir noch ein bisschen *Empire* spielen, bevor Ricky und Alfie kommen.«

Der Westen ist am Ende. Woher ich das weiß? Aus *Wings of Empire*. Ich spiele das, seitdem ich zehn bin. Man schließt sich einem Stamm an, erwirbt Tools und Skills, baut Dörfer, dann Städte, erobert Länder, bis man Herrscher über alles ist. Bis man Gott ist.

Als ich anfing, hatte ich keinen blassen Schimmer und wurde regelmäßig von irgendwelchen Tieren aufgefressen. Und zwar nicht nur von Löwen oder anderen Viechern mit scharfen Zähnen. Einmal wurde ich von einem Zebra plattgemacht. Einmal von einer Giraffe. Und natürlich wurde ich von plündernden Kriegern umgebracht. Vor meinem elften Geburtstag war ich bereits versklavt, vergewaltigt, gefoltert und mindestens hundertmal getötet worden. Mit meinen bloßen Händen habe ich den Imperatoren Pyramiden gebaut und Tag und Nacht für Erzbischöfe in Edelsteinminen geschuftet. Ich habe gebettelt, gehungert, geweint und Gott und die Welt verflucht, während Mum lachte und meinte, ich sollte vielleicht lieber mal ein Buch lesen.

Also habe ich dafür gesorgt, dass sie nicht mehr in mein Zimmer kam, und wurde über die Jahre richtig gut. Als ich mein einundzwanzigstes Leben erreicht hatte, versklavte ich meine Feinde und ließ mir von schwächeren Stämmen die Füße mit Ölen waschen. Ich kann euch sagen, das hat sich nicht schlecht angefühlt.

Aber es gibt eine Grenze.

Irgendwann ist Schluss. Bei *Empire* – vor allem, wenn man mit Nachnamen Smith heißt – kann man nicht immer besser werden. Man kann nicht Gott werden.

Auf der ganzen Welt gibt es zwei Millionen Menschen, die dieses Spiel spielen. Zwei Millionen Spieler, 59.000 Stämme in 259 Welten. Aber kein einziger Anführer aus England. Und auch kaum Amerikaner. Bei Empire kommen die Stars aus Korea, aus China oder aus Usbekistan oder so.

Jedes Mal, wenn mein Stamm sich an die Arbeit macht, um ein bisschen Wohlstand zu erlangen, kommt ein Chen oder Chung oder Kwok und verbreitet eine Seuche, die er in seinen Fabriken entwickelt hat, und ich kann zusehen, wie meine Arbeiter auf dem Feld oder auf dem Markt stehen und Blut husten. Oder aber meine Armeen werden von tanzenden Mädchen oder seltsamen Lichtern am Himmel abgelenkt. Meine Fischbestände vergammeln im Meer, oder meine Berge verwandeln sich über Nacht in Vulkane, die meine Städte unter ihren wütenden Lavaströmen begraben.

Der Neid, die Brutalität und das Geschick dieser asiatischen Kids sind unglaublich. Und die machen nichts anderes. Sie arbeiten nicht. Sie gehen nicht zur Schule. Sie haben keine Freundinnen. Da werden rund um die Uhr Nationen aufgebaut. Die schlafen nicht mal. Die schlafen einfach nie.

Es ist ca. 20:30, draußen tobt es immer noch, aber uns geht es gut. Es gibt Bier und Gras und wir spielen kein *Empire*. Wir sind total old school und spielen mit der Autorennbahn. Oscar, Alfie, Ricky und ich. Seit Mum tot ist, habe ich immer Besuch. Ich bilde mir ein, dass sie mir durch die schwere Zeit helfen wollen, aber vielleicht liegt es auch daran, dass ich das ganze Haus für mich habe und alle anderen in meinem Alter dauernd den Geschirrspüler ausräumen müssen und so.

Mit Oscar Autorennen spielen ist genial. Seine Lieblingsbeschäftigung ist es, hinter den Autos herzujagen, wenn sie aus der Bahn fliegen – was sie ständig tun –, und sie wieder draufzusetzen, sodass Ricky und ich uns einfach darauf konzentrieren können, so schnell wie möglich zu fahren, ohne in den Kurven groß vom Gas runterzugehen. Ein Spaß für die ganze Familie, würde ich mal behaupten. Ich fühle mich wieder wie ein kleines Kind, im positiven Sinne.

Alfie und ich kennen uns seit der Grundschule. Mit zehn sind wir zusammen im Zeitungskiosk Süßigkeiten klauen gegangen. Irgendwann meinte Alfie mal: »Ey, Billy, du sackst was ein. Ich sack was ein. Wir müssen ja voll die dicken Säcke haben.« Wir haben uns bepisst vor Lachen. Das Tragische ist, das war das Lustigste, was er je gesagt hat. Sein komödiantischer Höhepunkt. Die Leute sagen sogar, wir sähen uns ähnlich, wie Brüder. Aber das stimmt überhaupt nicht. Sie haben nicht mal richtig hingeguckt.

Ricky kenne ich auch schon seit Jahren. Er kam in der Achten an die Southwood Highschool, nachdem er von seiner Privatschule geflogen war, weil er scheiße in Rugby war oder die falschen Socken anhatte oder so.

Alfie ist an seinem DreamPad zugange, lädt irgendwelchen Quatsch hoch und sieht sich an, was die anderen hochgeladen haben, jedenfalls vergeudet er seine kostbare Zeit. Wir werden uns noch einen bescheuerten, aber irgendwie doch ganz guten Film ansehen, Musik hören, dummes Zeug reden, uns besaufen, und dann gehen Ricky und Alfie noch zur Studentenparty in die *Library*. Die *Library* war mal eine echte Bibliothek, jetzt spielen dort Bands und man trifft tolle Mädchen auf dem Selbstzerstörungstrip. Wunderschöne, reiche Mädchen, die sich selbst hassen. Ricky und Alfie sind der Meinung, das sei ihre neue Zielgruppe.

So sieht also unser Abend aus, als es an der Tür klingelt. Oscar, über den wir uns bis eben noch bepisst haben, wenn er wie ein durchgeknalltes Hündchen hinter den Autos hergejagt ist, hält plötzlich inne und sieht mich irgendwie komisch überrascht und besorgt an. Normalerweise würde ich lachen, stattdessen versuche ich, mir meine eigene Überraschung und Besorgnis nicht anmerken zu lassen. Meistens hat es nämlich nichts Gutes zu bedeuten, wenn es ohne Vorwarnung an der Tür klingelt, oder?

Wer unangekündigt vorbeikommt, will einem in der Regel etwas verkaufen, das man nicht haben will. Oder etwas erzählen, das man nicht hören will.

Es waren zwei Polizisten, die mir die Nachricht von Mums Tod überbrachten. Ein Polizist und eine Polizistin, und sie taten mir richtig leid. Die beiden sahen aus, als müssten sie sich gleich in die Hose machen. Natürlich hatten sie ein Protokoll, an das sie sich halten konnten. Die werden in so was ausgebildet und beraten, aber es gibt immer einen, der improvisiert – in diesem Fall mich –, und dementsprechend mussten sie sich danach richten, wie ich reagiere. Vielleicht würde ich ihnen nicht glauben? Es nicht wahrhaben wollen? Vielleicht würde ich auch durchdrehen? Herumpöbeln, sie anbrüllen und zusammenstauchen? Oder in eine Schockstarre verfallen? Natürlich war ich nicht ganz unvorbereitet. Hunderttausende von Polizeifilmen haben eine ganze Nation aufgeklärt, wie man sich im schlimmsten Fall verhält. Niemand muss mehr herumstottern.

Ich glaube – hoffe –, dass ich es meinen beiden Polizisten, Lee und Sally, so leicht wie möglich gemacht habe. Sie kamen an einem Dienstagmorgen. Es war mein freier Tag, im Fernsehen lief gerade eine alte Folge von *Top Gear*.

Ich nahm die Nachricht sehr gefasst entgegen, außerdem ließ ich sie Tee mit ordentlich Zucker machen und ein paar Leute für mich anrufen. Sie durften mich mit Blaulicht ins Krankenhaus fahren. Und sie durften Freunde von Mum anrufen, die Oscar abholen sollten, und dann durften sie sich unauffällig zurückziehen, nachdem sie mich bei den Krankenschwestern abgeliefert hatten und wir durch die flüsternden und murmelnden Gänge im neuen Vorzeigekrankenhaus glitten, das anstelle des alten gebaut worden war, in dem es immer leicht nach Altherren-Pipi gerochen hatte. Sogar von draußen.

Ich würde sagen, ich war Teil einer bilderbuchmäßigen Wie-überbringe-ich-eine-Hiobsbotschaft-Übung. Wir alle haben unsere Rolle fabelhaft und mit sehr viel Würde gespielt.

Trotzdem wird es noch Jahre dauern, bis die Panik, die mich befällt, wenn es unerwartet an der Tür klingelt, wieder auf ein normales Niveau sinkt. Es läutet noch mal, diesmal energischer. Gefolgt von lautem Klopfen. Plötzlich glaube ich zu wissen, wer es ist, und springe im selben Moment von meinem

Stuhl auf. Wenn Aidan Jebb etwas von mir will, von mir aus, kann er gern haben. Ich reiße die Tür auf und bin mir meiner Sache so sicher, dass ich kurz das Gleichgewicht verliere, verwirrt bin und das Gesicht vor mir erst mal nicht einordnen kann.

»Tante Tonia!«, kreischt Oscar, drängt an mir vorbei und springt Mums großer Schwester in die Arme.

Toni, natürlich. Wer sonst. Sie bleibt unentschlossen in der Tür stehen und fragt sich wahrscheinlich, was sie falsch gemacht hat. Ich kann mir vorstellen, wie das ausgesehen haben muss, als ich die Tür aufgerissen hab, mit rot angelaufenem Gesicht, vorgestrecktem Kinn, halb erhobener Faust, und die Worte wie Kugeln aus meiner Kehle hervorzuschießen drohten.

Ich lache. »Steh doch nicht so da, Toni, komm rein.«

Toni hat Wein und noch so eine blöde selbst gemachte Lasagne mitgebracht und tritt vorsichtig ein. Sie weiß nicht recht, was sie zu diesem seltsamen Empfang sagen soll, hält es dann aber offensichtlich für sinnvoller, gar nichts zu sagen. Oscar zieht sie an der Hand hinter sich her. Er freut sich immer wahnsinnig, sie zu sehen. Andererseits gehört es zu seiner typisch sonnigen Art, dass er sich immer wahnsinnig über jeden freut. Die Welt ist sein Freund. Es war nicht gerade leicht für Mum, ihm die üblichen Regeln anzutrainieren, dass man sich vor Fremden hüten soll und so weiter, zumal es für Oscar gar keine Fremden gibt.

»Du kommst gerade rechtzeitig, um Oscar ins Bett zu bringen. Hast du Lust, Oscar? Dass Tante Antonia dich heute badet, ins Bett bringt und dir vorliest?«

»Au ja!«

Das ist dreist, ich weiß. Aber das ewige Baden, ins Bett bringen und Vorlesen macht mich fertig. Es geht mir auf die Nerven. Vor einer Weile habe ich mir ein Spiel ausgedacht, es hieß: der Wäschetrockner. Es bestand im Wesentlichen darin, bestimmte Geräusche zu machen, während ich Oscar abtrockne. Inzwischen muss die Maschine lautstark explodieren und Oscar herumgewirbelt werden, bevor ich ihn dann samt Handtuch und allem auf Mums Bett schleudere. Die Explosionen werden immer gewaltiger. Mittlerweile will er, dass der Trockner auf »dreifache Maximalexplosion« eingestellt ist. Das bedeutet mehr Lärm, stärkeres Schrubben, längeres Herumwirbeln, weitere Würfe und härtere Landungen. Zum Ende des Tages ist das noch mal richtig harte Arbeit.

Abgesehen davon hat Oscar es irgendwie geschafft, dass er danach noch mindestens drei Geschichten vorgelesen bekommt, plus eine, die ich mir ausdenke.

Und in letzter Zeit hat er statt lustigen, kurzen Büchern – sagen wir mal, *Hairy Maclary* – lieber düstere lange, zum Beispiel die Märchensammlung, die ihm irgendein schwachsinniger Cousin zu Weihnachten geschenkt hat. Versteht mich nicht falsch, das ist alles wunderbar, und, ja, ich weiß, die Kindheit geht viel zu schnell vorbei und so weiter, aber ein bisschen Abwechslung tut manchmal auch ganz gut.

Und die Geschichten, die ich mir ausdenke? Zurzeit ist das eine Reihe von Abenteuergeschichten mit Tieren, die niemand so richtig mag. Actionthriller mit Nacktschnecken, Ratten und Kakerlaken in den Hauptrollen. Eigentlich kommen die ganz gut an, wobei man sagen muss, dass Oscar in der Regel schon ziemlich fertig ist, bis wir da angelangt sind.

Aber jeder braucht hin und wieder mal einen freien Abend.

Toni grollt ein bisschen, aber sie hat keine Wahl. Sie kann ja schlecht nein sagen. Nicht, nachdem Oscar so fröhlich »Au ja!« gerufen hat.

Oscars Geburt. Es fängt ganz gemütlich an, alle sitzen bei Kerzenlicht zusammen im Wohnzimmer. Mum auf dem Sofa, Reggae in der Anlage, jeder ein Glas Wein in der Hand. Sogar ich. Vor allem ich. Wobei, ich glaube, Oma Ann hatte keinen Wein. Ich glaube, sie hatte Cranberrysaft oder so was. »Einer muss ja nüchtern bleiben«, meinte sie. Was ein kleiner gezielter Seitenhieb war, weil Caroline, die Hebamme, eine echte Schwäche für Wein hatte. Und es gab Kuchen. Kuchen hatte definitiv jeder von uns.

Also. Stundenlange Plaudereien und Wehen, bis irgendwann sogar Mum und Caroline der Gesprächsstoff ausgeht und ich feststelle, dass die Hebamme immer mehr die Stirn runzelt und immer weniger lächelt, und mir ist klar, dass Oma Ann das auch sieht, aber sie sagt nichts. Ich kann nicht sagen, ob Mum beunruhigt ist. Sie strahlt, wirkt fröhlich. Zappelig. Ein leichter Schweißfilm glänzt auf ihrem

Gesicht. Aber was weiß ich? Kann sein, dass das alles ganz normal ist.

Nach einer Weile – einer ziemlich langen Weile, wie mir scheint – werden die Wehen schwächer, und Oma Ann schlägt vor, ins Krankenhaus zu fahren. Sie war wirklich geduldig. Sie hätte das am liebsten schon vor Stunden gesagt. Ungefähr ab dem Moment, als Mum die erste Flasche geköpft hat, hab ich ihr angesehen, dass sie den Krankenwagen rufen wollte. Caroline erklärt, das sei Mums Entscheidung, sie jedenfalls hält es ganz offensichtlich nicht für nötig, und Mum will nichts davon hören. Sie legt Black Uhuru auf, und wir warten weiter ab. Ich weiß noch, dass mich die ganze Situation ein bisschen an Deans Kriegsgeschichten erinnerte.

»Krieg ist vor allem Warten«, hat er einmal gesagt. »Man wartet und wartet und wartet, und wenn man gerade denkt, es passiert nichts mehr, bricht plötzlich die Hölle über dich herein, und ein paar Minuten lang – obwohl es sich in dem Moment anfühlt wie Jahre – herrscht überall Krach und Geschrei, und man sieht Blut und Gedärme, und dann wartet man wieder. Meine Zeit beim Militär bestand zu achtundneunzig Prozent aus Warten und zu zwei Prozent daraus, mir in die Hose zu scheißen.« Und gewartet wurde fast immer mit einem Drink in der Hand. Und ich glaube, so hat Mum auch das Kinderkriegen gesehen – als Kriegsdienst für Mädchen. Und sie gehörte zu den Special Forces. Für sie galten andere Gesetze.

Ein oder zwei Stunden später – zu dem Zeitpunkt

verliere ich komplett den Überblick, ich war damals zwölf, das darf man nicht vergessen – ist Mum noch nicht ganz geweitet, und Caroline holt ein kleines Gerät und einen Tropf heraus und überredet Mum, ein wenig Magie des 21. Jahrhunderts ins Haus zu lassen. Das ist ein Wirkstoff, der den Körper dazu bringt, Wehen zu produzieren, obwohl er keine Lust hat. Mums Heiterkeit verwandelt sich in ein gereiztes Knurren, und Oma Ann sagt, ich soll ins Bett gehen. Mum ist es inzwischen egal, ob ich da bin oder nicht, aber da ich es so lange ausgehalten habe, zwingt mich mein Stolz, zu bleiben.

Trotzdem döse ich irgendwann weg – wie lange wohl? Eine Minute? Eine Stunde? Drei Stunden? – und wache davon auf, dass Mum schreit, und zwar richtig. Zuerst ohne Worte, ein Grauen erregender Urschrei, aber dann holt sie tief Luft, »Gib mir eine Vollnarkose. Bitte. Ich will eine Vollnarkose!« Caroline ist ganz rot im Gesicht, ihre Stimme ist ruhig, aber ihre Bewegungen sind ruckartig, und sie schwitzt, und das versetzt mich in Panik. Ich will nach oben laufen, aber meine Beine machen nicht mit. Ich stecke fest.

»Schulterdystokie«, murmelt Caroline.

»Was?«, fragt Oma Ann, und Caroline muss es wiederholen, während Mum wieder anfängt zu schreien.

»Eine Schulterdystokie, verdammt«, blafft Caroline sie an, als wäre Oma Ann eine zurückgebliebene Lernschwester, die keine Ahnung von nichts hat. Außerdem faucht sie, es sei zu spät für Betäubungsmittel, und Mum brüllt wieder, und Caroline drückt einen Knopf an so einem Pager, den sie am Gürtel trägt. Es folgt minutenlanges Geschrei und Gejaule, ich halte mir die Ohren zu, schaffe es aber immer noch nicht, zu gehen. Dann klopft es heftig an die Tür, ein Klopfen, an das ich mich dunkel erinnere und das ich mit Leuten in Verbindung bringe, die etwas von Dean wollen, und zwar Geld.

Ein riesiger Mann im Dinnerjacket tritt ein. Er sieht aus wie ein vom Glück verlassener, pensionierter Schwergewichtsboxer, der sich in einen fleckigen Smoking gezwängt hat, weil er zu einem Galadinner eingeladen wurde. Was ungefähr der Wahrheit entspricht. Es ist Dr. Simons, ein Arzt, der von der Verabschiedungsfeier eines Kollegen weggerufen wurde, um mithilfe von roher Gewalt und steinzeitlichem Werkzeug Oscar auf die Welt zu holen.

Ich weiß nicht, wie sich andere Menschen eine Geburtszange vorstellen, aber bevor Oscar kam, dachte ich dabei eher an die Dinger, mit denen man im Feinkostladen Kochschinkenscheiben anfasst. Das hier sieht anders aus. Ich war zwar todmüde und etwas benebelt vom Wein, aber ich weiß noch, wie plötzlich zwei gebogene Stahlteile vor mir aufblitzten. Säbel. Eine Geburtszange sieht aus wie ein Paar richtig fieser Säbel. Als Dr. Simons seinen glänzenden handgenähten Schuh aufs Sofa stellt und loslegt, komme ich mir vor wie bei einer mittelalterlichen Hinrichtung, nur rückwärts. Das ist sehr unansehnlich und so weit weg von moderner Medizin, wie man es sich nur vorstellen kann. Kein Zischen und kein Piepen. Mum schreit, Oma Ann wimmert, und

Dr. Simons grunzt und knurrt wie ein verwundeter Stier.

Ich erinnere mich noch an das überraschend kräftige Rot vom Blut auf dem weißen Laken, das wir aufs Sofa gelegt hatten. Ein perfekter, klebrig glänzender Kreis, wie die japanische Flagge.

Das Geschrei ist mittlerweile zu einem Hintergrundgeräusch geworden. Beziehungsweise, es ist so, als hätte ich es ganz aufgesogen. Als gehörte es zu mir. Ein Soundtrack, der mich mein Leben lang begleiten könnte.

Und dann kommt Oscar. Neun zerknautschte blutige Pfund, dunkellila wie ein angelutschter Bonbon. Und ganz still. Ich war mir sicher, dass er tot ist. Und alle anderen im Raum dachten bestimmt das Gleiche, außer Mum, die sich keuchend vor Ekstase auf dem glitschigen Sonnenaufgangslaken krümmte. Dr. Simons sah Oscar skeptisch an und kniff ihn in den Arm. Nichts.

Und noch mal.

Immer noch nichts.

Schließlich verpasste er ihm einen wütenden Klaps auf den Schenkel – so wie man es freitagabends im Supermarkt sieht, wenn eine frustrierte Mutter ihr ungezogenes Kind schlägt –, und Oscar kam durch. Ein dünner, hoher Aufschrei der Verwunderung und Enttäuschung übertönte Mums Schluchzen und Black Uhurus Gewummer. So fängt es an, Oscar: ein Leben voller Schmerzen, die einem die Menschen zufügen, denen man vertraut.

Nachdem Toni und Oscar hochgegangen sind, gucken wir *Flight of the Arachnids*, und es ist genauso wunderbar blutrünstig, wie wir gehofft haben. Es geht um afrikanische Killerspinnen, die in einem Flugzeug Amok laufen. Nach dem sechzehnten Toten (also relativ schnell) kommt Toni mit ein paar Gläsern und dem Wein wieder. Wir sind schon mit Bier versorgt und lehnen dankend ab. Toni nimmt einen kräftigen Schluck Shiraz und pflanzt sich neben Alfie aufs Sofa. Ich sehe, wie er sich leicht verkrampft. Ich bin selbst etwas angespannt. Obwohl ich die Gift- und Blutorgie auf dem Bildschirm nicht aus den Augen lasse, sehe – spüre – ich, wie Tonis Blick durchs Wohnzimmer wandert. Und ich weiß, was sie sieht. Sie sieht einen ganz normalen, netten Freitagabend. Ein paar Jungs, Joints und Bier, Takeaway-Schachteln, leuchtend gelbe DVD-Hüllen aus der Videothek, und das alles gefällt ihr nicht. Sie findet, es sollte Trübsal herrschen, Totenklage gehalten werden und, keine Ahnung, Chormusik laufen. Sie will keine Jungs, die kichernd zusehen, wie Riesenspinnen in einer 747 auf dem Weg nach New York Chaos verbreiten. Meine Schultern versteifen sich. Warum sollen wir uns nicht ein bisschen entspannen dürfen? Ein bisschen abschalten? Ein bisschen leben? Ein bisschen normal sein, verdammt.

Kein Mensch kann das Gemetzel genießen, solange sie da so grübelnd auf dem Sofa rumsitzt. Eine Viertelstunde später steht Alfie auf und streckt sich theatralisch.

»Wir sollten in die Library gehen, Ricky.« Es ist

noch keine neun. Die Library hat noch gar nicht auf. Und das Wetter ist immer noch beschissen. Sie werden klitschnass. Aber ich sage nichts dazu. Während ich darauf warte, dass Ricky antwortet, sind sie schon auf den Beinen.

»Genau, am besten, wir gehen«, sagt Ricky. »Wir sehen uns, okay?«

Ich bringe sie ohne ein Wort zur Tür.

»Bis dann, Bruder«, sagt Alfie und tätschelt mir den Arm. Er tätschelt mir den Arm. Wichser. Er ist genauso wenig mein Bruder wie mein Vater mein Kumpel ist. Alles Wichser. Und dann denke ich, dass Mum und ihre Freundinnen nicht so miteinander umgegangen sind. Wenn Mums Freundinnen gesagt hätten, sie kämen vorbei, um ein Curry zu essen, sich bescheuerte Filme anzugucken und rumzuhängen, dann wären sie geblieben, bis der Film zu Ende und das Bier alle gewesen wäre. Als ich die Tür zumache, habe ich Tränen in den Augen. Ich lehne mich kurz gegen die Wand, dann hole ich tief Luft, gehe ins Wohnzimmer und schalte den Fernseher aus.

»Wegen mir musst du nicht ausmachen«, sagt Toni.

»Tue ich auch nicht«, sage ich. »Ich habe sowieso schon Kopfschmerzen davon bekommen. Oscar wollte das sehen.« Ich merke, dass ich sauer auf sie bin. Wie kann sie es wagen herzukommen, mich zu verurteilen, meine Freunde zu vergraulen und mir zu unterstellen, ich leide nicht genug? Sie hat nichts dergleichen gesagt, aber ich weiß, dass sie es denkt. Ich weiß es einfach, und ich hab keine Lust, mir den Schuh anzuziehen. Ich spüre, wie ich anfange, rot zu sehen, und genieße es fast. Gleich werde ich einen mordsmäßigen Streit mit meiner Tante haben, und dann drücke ich ihr das labbrige, fette Gesicht in den Teppich.

»Ich brauche keine Lasagne mehr.«

»Was?« Sie sieht mich irritiert an, dabei habe ich mich wirklich klar genug ausgedrückt.

»Ich brauche keine Scheißlasagne mehr. Die Gefriertruhe ist voll davon. Außerdem mag ich keine Lasagne. Und Oscar auch nicht.«

Es entsteht eine kurze Pause, sie fängt an zu weinen, und ich fühle mich total mies.

Leise schluchzend sagt sie: »Meine Schwester ist tot, Billy. Deine Mutter. Und du benimmst dich, als sei dir das völlig egal.«

»Das ist Quatsch.«

»Ich weiß. Es tut mir leid. Es tut mir schrecklich leid.« Dann nimmt sie einen Küchenstuhl und wirft ihn gegen die Wand. Natürlich trifft sie nicht, der Stuhl fällt vor der Wand zu Boden und zersplittert auch nicht wie wahrscheinlich beabsichtigt. Jetzt liegt er einfach da. Ich muss lachen und tue so, als würde ich husten. Toni macht so was sonst nie. Mum schon, dauernd, aber nicht Toni. Wir schweigen. Nur Toni keucht, als hätte sie gerade einen Sprint hinter sich.

»Toni. Schon okay. Alles wird gut.« Das hilft, obwohl wir beide wissen, dass es wahrscheinlich nicht stimmt. Dass es wahrscheinlich gelogen ist. Und dann liegen wir uns ewig lange in den Armen und lachen ohne jeden Grund, und dann trinken wir den

Wein und das Bier aus und reden nicht mehr über Mum. Und auch nicht über Testamente und den ganzen Scheiß. Toni raucht sogar einen Joint. Ganz fachmännisch, ohne zu husten, was mir nie gelingt. Wir gucken *Life is Sweet*, Mums Lieblingsfilm – Mike Leigh war für Mum einer der ganz Großen –, und auch dabei lachen wir, und dann fällt uns das Reden plötzlich leicht. Wir bleiben lange wach und sprechen darüber, was für ein Sonnenschein Mum war, und ich lache über die Geschichten, wie Toni und Mum als Kinder waren – obwohl ich sie alle schon kenne. Und dann sagt Antonia, sie wolle auf dem Sofa pennen, und ich sage nein, sie soll mein Bett nehmen. Mums Bett ist auch noch da, aber so weit sind wir beide noch nicht. Ihr ganzes Zeug liegt da noch drauf. Ich wollte die Putzleute nicht vor der Beerdigung reinlassen. Offensichtlich waren sie erleichtert. Beschwert haben sie sich jedenfalls nicht. Deswegen liegt ihr Make-up noch da. Und das Glätteisen. Ihre ganzen Kleider und Schuhe und so. Es sieht ungefähr noch genauso aus wie an dem Tag, als sie starb.

Also haue ich mich zwischen den Gläsern, den schmutzigen Tellern und dem chinesischen Essen, das in der Aluverpackung vertrocknet, aufs Ohr, während Antonia die Treppe hochtorkelt.

Aidan Jebb glaubte an Jesus. Jede Nacht kam Jesus zu ihm und manchmal auch tagsüber. Dann spielten sie zusammen oder sangen Lieder.

Lange Zeit war Jesus Aidans bester Freund. Aidan

bat Jesus, seiner Mutter zu helfen, mit dem Trinken aufzuhören und nicht immer so schlecht drauf zu sein und nicht dauernd irgendwelche Leute mitzubringen. Er bat Jesus, seinen Vater von wo auch immer zurückzuholen, und Jesus versprach, es zu versuchen.

Wenn die Leute ihn manchmal fragten, wie Jesus aussah, sagte Aidan, er wisse es nicht. Jesus war unsichtbar, wussten Sie das denn nicht? Aber er musste vorsichtig sein. Einige Erwachsene fanden es lustig, wenn er von Jesus sprach, andere wurden böse. Wenn andere Kinder heimliche Freunde hatten, war nie jemand böse. Jerome Finlay zum Beispiel hatte einen Freund namens Rowley, aber das schien niemanden zu stören. Aidan wusste nicht, ob seine Mutter wegen Jesus böse sein würde oder ob sie es okay fände, also war es besser, erst gar nicht mit ihr darüber zu reden. Manche Erwachsenen wurden sogar mehr als böse. Einmal, als er mit Jesus spielte, schlug ihn eine Freundin seiner Mutter ins Gesicht, und zwar richtig. Und dann noch mal, als er anfing zu weinen.

Und dann kam Jesus irgendwann nicht mehr, und nach einer Weile bat Aidan ihn auch nicht mehr, wiederzukommen. Eine Zeit lang fragte er sich, was er falsch gemacht hatte, warum Jesus nicht mehr sein Freund war. Es machte ihn traurig, wenn es in der Schule hieß, Jesus helfe allen Menschen, aber nie die Rede davon war, dass er sich genau wie alle anderen aus dem Staub machte, wenn es ihm zu langweilig wurde.

Ich kann nicht schlafen. Aber darauf bin ich vorbereitet. Es ist komplett normal, dass ich nachts wach liege, und zwar nicht erst, seit Mum tot ist. Das liegt nicht daran, dass ich Kummer hätte oder so ein Quatsch. Das fing schon vor einer Ewigkeit an, lange vor den Prüfungen, mit Schule und all dem hat es also auch nichts zu tun. Ich hab das jetzt ungefähr seit der Achten, ich bin also quasi ein Experte. Das ist wie ein eigenes Fachgebiet. Einmal bin ich deswegen zu einer Ärztin gegangen. Ganz allein, ohne Mum oder so. Ich wollte, dass sie mir Pillen oder irgendwas gibt, aber davon wollte sie nichts wissen.

»Du kannst also nicht schlafen? Na und? Sieh es als Geschenk.« Als ich sie fragte, wie sie das meinte, seufzte sie nur und sagte: »Wenn du möchtest, kannst du dir den Sonnenaufgang ansehen, du kannst alte Filme gucken, Briefe schreiben, Bücher lesen. Deine Tage sind länger als die anderer, du lebst doppelt so lang. Das ist keine Krankheit, das ist eine Chance.« Sie war aus Liverpool. Eine richtig harte Nuss, obwohl sie Ärztin war. Wenn man eine Krankschreibung oder so was brauchte, ging man lieber nicht zu ihr. Kein Wunder, dass sie aus Merseyside wegmusste. Egal, ich hab jetzt jedenfalls ein System. Der Sonnenaufgang interessiert mich nicht, und ich schreibe auch keine Briefe, aber ich lese ein bisschen, guck mir verrücktes Zeug im Internet an, höre Musik, hol mir einen runter, spiele *Empire*, und falls nötig, fang ich noch mal von vorne an. Das beruhigt mich. Meistens.

Diesmal allerdings geht alles schief. Erst mal läuft es bei *Empire* nicht besonders gut. Meiner Welt droht eine Rezession, ich bitte meine Berater um Unterstützung und handele ihren Anweisungen entsprechend. Bei uns gibt es keine Bunkermentalität. In meiner Regierung hören wir aufeinander.

Ich kurbele also die Wirtschaft an, indem ich massiv in Straßenbau, Schulen und Krankenhäuser investiere. Außerdem wirke ich von politischen Gegnern gestreuten Gerüchten entgegen, indem ich in einigen wichtigen Städten die Bürgermeister direkt wählen lasse.

Nachdem ich ein bisschen Musik gehört habe, wende ich mich wieder meiner Nation zu und stelle fest, dass diverse abgelegene Provinzen in Flammen stehen und meine besten Soldaten an den neuen Autobahnen gekreuzigt wurden. Währenddessen trudeln fröhlich Siegesbotschaften aus Taschkent und Hanoi bei mir ein.

»Hey, Mann«, steht da in tadellosem Englisch. »Gib auf, du Spast. Gib auf.« Ich schätze, ich muss mir etwas mehr Mühe geben.

Nach diesem Debakel werfe ich einen Blick in die *Leben!-Tod!-Kreuzworträtsel!*-Presse und lese von einem Mädchen, das Krebs hatte und von zwei anderen Kindern angezündet wurde. Das Mädchen war fünf, die beiden Täter acht und zehn, und das Ganze ist nicht in Amerika passiert, sondern in Northampton. Dann lese ich, dass jemand gefilmt hat, wie sich die beiden Kindershowmoderatoren Dick und Dom auf dem BBC-Parkplatz prügeln. Ich gehe auf YouTube, um mir das anzusehen, aber um ehrlich zu sein, kann man nicht richtig erkennen, ob es wirklich Dick und Dom sind. Es könnte genauso gut irgendwer sein. Ja, meine Liverpooler Ärztin mit der steinernen Miene hatte recht. Man muss die Schlaflosigkeit als Chance sehen. Und die gewonnene Zeit sinnvoll nutzen.

Und dann ist es plötzlich Morgen: Oscar kommt rein, stürzt sich auf mich und erwischt mich mit seinem spitzen Knie direkt am Kinn. Es tut weh. Aber richtig.

»Scheiße, Mann, Oscar!«, brülle ich und springe auf, sodass er voll auf die Fresse fliegt. »Kannst du nicht einfach mal normal sein, du kleiner …« Den Rest verkneife ich mir gerade noch rechtzeitig. Das heißt mehr oder weniger rechtzeitig, denn er fängt bereits an zu wimmern. »Sei nicht so eine Heulsuse«, fahre ich ihn an. »Du hättest mir den Kiefer brechen können.«

Oscar hört auf zu weinen. Er macht ein betroffenes Gesicht. Wie ein Stummfilmschauspieler, der überrascht gucken soll. Stan Laurel. Er sieht aus wie Stan Laurel. Und er hat schon wieder ins Bett gepinkelt. Ich kann es riechen. Meine Güte.

»Und heute Abend ziehst du wieder deine Windeln an.«

Antonia kommt hereingeschwebt und hebt ihn hoch, und wie sie ihn mit ihrer wilden Morgenmähne halb verdeckt, sehen sie aus wie ein zweiköpfiges Wesen, das mir aus beiden Gesichtern vorwurfsvolle Blicke zuwirft. Ich trete einen Schritt zurück und lasse die Arme hängen. »Hast du heute schon was vor, Toni? Weil, nimm's mir nicht übel, aber wir haben einiges auf dem Zettel.«

»Kann Tante Tonia mich nicht zur Schule bringen?«, fragt Oscar.

»Nein«, sage ich. »Wir fahren zusammen, du und ich. Unser kleines Dreiergespann. Ich, du und Sooby-Doo.« Er runzelt die Stirn. »Das ist für mich das Schönste am ganzen Tag, dich zur Schule zu bringen. Und für dich auch. Das ist ein Befehl.« Das habe ich gesagt, um die Atmosphäre aufzulockern, aber es hört sich eher albern an.

4

Dann ist Sonntag, und Oscar will »Häuser angucken« spielen. Das haben wir früher oft mit Mum gemacht. Ihr Lieblingsspiel. Sie hatte alle Apps, die man dafür braucht. Zum Beispiel RulerPhone, das aus einem Handy ein Lasermessgerät macht, mit dem man messen kann, wie groß ein Raum ist. Oder Mouseprice, mit dem man rauskriegt, wie viel ein Haus wert ist. Man muss nur die Postleitzahl eingeben, und schon bekommt man die Info vom Grundbuchamt. Sie hatte sogar WalkScore, wo man erfährt, wie man an einem bestimmten Ort ein umweltfreundliches Leben führen kann: die kürzesten Fußwege zum nächsten Supermarkt, zum Arzt, zur Apotheke, zum Krankenhaus, ins Kino, so was alles. Aber eigentlich interessierte Mum sich nicht so sehr für den Wert eines Hauses, sondern mehr für den Gesamteindruck. Sie wollte immer wissen, was in Sachen Architektur und Inneneinrichtung gerade angesagt war. Was das moderne Haus so trug, sozusagen. Sie sah sich Bauweisen und Trends an und erkannte anhand der Strukturen eines Neubaus, in welche Richtung das Design – und die Kultur überhaupt – sich entwickelte. Das sei wichtig, meinte sie, wenn sie als Eventmanager weiter in der obersten Liga spielen wolle. Deswegen hatte sie auch ShopSavvy, die App, die Barcodes scannt und die niedrigsten Preise für Einrichtungsgegenstände raussucht.

Das Komische ist, dass Oscar bisher nie etwas mit Mums Spiel anfangen konnte. Es ärgerte ihn, sich ständig anhören zu müssen, dass er nichts anfassen und nirgends draufklettern, also im Grunde kein kleiner Junge sein durfte. Aber jetzt – an diesem Sonntag – fleht er mich an, mit ihm loszufahren. Und da ich weiß, wie sich so ein regnerischer Sonntag hinziehen kann, bin ich einverstanden.

Southwood eignet sich gut zum Häusergucken. So wie jede andere Kleinstadt im Südosten wurde die Stadt aufgefordert, sich für erschwinglichen Wohnraum einzusetzen. Die Stadtentwickler reagierten darauf, indem sie Hunderte von »Reihenhaus-Luxusapartments« entwarfen, von denen die meisten jetzt leer stehen. In der Realität bedeutet das Geisterstädte mit Niedrigbauten zu beiden Seiten des Flusses. Heute fahren wir zu einem neuen Bauprojekt namens The Limes.

Von Weitem betrachtet, unterscheiden sich diese Scheißyuppiebuden nicht wesentlich von den Lagerhallen und Baumärkten des neuen Fachmarktzentrums, das ebenfalls dort errichtet wird. Pastellene Klinkerbauten, hier und da aufgepeppt mit Verzierungen in Primärfarben, als hätte man es mit Betreuungseinrichtungen für depressive Kinder zu tun. Was wahrscheinlich der Fall ist.

Irgendwie glaube ich nicht, dass die Umwandlung der ehemaligen Klapsmühle St. Lukes in The Limes, einer Wohnanlage mit »Gehobenen Stadthäusern« inklusive Dreiergarage und Fitnessstudio, das ist, was der Minister für Stadterneuerung im Sinn hatte. Ich kann mich nicht an seinen Namen erinnern, aber ich weiß, dass er ein Lord ist und dass ihm halb Kent gehört. Und das zählt.

Wir gehen zum Musterhaus, vorbei an den mittelgroßen Limousinen, die den mittelgroßen Erfolg ihrer Besitzer herausposaunen, vor den wenigen mittelgroßen gehobenen Hütten, die schon bewohnt sind.

Das Tolle am Häusergucken ist, dass man in anderer Menschen Leben schlüpfen kann. Und zwar nicht ihr wirkliches Leben mit all seinem Chaos, dem ganzen Müll und dem Drama, sondern ein Traumleben, in dem die Kissen und Teppiche hübsch aufeinander abgestimmt sind.

Am lustigsten war es, als Mum und ich einmal so taten, als seien wir an einem alten Herrenhaus zwischen Essex und Suffolk interessiert. Die Frage, für wen die Makler uns wohl hielten, beflügelte meine Fantasie. Einmal taten wir die ganze Zeit so, als sprächen wir Russisch, um den Makler glauben zu machen, wir seien Vorzeigefrau und Sprössling eines Oligarchen. Ein anderes Mal gab Mum sich eine beängstigend realistische Stunde lang als Frau eines Fußballers aus und sorgte dafür, dass der Makler sich fast in die Hosen machte, als sie ihm ihre Ideen für ein Erwachsenenspielzimmer und ein eigenes Apartment für ihre Pudel präsentierte. Darin war sie gut. Sie war eine erstklassige Schauspielerin, meine Mum.

So lustig es am oberen Ende der Immobilienleiter auch war, weiter unten hatte es durchaus auch seine Reize. Die Augenwischereien eines Bauunternehmers, seine Versuche, zu betrügen und zu vertuschen – an so etwas hatte Mum große Freude. Und wir waren froh, dass sie froh war. Sie liebte den ganzen Pseudoscheiß, den die Makler erzählten, die in diesem Segment meistens viel jünger und bemühter waren als ihre Kollegen, die die Villen verkauften, und sich über alle möglichen »Vorzüge« ausließen, in der Hoffnung, einer alleinstehenden Mutter mit Geld, aber ohne Verstand ein Baukastenhäuschen anzudrehen.

Das Musterhaus in The Limes ist ein Klassiker zeitgenössischen Geschmacks. Alle Zimmer sind klein bis auf zwei. Unten gibt es eine riesige Küche, die als Knotenpunkt des Hauses gedacht ist, so wie Houston Knotenpunkt der Apollo-Mondmissionen war. Ein angenehmes Zusammenspiel von hellem Holz und Chrom. Wie in einem Sterbehospiz.

Das große Zimmer oben ist das Elternschlafzimmer mit eigenem Bad, das man eher als Wellnessbereich bezeichnen könnte. Das ist Oscars Lieblingszimmer, wegen der circa ein Dutzend bunten Fläschchen, die dort stehen. Er denkt, es seien Spielzeuge, und in gewisser Hinsicht hat er recht. Sie sollen potenziellen Käufern das Gefühl vermitteln, dort sinnliche Liebesstunden verbringen zu können. Insgesamt soll das Ganze Paaren mittleren Alters suggerieren, sie könnten noch einmal die Leidenschaft ihrer Jugend durchleben, wenn sie £250.000 für eine Holzkiste mit Fußbodenheizung und Nasszelle lockermachen. Die durchsichtigen Flaschen mit den geschliffenen Steinen und den seltsamen Farnwedeln und Zweigen sollen wahrscheinlich auf schwedische Dekadenz anspielen.

Die anderen Zimmer sind enttäuschend. Klaustrophobisch. Zellenartig. Aus der Sicht eines Sozialhistorikers, der ich vielleicht einmal sein werde, ist die Tatsache, dass es mehr Badezimmer als Schlafzimmer gibt, wahrscheinlich noch am interessantesten. Vier Schlafzimmer mit eigenem Bad plus ein »Familienbad«, das erheblich schlechter ausgestattet ist als das für die Herrschaften des Hauses.

Wer hier wohl gerne einziehen würde? Am ehesten zwangsneurotische Feinschmecker-Swinger mit einem hohen Maß an Selbstgefälligkeit, die ihre Kinder nicht besonders mögen. Das sind also die Sehnsüchte der modernen Familie? Anscheinend.

Ich stecke die Hand in die Hosentasche und spüre den scharfen Knick im Zettel, den Dean mir geschrieben hat und den ich heute morgen gefunden habe. Gelesen habe ich ihn noch nicht, aber ich weiß, dass er von ihm ist. Ich hab seine Schrift erkannt. Die großen, hingekritzelten Buchstaben: »An Billy.«

Am Anfang war es in Ordnung, dass Dean da war. Er brachte eine mir unbekannte fluchende, verschwitzte, naiv-romantische Männlichkeit mit. Bis dahin hatte ich nicht viel mit Männern zu tun gehabt. Mum hatte nur Freundinnen gehabt, viele von ihnen waren lange Zeit Singles, und plötzlich war da ein Burger essender, Fußball schauender, Bier kippender, furzender, rülpsender, sich im Schritt kratzender, behaarter Prachtkerl von einem Mann. Ich war beeindruckt, und eine Zeit lang war Dean eine echte Identifikationsfigur. Als professioneller Türsteher und ehemaliger Soldat war er auch bei Mums Freundinnen beliebt. Nichts turnt eine Umweltaktivistin mehr an als jemanden zu kennen, der tatsächlich Menschen umgebracht hat. Vor allem, wenn er einen auch noch umsonst zu den Singlepartys im Andromeda reinlässt.

Natürlich war er laut – allein schon seine Stimme –, aber richtig wütend wurde er nur bei seiner Lieblingstalkshow und der Sportschau. Dann brüllte und fluchte er und stürmte aus dem Zimmer, als sei die einzige Aufgabe dieser Sendungen, ihm das Leben schwer zu machen.

Hessenthaler war Fan von West Ham United, ich also auch. Wie jeder echte Fan nannte ich sie *The Irons*, wir gingen sogar zusammen zu ein paar Spielen. Eine Zeit lang waren wir wie eine richtige Familie. Und er konnte aufregende Jungsgeschichten erzählen. Von Bajonettangriffen in Afghanistan, wie es ist, jemandem in die Augen zu sehen, der ein paar Zentimeter entfernt von einem stirbt. Waghalsige Geschichten, die schon damals weniger nach Krieg klangen als nach Pausenhofprahlereien. Er erzählte von Typen, die mit einem Kameraden auf dem Rücken unter feindlichem Beschuss durch ein Minenfeld liefen und denselben Kameraden später während einer Rauferei beim Billardspielen krankenhausreif schlugen. Mum gefielen die Geschichten auch, aber sie wollte nicht, dass er sie mir erzählte. Sie machten mir tatsächlich Angst. Aber da ich als Kind keine

Horrorfilme hatte sehen dürfen, und auch sonst nichts, was nicht ab sechs war, war das spannendes Neuland für mich.

Sogar an den Sex hab ich mich quasi gewöhnt.

Anfangs machten sie es überall. Und ständig. Wenn ich von der Schule kam und die Haustür aufstieß, musste ich oft sofort wieder rausrennen. Manchmal konnte ich die Schreie und das Gestöhne schon von draußen hören, dann ging ich direkt weiter. Mums Freundinnen warfen mir vielsagende Blicke zu, wenn sie mich auf der Straße trafen. »Wie geht's deiner Mutter?«, fragten sie mich und zwinkerten mir zu. »Wie geht's Dean?«

»Ach, die treiben es immer noch wie die Kaninchen«, erwiderte ich dann forsch und total erwachsen. Aber ganz so locker nahm ich das dann doch nicht.

Ich war ja nicht naiv. Wir hatten das alles schon in der Grundschule durchgenommen. Wir hatten die Schaubilder abgemalt und die Körperteile beschriftet. Unsere Lehrbücher waren supermodern. Mit Klitoris und allem.

Wir hatten lächelnde Zeichentrickfiguren gesehen, die es in diversen Stellungen taten. Und wir hatten zugesehen, wie Miss Morgan die rosa Haut eines Kondoms über eine Gurke rollte.

»Einige Männer reden sich damit heraus, die Kondome seien zu klein«, erklärte sie grinsend. »Den Mann würde ich liebend gern kennenlernen, der besser gebaut ist als das hier.« Da wir meinten, eine klitzekleine Betonung auf dem Wort »liebend« vernommen zu haben, kicherten wir alle pflichtbewusst.

Abgesehen davon hatte ich auch Privatunterricht. An einem Wochenende, als ich elf war, fuhr mich Mum in den Norden zu einem meiner immer selteneren Ausflüge auf dem Boot meines Vaters, und als ich gerade das Handschuhfach nach einem Malzbonbon durchstöberte, purzelte mir eine goldene Rakete entgegen und landete zwischen meinen Füßen. Ich hob sie auf. Ich drehte sie in meinen Händen und rätselte, was es mit dem schimmernden, glatten Metall auf sich hatte. Mum lachte.

»Das ist mein kleines Spielzeug fürs Wochenende, Billy. Damit ich mich nicht so allein fühle. Leg es zurück.« Und dann lachte sie wieder, während ich puterrot anlief und es zurück zwischen Taschentücher, Bonbonpapier und Kleingeld schob. Wir verloren nie wieder ein Wort darüber.

Ich schätze, es fällt alleinstehenden Mütter schwer, ihre Söhne nicht wie ihre Freunde zu behandeln und ihre Töchter wie ihre Freundinnen. Das passiert wahrscheinlich ganz intuitiv. Und hat zur Folge, dass Kinder von Singlemüttern zu früh einfach zu viel mitbekommen.

Und egal, was die Leute einem erzählen – egal, wie gut man Bescheid weiß –, wenn man mit elf seiner Mutter beim Sex zuhört, klingt das, als würde sie angegriffen werden. Als hätte sie Schmerzen. Als würde sie einem zornigen Gott geopfert. Und die Tatsache, dass deine Mutter ihren Angreifer streichelt und küsst, schnurrt und sich an ihm reibt, macht es nicht einfacher – im Gegenteil. Es ist noch viel verwirrender.

Irgendwann beruhigten sie sich dann doch. Sie machten es immer noch oft genug, aber normalerweise nachts und so gut wie immer im Schlafzimmer. Dean gab seinen Job als Türsteher auf und baute stattdessen tagsüber Kamine ein. Gutes Geld, regelmäßige Arbeitszeiten. Mit seiner Soldatenrente und Mums Gehalt kamen wir uns eine Zeit lang richtig reich vor. Wichtiger für mich war, dass dieses Albtraumszenario, nach Hause zu kommen und eine Erektion aufblitzen zu sehen, während Mum und Dean nackt und kichernd zur Treppe liefen, immer seltener vorkam, zumal allmählich wieder halbwegs normale Verhaltensregeln bei uns einkehrten.

Und vielleicht hätten wir ja eine Zukunft gehabt. Vielleicht wären wir noch eine Familie und säßen samstagabends zusammen vor *Final Score*, bepissten uns über die Teilnehmer von *X Factor*, gingen ins Stadion zu den Irons. Alles Dinge, die wir mit Dean gemacht haben und die wir vorher nie gemacht hatten. Vielleicht wäre Dean irgendwann zu Elternabenden gegangen und hätte mich beim Boxen angemeldet. Vielleicht wäre ich zur Army gegangen, statt ein Überbrückungsjahr im Sozialgeschichtlichen Museum zu absolvieren. Vielleicht wäre ich bei den Fallschirmjägern und würde mich innerlich auf meinen ersten Einsatz im Irak oder im Sudan oder wo auch immer vorbereiten. Vielleicht hätte Dean mir sein treues Bajonett vererbt, auf dem noch ein bisschen Talibanblut klebt.

All das wäre möglich gewesen, hätte Mum sich an

ihren eigenen Aufklärungsunterricht erinnert und sich nicht von Dean schwängern lassen.

Durch Mum war Dean ruhiger und sanfter geworden – er brachte ihr jeden Morgen Tee und alles –, aber bei dem Gedanken an ein Baby drehte er durch. Und ich drehte auch durch. Und Mum auch. Aber irgendwie vereinte es uns nicht, dass wir diese Angst teilten. Wenn ich zurückblicke, denke ich, dass wir uns gegenseitig gebraucht hätten, um uns auf das neue Kind zu freuen. Wir hätten alle jemanden gebraucht, der uns Mut machte, aber es war niemand da. Mum hatte eigentlich am meisten Grund, am Boden zerstört zu sein. Sie hatte Spaß an ihrer Arbeit, am Leben und plötzlich wurde alles wieder kompliziert. Als wäre sie auf einen Berg gestiegen, und dahinter wären überall neue Berge aufgetaucht. Der Horizont schien weiter weg denn je. Wir fühlten uns jeder auf seine Weise hundeelend, und wenn wir merkten, dass einer der anderen litt, ärgerte es uns eher als dass es uns tröstete. Ich hatte natürlich die beste Entschuldigung. Die einzige Entschuldigung. Ich war noch ein Kind.

Die Stimmung schlug um. Mum verbot Dean, zu Hause seine Geschichten zu erzählen, außerdem fing er sowieso an, sich zu wiederholen. Zum Fußballgucken ging er jetzt in die Kneipe, und ich bestrafte ihn, indem ich so tat, als interessierte ich mich nicht mehr dafür, und anfing, über zweiundzwanzig Schwuchteln zu schimpfen, die hinter einer Ziegenblase herliefen. Und dann fing er an, wieder im Andromeda zu arbeiten, und kam frühmorgens angetrunken nach Hause, gerade rechtzeitig, um Mum zu wecken, die sich dann lautstark übergab.

Sie musste sich die ganze Schwangerschaft durch übergeben, viel länger als normal. Und nicht nur morgens. Bald assoziierte sie Dean mit Übelkeit und Erschöpfung, und einen Monat vor Oscars Geburt sah ich ihn dann zum letzten Mal. Als er versuchte, im Regen seine Hose aus dem Vorgarten aufzusammeln. Nicht nur seine Hose. Alle seine Sachen. Mum hatte sie drei Tage davor auf den Rasen geworfen. Es sah aus wie eine Installation. Ein modernes Kunstwerk mit dem Titel *Mein Freund ist ein Wichser.* Als er vorbeikam, um sie abzuholen, stand sie oben am Fenster und machte sich über ihn lustig, bis er die Tür eintrat, und das war's dann. Ich sah ihn nie wieder. Wahrscheinlich gab es danach noch irgendwelchen Gerichtskram, einstweilige Verfügungen und so, aber Mum sprach nicht darüber, und ich wollte es auch nicht wissen. Und schließlich kam die Geburt wie ein Wirbelsturm über uns, und ich war plötzlich der Geburtspartner und übernahm die Rolle, die eigentlich Deans gewesen wäre.

Der Pfeil trifft Oscar im Garten des Musterhauses. Er ist draußen hinter der Verandatür in irgendein seltsames Spiel vertieft. Ich wende meinen Blick wieder dem grell glänzenden schwarzen Marmor in der Küche zu, da sehe ich plötzlich aus dem Augenwinkel etwas vorbeizischen. Und noch bevor er in sein unverwechselbares Gejaule ausbricht, laufe ich mit großen Schritten in seine Richtung. Ich bin nicht sicher, was genau sich da am Rande meines Gesichtsfeldes bewegt hat, aber irgendetwas daran gefällt mir überhaupt nicht.

»Was ist los, Oscar? Komm, sag schon. Hör um Gottes willen auf zu weinen.« Die Angst lässt mich schärfer klingen als beabsichtigt. Ich schalte einen Gang runter, als ich sehe, wie er versucht, seine Tränen zurückzuhalten, die Schluchzer unterdrückt und so tut, als müsse er husten. Er liegt am Boden und reibt sich das Bein. Ängstlich wirft er einen Blick über meine Schulter, und ich drehe mich um und folge seinem Blick. Hinter dem unbehandelten Gartenzaun steht eine Rotznase mit rötlichem Kurzhaarschnitt und schaut zu uns rüber. Er sieht aus wie zwölf, und seine Augen funkeln durchtrieben.

»Kann ich meinen Pfeil zurückhaben?« Kein Bitte, keine Entschuldigung, dass er ein kleines Kind verletzt hat. Ich sehe zu Boden und entdecke einen Stock, der am einen Ende angespitzt ist und am anderen eine Kerbe hat. Ein selbst gemachter Pfeil. Ich hebe ihn auf und breche ihn in der Mitte durch. Das sollte reichen.

Ich nehme Oscar auf den Arm und gehe, ohne den rotznäsigen Knirps eines Blickes zu würdigen, zurück in die Musterküche und durch das sorgfältig eingerichtete, topmoderne, superluxuriöse Wohnzimmer hinaus in die Wirklichkeit, wo wir Sekunden später der Rotznase begegnen und noch einigen anderen, die genauso aussehen, nur älter und noch hässlicher. Scheint so, als ginge die Unterschicht auch gern Häuser gucken. Vielleicht inspizieren sie schon mal mögliche Einbruchsziele. Und gucken sich in den Einfahrten die Schlitten an, die sie dann irgendwann mal zocken.

Anfangs mache ich mir keine großen Gedanken. Ich zähle sie kurz durch. Insgesamt sind es sechs. Der älteste ist vielleicht fünfzehn. Rotznase ist bei Weitem der jüngste. Er flennt.

»Er hat meinen Pfeil kaputt gemacht«, wimmert er, und ich stelle fest, dass ich mich wahrscheinlich in seinem Alter geirrt habe. Er sieht nicht mehr aus wie zwölf, eher wie zehn, aufgebläht von Chicken Nuggets und englischem Frühstück.

»Du hast den Pfeil von meinem kleinen Bruder kaputt gemacht.« Noch so ein Dreikäsehoch, der wie alle anderen eine glänzende blaue Jogginghose und ein tief in die Stirn gezogenes Basecap trägt. Obwohl er so klein ist, merkt man, dass er der Anführer ist. Er hat so ein Feuer in den Augen. Etwas Ehrgeiziges. Die anderen stehen hinter ihm, ein zerlumpter Haufen, Kapuzen über die Caps gezogen, die Hände tief in den Hosentaschen, als wollten sie zum Casting für einen Film über Jugendgangs. Aber eigentlich wirken sie nicht sonderlich bedrohlich. Dann fällt mir ein, an wen mich diese Möchtegern-Gangster erinnern: an die Kids in *South Park*.

»Der Typ mit dem orangen Schamhaar ist also dein Bruder?«, sage ich. »Das würde ich an deiner Stelle ja nicht freiwillig zugeben.«

Der Anführerjunge wird rot, hinter ihm prustet jemand.

»Du hältst dich wohl für besonders schlau?«, sagt Cartman oder wie immer er heißen mag, greift nach hinten und zieht ein Messer. Ein Brotmesser. Das ist lächerlich. Geradezu erbärmlich.

Aber auch beängstigend.

Jeder kennt die Geschichten: Der Typ, der wegen seiner Manschettenknöpfe erschossen wird; der Vater, der zu Tode getreten wird, weil er das Kind ohrfeigt, das ihm gerade sein Auto zerkratzt hat; der Großvater, der einen Herzinfarkt bekommt, als er ein paar Halbstarke verfolgt, die auf der Schaukel seine Enkel bespuckt haben; der Lehrer, der niedergestochen wird, als er auf dem Schulhof einen Streit schlichten will; die Mutter, die stirbt, weil sie sich von einem dahergelaufenen Junkie nicht das Laptop wegnehmen lassen will. All diese Geschichten.

Oscar wird mir allmählich zu schwer, aber ich will ihn auch nicht runterlassen, nicht jetzt. Cartman baut sich vor mir auf. Er hat tiefe, dunkle Ringe unter den Augen, und seine Haut wirkt durchscheinend und ungesund. Er sieht aus, als könnte er eine ordentliche Mütze Schlaf gebrauchen. Das Einzige an ihm, was an einen Teenager erinnert, ist sein Deo. Natürlich Axe. Er hält mir sein ordinäres Brotmesser an den Hals.

»Jetzt fühlst du dich nicht mehr ganz so schlau, was, du Pissgesicht?« Und jetzt rieche ich noch etwas an ihm, abgesehen vom Axe. Er riecht, als müsse er sich beweisen. Und wie riecht das wohl? Nach Cider.

Und jetzt bin ich tatsächlich beunruhigt.

Messer, Cider und das Bedürfnis, seine Kumpel zu

beeindrucken – das kann einen tödlichen Cocktail ergeben. Wegrennen kann ich nicht wegen Oscar – ich würde keine zwei Meter weit kommen –, und aus demselben Grund kann ich auch nicht kämpfen. Oscar fängt an zu zittern und zu wimmern.

Ich sehe mich um. Nirgends jemand zu hören oder zu sehen. Ich könnte um Hilfe rufen, aber es sind nur wenige Häuser bewohnt, außerdem sind wir in England – wer bitte würde einem hier zu Hilfe eilen? Die Leute haben alle dieselben Geschichten gelesen. *Die* Art von Geschichten. Geschichten aus *Leben! Tod! Kreuzworträtsel!*

»Okay, Jungs, passt mal auf. Das mit dem Pfeil tut mir leid. Ich hab nicht drüber nachgedacht. Ich mach es wieder gut.«

Ich muss Oscar jetzt wirklich absetzen, also schüttele ich ihn ein bisschen, aber er wimmert nur wieder und hält sich noch stärker fest. Ich greife in die Hosentasche. Meine Hand ertastet zusammengeknülltes Papier und etwas Kleingeld. Ich hole alles raus. Ein paar Münzen fallen runter und rollen über den Boden. Rotznase stürzt glucksend hinterher. Ich werfe einen Blick in meine Hand. Ein Zwanziger und ein Zehner. Dreißig Mäuse.

»Warum geht ihr nicht zu McDoof und haut mal so richtig rein. Als Wiedergutmachung.«

Das Messer bewegt sich nicht, er lässt mich nicht aus den Augen. »Den Dreck ess ich nicht. Da sind jede Menge Hormone und so 'n Scheiß drin.«

»Dann holt euch einen Salat bei Simply Food. Das dürfte langen.«

Er lächelt fast, ich schwöre. Jedenfalls nimmt er das Messer runter.

»Nein, ich sag dir, was du machst. Du gehst um die Ecke zum Paki und holst uns Alk und Chips. Der Wichser will uns nichts mehr geben.« Das P-Wort und das W-Wort klingen hier gleich doppelt so laut. Der Rest der Truppe tritt unruhig von einem Fuß auf den anderen. Als Cartman spürt, dass ihre Begeisterung schwindet, plustert er sich gleich noch ein bisschen mehr auf. Das macht ihn wahrscheinlich noch gefährlicher.

»Okay«, sage ich. Ich stelle mir das so vor, dass ich die paar hundert Meter zum Zeitungskiosk gehen und den guten Mann bitten werde, die Bullen zu rufen, und dann, nachdem ich lange genug gewartet habe, schlendere ich zurück, steige in unseren Sooby-Doo und fahre nach Hause.

Ich erwarte nicht, dass sie einen von ihnen erwischen, aber allein das Auftauchen eines Polizeiwagens in The Limes sollte ausreichen, damit diese kleinen Gnome die Biege machen. Aber offenbar habe ich Cartman unterschätzt.

»Okay, Deal.« Er steckt das Messer zurück in den Hosenbund. »Für dreißig Mäuse White Lightning. Den Jungen musst du allerdings hierlassen, damit wir sichergehen können, dass du auch wiederkommst. Und ruf ja nicht die Bullen oder so was.« Er grinst vor lauter Gerissenheit.

Ich muss Oscar jetzt wirklich runtersetzen. Mein Rücken und meine Arme schmerzen zu sehr. Es ist ein Kampf, weil er sich an meinem Hals festklammert, aber schließlich schaffe ich es, ihn abzusetzen. Er hält sich an meinen Beinen fest und vergräbt das Gesicht in meinem Bauch.

»Ich lasse Oscar nicht mit euch allein. Tut mir leid, Jungs.«

»Dem passiert nichts. Wir tun doch einem Kind nichts«, nuschelt einer der anonymen Kapuzenträger.

»Es sei denn, es gibt keine andere Möglichkeit.« Cartman ist wütend. Das ist sein großer Auftritt, er will ihn sich nicht von irgendeiner Randfigur vermasseln lassen.

»Darüber verhandele ich nicht. Sorry.«

Cartman ist frustriert und zeigt mir das, indem er etwas Schleim hochzieht und ihn mir vor die Füße spuckt.

»Komm schon, Curtis, lass uns einfach gehen.« Jetzt hat sich noch einer zu Wort gemeldet, aber ihr Anführer weigert sich, außerdem hat er einen Plan B auf Lager. Ein helles Köpfchen. Das muss man ihm lassen.

»Okay, wir gehen alle zusammen. Du kaufst die Drinks, und wir stehen daneben und passen auf, dass du keine Dummheiten machst.«

Und so stehe ich kurze Zeit später in AJ's 24/7 Supastore und kaufe zehn Plastikflaschen White Lightning mit einer Bande Neuntklässler im Nacken. Ich hoffe, er fragt nach meinem Personalausweis, aber er tut es nicht. Groteskerweise ist der Cider als »Familiengröße« ausgewiesen, als wäre er ein Grundbedürfnis wie Klopapier oder Cornflakes. Was für eine Familie ist da wohl gemeint?

Der Pakistani, vielleicht AJ selbst, redet kein Wort, während er die Kasse bedient. Für ihn bin ich einer dieser Loser, die minderjährigen Kids Alkohol kaufen, nur, weil sie darum gebeten wurden. Immerhin ist er diplomatisch genug, kein Riesending daraus zu machen. Oscar scheint keine Angst mehr zu haben. Er sieht sich neugierig im Laden um, betrachtet die überfüllten Regale, nimmt die vielen Gerüche in sich auf. Und dann kommt plötzlich Lucy Avis herein, die Stadtgeografielehrerin, Katies Schwester.

Sie sieht nicht gerade aus wie eine Gruftigöttin in ihrem Jogginganzug. Offensichtlich war sie gerade laufen oder im Fitnessstudio. Sie erinnert eher an die alte Lucy Avis, die Tischtennis-Landesmeisterin, das einzig Exzentrische an ihr ist der Kugelschreiber, mit dem sie ihr scharlachrotes Haar aus dem verschwitzten Gesicht hält. Sie fährt kurz zusammen, als sie mich sieht, dann mustert sie meine kleine kapuzenbehängte Erpresserbande und schenkt uns ein schüchternes Grinsen.

»Hallo, Jungs«, sagt sie. »Na, was treibt ihr?«

Es folgt holpriges Gemurmel, das auf ein allgemeines »Nichts, Miss« hinausläuft.

Plötzlich kommt mir das alles völlig idiotisch vor. Wie ein dummer Traum. *Was zum Teufel mache ich hier eigentlich?*

Während AJ die Flaschen in den Karton stellt, den er extra dafür geholt hat, lege ich ihm die Hand auf den Arm.

»Wissen Sie was, Mann? Ich hab's mir anders überlegt. Ich will doch keinen Cider. Ich nehm einfach einen *Sunday Mirror* und eine Tüte normale Chips, bitte. Tut mir leid für die Umstände.« Normalerweise kaufe ich den *Sunday Mirror* nicht, aber ich habe gesehen, dass eine CD von Battle of Britain dabei ist, und Oscar und ich haben eine Schwäche für klassische Kriegsfilme.

AJ rollt mit den Augen und fummelt an der Kasse herum, was man eben so macht, wenn einem irgendein Vollidiot die Geschäfte verpfuscht.

Ich drehe mich um. »Sorry, Kinder«, sage ich. »Die Bar hat zu. Ach so, und ich hätte gern noch ein Paket Pampers Easy-ups, bitte.«

Ich versuche, möglichst vergnügt zu klingen, ohne jedoch Cartmans Hände aus den Augen zu lassen. Sobald er nach seinem Messer greift, muss ich mich auf ihn stürzen. Und dann habe ich circa drei Sekunden, um ihn außer Gefecht zu setzen. Aber er macht es natürlich nicht. Hier im Laden, in Lucys Gegenwart, wirkt er noch kleiner. Er sieht so aus wie das, was er ist. Er sieht aus wie ein Kind.

»Wichser«, zischt er und stolziert breitbeinig an Lucy vorbei zur Tür.

»Curtis Hughes, du bleibst sofort stehen.« Wenn sie will, kann Lucy wie eine klassische Lehrerin klingen. Und es funktioniert. Zähneknirschend bleibt der Junge stehen und dreht sich um. Seine Homeboys nutzen die Gelegenheit und machen sich aus dem Staub. Die Ladenglocke bimmelt wie verrückt, als sie verschwinden. »Willst du, dass ich deine Mutter anrufe?«, sagt sie und hält ihr Handy hoch.

»Nein.«

»Wie bitte?«

»Nein, Miss.«

»Weil sie nicht gerade begeistert sein wird, oder?«

Cartman/Curtis schüttelt traurig den Kopf. »Aber ich sollte sie anrufen, denn das haben wir ja am Elternabend so besprochen, nicht wahr? Sie sagte: ›Wann immer Curtis aus der Reihe tanzt, rufen Sie mich an und ich kümmere mich darum.‹ Und das wird sie auch, nicht wahr, Curtis? Sich darum kümmern, meine ich.«

»Ja, Miss.« Seine Wangen glühen wie Feuer.

»Meinst du nicht, du solltest dich bei dem Herrn entschuldigen?« Sein Blick wandert flackernd in meine Richtung. Er sucht nach einem würdevollen Ausweg. Den wird er nicht bekommen.

»Tut mir leid, Mann.«

»Schon okay«, sage ich. Und erst als er sich umdreht, um hinter seinen Freunden herzulaufen, füge ich hinzu: »Aber das Messer gibst du besser mir, okay?«

»Was?«

»Das Brotmesser. Du gibst es besser mir.« Ich strecke die Hand aus. Lucy reißt die Augen auf, als er das Messer aus dem Hosenbund zieht und es mir überreicht. Ganz vernünftig, wie ein Pfadfinder, mit dem Griff zuerst. »Danke«, sage ich, möglichst neutral, als würde er mir Feuer geben oder so.

»Es war doch nur ein Scherz«, nuschelt er.

»Du steckst so was von in der Scheiße«, flüstert Lucy, als er sich in Bewegung setzt.

»Sagen Sie es bitte nicht Mum, Miss.«

»Curtis, ich muss es ihr sagen. Das weißt du.«

»Fuck«, sagt er. »Fuck.«

Und plötzlich rauscht Oscar wütend knurrend auf ihn zu und beißt ihm ins Handgelenk. Curtis jault auf. »Fuck!«

Ich reiße Oscar von ihm weg. Seine Zähne haben einen deutlichen Abdruck im Fleisch hinterlassen, hier und da tritt etwas Blut hervor.

»Man. Darf. Keine. Schimpf. Wörter. Sagen.« Mein kleiner Bruder ist dunkelrot angelaufen vor Wut.

Ich schlinge die Arme um Oscar und halte ihn fest. Als die Ladenklingel noch mal bimmelt, blicke ich auf und sehe Cartman/Curtis an seiner Truppe vorbeirasen, die draußen versammelt steht. Er hält die Hände vors Gesicht und hat den Kopf gesenkt. Vergeblich versucht er, seine Tränen zu verbergen. Er ist noch ein Kind. Ein dämliches Scheißkind.

»Und du bist ganz sicher, dass du keinen Cider willst?«, fragt AJ.

Als er zur Highschool kam, hatte Aidan Jebb praktisch aufgehört zu singen. Er war noch nicht im Stimmbruch, hatte aber schon längst diverse andere Grenzen überschritten. Man hatte ihn beim Klauen erwischt, und dabei, wie er mutwillig Autos beschädigt oder kleinere Kinder mit Steinen beworfen hatte. Trotzdem ging er nach wie vor so ziemlich jeden Tag zur Schule und fiel auch sonst nicht weiter auf. Außer in Musik. Aus irgendeinem Grund hasste er jetzt Musik und setzte alles daran, Miss Morgan im

Unterricht zu stören. Er brüllte dazwischen, schubste Mitschüler von ihren Stühlen, fing Streit an. Und in der Mittagspause versuchte er regelmäßig, in den Bühnenbereich der Aula einzubrechen, um dort auf dem Schlagzeug herumzutrommeln. Oder er rannte einfach übers Dach. In Musik stellte er eine echte Bedrohung dar.

Rosie hatte inzwischen einen Freund. Sie liebte ihn. Sie hätte alles für ihn getan. Sie wollte Kinder mit ihm. Er war ihr Traummann. Titus Cooke. Ein richtiger Businessman. Immer im Anzug. Er fuhr einen schwarzen Lexus, der neu um die £45.000 kostete. Der Wagen war zwar nicht neu, sah aber fast so aus, so gut hatte er ihn gepflegt. Titus Cooke besaß kein eigenes Haus im eigentlichen Sinne. Gerüchten zufolge gehörte ihm ein Luxusapartment am Stadtrand von London, und dann war da noch die Rede von einer Strandvilla auf Zypern. Auf alle Fälle gab es in Southwood eine ganze Reihe von Übernachtungsmöglichkeiten, auf die er zurückgreifen konnte. Titus Cooke hatte bereits sieben Kinder, und solange die Mütter mitspielten, achtete er darauf, dass keines von ihnen zu kurz kam. Titus Cooke hatte große Pläne, und nicht selten gingen sie auch auf. Er war in der ganzen Stadt bekannt. Es gab Bars, in denen er unbegrenzten Kredit hatte. Und er konnte einem alles Mögliche besorgen. Das war sein Job. Sachen, die schwer zu kriegen waren, heikle Sachen. Titus hatte immer einen Freund, der jemanden kannte, der jemanden kannte, der wusste, wo man etwas bekam. Oder zumindest so etwas Ähnliches. Und wenn man es sich nicht leisten konnte – egal, ob es etwas Exotisches oder ganz Normales war –, dann lieh er einem das Geld. Titus war der Daddy.

Für Geld Sex zu haben, lief bei Rosie jetzt ein bisschen organisierter ab als vorher. Titus oder einer seiner Freunde passte auf sie auf. Titus nannte sie seinen Lieblingsrockstar. Weil sie sich wirklich ins Zeug legte, und dafür dann auch bekam, was sie brauchte. Dafür sorgte er. Rosie machte schwedische Massagen, Stressbewältigung für Manager, und alles in den eigenen vier Wänden, im Hotel oder bei Junggesellenabschieden. Nicht zu vergessen die Amateurvideos im Internet.

Dabei war ihr Gesicht natürlich immer ausgeblendet. Oder sie hatte eine Maske auf. Sie war ja nicht dumm. Sie wollte nicht, dass jemand sie bei Spar erkannte.

Ehrlich gesagt hätte sie nie gedacht, dass sie das mal sagen würde, aber die Lesbennummern gefielen ihr eigentlich am besten. Die Mädchen waren sauber und freundlich, und es gab mehr zu lachen. Manchmal schickten sie den Kameramann einfach raus, sagten ihm, er solle in ein paar Stunden wiederkommen, und sorgten dann dafür, dass am Ende jede Menge brauchbares Material auf dem Tape war.

Mittlerweile verdiente sie richtig Geld. Sie war ja auch keine Straßennutte aus der Castle Road. Außerdem passierte es auch nicht jeden Tag. Das passte ihr ganz gut, weil sie an manchen Tagen einfach nicht aus dem Bett kam. Manchmal musste sie eben eine Auszeit haben, sich ein paar Bier reinzischen oder ein paar Gläschen Vladivar, mit Titus Fernsehen gucken, Musik hören. Einfach chillen. Ist doch kein Verbrechen. Sie war auch kein Junkie, die Drogen bekam sie fast alle auf Rezept. Plus ein bisschen Gras und ein bisschen Koks. Ein bisschen hiervon, ein bisschen davon. Und es gab immer etwas zu essen im Haus.

Und Aidan wurde wirklich geliebt.

Sie sah ihn gern an. Er brachte sie zum Lächeln. Obwohl er manchmal ein ganz schön nerviger kleiner Scheißer war. Wenn er nur nicht so unhöflich zu Titus gewesen wäre. Und hin und wieder könnte er auch mal singen, statt dauernd ein Gesicht zu ziehen, als hätte man ihm den Arsch versohlt.

Der kleine Bastard bekam jetzt sogar immer sein Essensgeld mit. Fast immer jedenfalls.

Als wir aus dem Laden gehen, erzähle ich Lucy von unserem armseligen Abenteuer. Sie hat sich nur kurz einen Müsliriegel und einen halben Liter Milch geholt. Nachdem sie den Feind so schnell verjagt hat, komme ich mir vor wie ein Idiot. Ich fühle mich feige und schäme mich. Und ich bin wütend auf mich selbst. Sogar Oscar hat sich tapferer geschlagen als ich.

Sie sagt: »Dann bringe ich euch mal lieber nach Hause.« Ich antworte, nein danke, das ginge schon in Ordnung, mein Auto stehe gleich um die Ecke. »Oh, das haben sie bestimmt schon längst auseinandergenommen«, erwidert sie mit resignierter Gewissheit.

Und sie hat recht. Sooby-Doo wurde systematisch und vollständig zu Schrott getreten. In den drei Minuten, die wir vom Zeitungskiosk zurück zu The Limes brauchten, haben sie unsere alte, aber zähe Familienkutsche in etwas verwandelt, das man höchstens aus den Nachrichten als Teil einer Barrikade kennt. Sooby hat keine Räder mehr, keine Scheinwerfer, keine Windschutzscheibe, kein gar nichts, und als wir näher kommen, geht der Wagen mit einer filmreifen Explosion in Flammen auf.

»Sooby!«, schreit Oscar. Ich weiß nicht, was ich tun soll. Wenn das hier ein Test für Führungsqualitäten wäre, würde ich durchfallen. Ich würde runtergestuft werden. Ich käme in die Sonderschule, müsste nachsitzen, bekäme Nachhilfe und alles. Lucy dagegen bekäme wahrscheinlich eine glatte Eins.

»Hey, Mann – nicht weinen. Ein Auto ist nur ein Auto. Es ist ein Gegenstand, so was wie ein ... ein ... Ziegelstein. Es ist nicht wichtig. Ein Ohrwurm, ein Kunstwerk ist wichtiger als ein Auto.«

Oscar hört auf zu weinen. Er ist noch nicht überzeugt, aber zumindest macht er sich ernsthaft Gedanken über ihren Einwand. Lucy nutzt die Atempause, die ihre zweifelhafte Philosophie ihr verschafft hat. »Warum gehen wir nicht zu mir, trinken etwas, ich mach mich kurz fertig, und dann unternehmen wir etwas zusammen. Etwas spielen zum Beispiel. Was hältst du davon?«

Ich glaube kaum, dass Oscar da mitmacht.

»Hast du Cola Zero?«, fragt er.

»Ja, ich glaube schon.«

»Okay«, sagt er. »Gehen wir.« So schnell geht das bei Oscar. R.I.P. Subaru Sooby-Doo – so hat immerhin Oscar ihn getauft – und Hallo zu einem geschickt vermarkteten koffeinfreien Softdrink. Ehrlich gesagt bin ich etwas schockiert.

5

Lucy Avis' Wohnung ist cool. Ein Immobilienmakler würde sie als »charmant«, »verblüffend geräumig«, »gepflegt«, »individuell« und »voll unbegrenzter Möglichkeiten« beschreiben, was bedeutet, dass sie klein, alt und komplett renovierungsbedürftig ist, aber ich glaube, mir gefällt sie. Die Teppiche sind beige, die Wände Eierschale, und die Küche sieht aus wie aus dem Schlussverkauf bei IKEA, was sie wahrscheinlich auch ist. Aber an den Wänden hängen radikale Gemälde. Gewaltige abstrakte Kunstwerke. Und noch besser als die Bilder sind die beiden riesigen Brettspiele. Eins davon ist *Risiko*, das ich super finde. Eine Art analoges *Empire*. Es ist eine Weltkarte, wie bei dem echten Spiel, aber eben viel größer. Das andere ist das Leiterspiel, mit Bildern von Orten in Southwood. Die Schlangen führen vom Indoorspielplatz, der Library und dem Dönerladen weg, und die Leiter steht zum Beispiel in Lucys Haus. Und, wie krass, im Sozialhistorischen Museum. Genial.

»Von wem sind die?«, frage ich.

»Von meinem Freund. Milan. Er ist Künstler.«

In jedem Zimmer stehen in jeder Ecke unterschiedlichste folkloristische Instrumente. Eine Balalaika, eine Bouzouki, eine Djembé, eine Kalimba, eine Sitar, eine Tabla, ein Dudelsack, eine Bodhrán …

»Wow«, sagt Oscar, »kannst du die alle spielen?«

Lucy lacht und zeigt ihm ihre unglaublichen Zähne.

»Nein, Schatz. Aber Milan. Er ist nicht nur ein großartiger Künstler, sondern auch ein toller Musiker.«

»Ah«, sagt Oscar. Sein hörbares Desinteresse an ihrem Freund wäre fast amüsant, würde es nicht so deutlich mein eigenes wiederspiegeln.

»Und wo ist er gerade?«, frage ich vorsichtig, um möglichst interessiert zu klingen.

»Milan? Auf Tour. Er ist musikalischer Leiter und Setdesigner bei einer Performancegruppe.« Natürlich, war ja klar. Wie sollte es auch anders sein.

»Woher kommt er?«

»Aus Coventry. Aber seine Eltern sind Tschechen, daher der Name. Die Bilder sind auch von ihm.«

»Ziemlich begabt, der Kerl«, sage ich. Ich hasse ihn jetzt schon.

»Stimmt. Und das Komische ist, dass er eigentlich Wissenschaftler ist. Er hat einen Doktor in irgendwas mit künstlicher Intelligenz.«

»So 'ne Art Allroundtalent also.« Ich kann nicht anders. Ich versuche, nett zu sein, aber es klingt genauso platt wie Oscars ›Ah‹. Lucy lacht wieder. Sie ist das wahrscheinlich gewohnt.

»Ich geh kurz duschen.«

Während Lucy unter der Dusche steht (Sie ist *nackt*. Von oben bis unten eingeseift. Nur Zentimeter entfernt hinter einer hauchdünnen Tür), vertreiben Oscar und ich uns die Zeit mit der Tischtennisplatte, die hochgeklappt an der Wohnzimmerwand steht. Schläger sind auch da. Alles zur Hand, falls sie den Drang verspürt, Tischtennis zu spielen. Wir spielen uns schnell ein, Oscar und ich. Ich schlage auf, er holt weit aus, trifft daneben und läuft hinter dem hüpfenden Ball her. Niedlich. Er ist glücklich. Lucy kommt in ein Handtuch gewickelt aus dem Bad. (Sie ist *nackt*. Nass. Unter ein paar Millimetern billigem Handtuch.)

»Ich hoffe, du hast nichts dagegen«, sage ich. »Oscar wollte gern spielen.« Sie lächelt und schüttelt den Kopf. »Vielleicht können wir mal irgendwann eine Partie spielen?«, sage ich. Jetzt lacht sie, und ich sehe wieder ihre wunderschönen, perfekten Zähne.

»Ich könnte dir Unterricht geben«, sagt sie.

»Spielt Milan auch?«, frage ich und weiß jetzt schon, dass er wahrscheinlich Landesmeister von West Midlands oder tschechischer Profi oder so war.

Lucy überlegt. »Nein. In Tischtennis ist er komischerweise der totale Loser. Er kann überhaupt nicht spielen.«

»Juhu!«, ruft Oscar. Lucy hebt ihn hoch und drückt ihn an ihre eingewickelten Brüste. »Nicht so frech«, sagt sie, und Oscar wird rot.

Den Nachmittag über spielen wir das Leiterspiel. Das Leiterspiel – wer hätte gedacht, dass man das so lange spielen kann? Und es hätte noch länger gedauert, hätten wir uns nicht ein Limit gesetzt, sodass Oscars Spielfigur mit der letzten Leiter vom Rathaus ins Zielfeld klettert. Er freut sich wahnsinnig über seinen Sieg, und dann schläft er auf Lucys Chaiselongue ein.

Es ist eine Kopie der berühmten Liege von Dalí, in Form eines Kussmunds, zweifellos von Milan zusammengezimmert, als er mal fünf Minuten Zeit hatte und gerade weder ein Meisterwerk gemalt noch eine Symphonie für Bouzouki und Harfe komponiert hat.

Lucy macht Tee und Toast mit Butter, und wir reden über dies und das. Leute, die wir kennen. Ihren Job. Meinen Job. Bands und so. Und wir bringen uns gegenseitig zum Lachen. Und dann ist es irgendwann still, und Lucy lächelt.

»Du siehst ziemlich gut aus, weißt du das?«, sagt sie plötzlich. »Ich könnte vielleicht auf dich stehen.«

Was soll ich dazu sagen? Ich nuschele irgendetwas – ich weiß selbst nicht, was. Sie fährt fort.

»Ja. Ich könnte wirklich auf dich stehen. Wenn du nicht zu jung wärst. Wenn du nicht meine Schwester kennen würdest. Wenn ich nicht schon so einen tollen Freund hätte. Und wenn du nicht diesen Bart hättest.«

Womit sie wahrscheinlich einfach sagen will, dass es niemals dazu kommen wird. Eine grausame Wahrheit, liebevoll verpackt, würde ich sagen.

Also rufe ich ein Taxi, und als wir gehen, umarmen wir uns kurz unbeholfen an der Tür. Lucy nimmt meine beiden Hände, sieht mir in die Augen, und ich stelle fest, dass ihre fast schwarz sind. Sie wartet einen Augenblick und sagt dann: »Billy, denk immer daran, dass du auf der guten Seite bist und nicht auf der bösen. So wirkst du jedenfalls auf mich.«

Ich sehe ihn, als wir aus dem Taxi steigen. Es ist dunkel, und es regnet wieder, und es ist auch nur für einen kurzen Moment, aber ich weiß, dass er es ist. Er steht auf der anderen Straßenseite, ein jämmerlicher dunkler Fleck in einer Winternacht. Er trägt keine Jacke und hat die Kapuze über den Kopf gezogen. Er sieht so gewöhnlich aus, dass er fast unsichtbar ist. Er könnte genauso gut ein Jogger sein, eines dieser Leichtgewichte, die alle paar Schritte anhalten müssen. Nur, dass ich weiß, wer es ist. Es ist Aidan Jebb. Mein Herz klopft wie wild, aber ich bleibe ruhig. Ich zahle das Taxi, winke ab, als der Fahrer mir das Wechselgeld geben will, und dann stehen wir uns schweigend an der Oaks Avenue gegenüber. Es ist ein langer Moment. Ich halte den schlafenden Oscar in den Armen und kann gerade noch überlegen, ob ich es schaffe, hineinzugehen, eine Waffe zu holen und ihm seine lächerliche kleine Fresse zu polieren, als ein Wagen vorbeifährt und er verschwunden ist.

Im Haus wecke ich Oscar. Ich will, dass er eins von diesen Windelhöschen anzieht. Morgen früh wird er mir dankbar sein. Aber er will nicht, und ich bin um die Uhrzeit einfach zu erschöpft, um noch zu streiten, also lasse ich ihn in Ruhe, obwohl ich weiß, dass wir es beide bereuen werden. Mit triumphierender Miene und ohne Windel marschiert er ins Bett und kündigt große Veränderungen an. Wie ein Präsident, der gerade die Wahl gewonnen hat. Ja, ja, denke ich, wir wissen doch alle, was aus solchen Versprechungen wird, oder?

Als ich sicher bin, dass Oscar schläft, schleiche ich

noch mal in sein Zimmer, stelle mich auf die Leiter vor seinem Hochbett und betrachte ein paar Minuten lang sein Gesicht. Er atmet wie eine kleine Maus, schnell und flach. Sein Gesicht zuckt und zieht sich im Schlaf zusammen, und in seinem Auge hängt eine Träne.

»Psst, Kleiner«, sage ich. Und dann fällt mir ein, dass Kleiner gar nicht mein Wort ist. Es ist Deans Wort. Ein Wort aus einem vergangenen Traum, als er noch bei uns lebte.

Ich schaue hinaus in die Nacht, aber es gibt nichts zu sehen. Ich öffne ein Fenster und spüre den nassen Wind im Gesicht. Ich horche auf die Geräusche, es sind dieselben wie immer. Das übliche Geraschel von einer Katze oder einem Fuchs, die sich über einen Mülleimer hermachen, das ferne Kreischen eines Tierchens, das draußen im Park zu Tode kommt. Ein Hund bellt. Irgendwo in Southwood oder irgendwo in der Nähe wird gerade irgendjemand vergewaltigt, geschlagen oder getötet. Kann man von ausgehen, oder? In jeder Kleinstadt tut jemand jemand anderem irgendeine Form von Gewalt an. Meistens jemandem, den sie lieben.

Ich brauche jetzt zwei Sachen. Musik und Alkohol. Ich hab Tausende von Songs auf meinem Handy, und heute ist einer dieser Abende, an denen ich sie alle scheiße finde. Man konsumiert Musik heutzutage viel zu schnell, finde ich. Ich jedenfalls. Von Click Click zu den Ha Ha Germs. Von Rosalita zu Razorblade Picnic. Von Fay Barclay zu The Infected: alles langweilig, alt und abgelutscht. Und wenn ich es auf Zufall laufen lasse, sucht sich das blöde Gerät immer den schlimmsten Mist aus. Mein iDings ist ein grauenhafter DJ. Ich weiß natürlich, dass die Auswahl zufällig ist, aber es fühlt sich nicht so an. Es fühlt sich so an, als wollte mein Handy mich absichtlich runterziehen. Aber wenn ich es selber mache, stelle ich fest, dass ich auch nicht besser bin. Nichts gefällt mir.

Was den Alkohol betrifft: Es ist nichts da. Ich schwöre, das kommt nie wieder vor. Solange ich hier verantwortlich bin, werde ich dafür sorgen, dass etwas zu trinken im Haus ist. Auf den zweiten Blick stelle ich allerdings fest, dass doch noch was übrig ist. Wahrscheinlich ist das Zeug grauenhaft, aber in der Not frisst der Teufel bekanntlich Fliegen.

Als Mum und Dean zusammenkamen, unternahmen sie manchmal lange, romantische Fahrradtouren. Ich blieb dann bei Oma Ann oder Tante Toni oder einer von Mums Freundinnen, und die beiden packten Sandwiches und Ginger Beer ein und erkundeten die Radwanderwege des National Cycle Networks. Mum bekam endlich die Gelegenheit, mal richtig Liebespaar zu spielen, was sie bisher verpasst hatte, weil sie so jung Mutter geworden war. Na ja, wie das Ganze endete, ist ja bekannt, also war richtig Liebespaar spielen – was immer man darunter versteht – vielleicht auch keine so tolle Idee. Einmal alleinstehende Mutter zu werden ist ein Unfall, aber beim zweiten Mal muss man sich doch vorkommen wie ein Idiot.

Von einem ihrer Ausflüge kehrten sie mit einem

Korb Schlehen zurück und machten dann nach dem Rezept von der Website irgendeines Promikochs Schlehenlikör. Das ist total einfach und erfordert keinerlei Fachkenntnisse, aber es fühlte sich trotzdem an wie ein Abenteuer, etwas, das einen als Paar zusammenschweißt. Zusammen Spaß haben und zusammen arbeiten, beides gleichzeitig. Und das Schöne war, man musste warten. *You can hurry love*, aber für Likör braucht man Geduld. Je reifer ihre Beziehung wurde, desto reifer wurde der Schnaps. Dean zog an dem Tag ein, als der Schlehenlikör endlich fertig war, dem Tag, an dem sie laut Website die Flaschen köpfen durften. Er schmeckte süß, wie unverdünnter Sirup. Und ging gut runter. Dean meinte: »Himmel, das Zeug macht dir die Zähne kaputt, bevor du betrunken bist.«

Erst als sie aufstehen wollten, merkten sie, wie stark das Zeug war. Sie lachten nur, tranken weiter und fingen an zu tanzen. Sie tanzten. Hessenthaler tanzte. In diesen Schlehen musste irgendwas drin sein. Hessenthaler beim Tanzen. Ich frage mich, wo ich da war. Jedenfalls sicher nicht zu Hause.

Und so tranken und lachten sie, improvisierten einen Tango und verschafften sich gegenseitig hollywoodreife Orgasmen. Wie im Film haben sie sich geliebt. So hat Mum es mir jedenfalls erzählt. Single-Mütter eben. Die kennen einfach keine Grenzen.

Es war aufregend, romantisch, wunderschön und unanständig. So richtig wunderbar unanständig. Und in den frühen Morgenstunden schliefen sie ein, ineinander verschlungen wie ein alter Knoten.

Und als sie aufwachten, war ihnen hundeelend.

Zwei von den drei Flaschen hatten sie geschafft, aber der Kater am nächsten Morgen war so schlimm, dass Dean das Zeug nie wieder anrührte. Und die letzte Flasche steht seit acht Jahren hinten im Schrank. Wahrscheinlich schmeckt es grauenhaft, aber es wird seinen Zweck erfüllen. Auf jeden Fall ist es Zeit, dass das Zeug wegkommt.

Also. Mein Abend endet damit, dass ich in der Badewanne Alfies Gras rauche, Mum und Deans selbstgemachten Liebestrank schlürfe und Mums »Abba Gold« höre. Zuletzt galt Mums Leidenschaft vor allem Abba und Nick Cave, wobei man meinen könnte, dass die beiden ziemlich weit auseinanderliegen, allerdings achte ich jetzt zum ersten Mal richtig auf die Texte. Manche sind nämlich ganz schön melancholisch. Und manche wohldurchdachte Politik in eigener Sache. Selbst »Super Trouper« mit seinem billigen Humptata-Gedudel ist in Wirklichkeit die Geschichte eine Frau, die völlig deprimiert allein in ihrem Hotelzimmer sitzt, und das auch noch ausgerechnet in Glasgow, und trotzdem jeden Abend lächelnd auf die Bühne geht, um vor einem nichts ahnenden Publikum zu singen. Und »Knowing Me, Knowing You« handelt von Scheidung, genau wie »The Winner Takes It All« – Abba sind geradezu besessen von dem Thema. Jedes zweite Stück steuert in Richtung Familiengericht. Da sind die Bad Seeds definitiv witziger.

Sogar Abbas fröhlichstes Lied, »Dancing Queen«, handelt von Vergänglichkeit, wie schnell die Jugend vergeht und so. Björn und Benny waren offensichtlich der Meinung, dass es okay ist, sich mit siebzehn beim Tanzen dem Moment hinzugeben, dass aber diese unbeschwerte Zeit schnell vorbei ist, und ehe man sich versieht, teilt man mit dem Expartner den Hausstand auf. Seine Exfrau in spe einen Hit – ein Lied, das sie bis ans Ende ihrer Karriere würde singen müssen – mit den Zeilen »I'm nothing special, in fact I'm a bit of a bore« beginnen zu lassen, also, dazu gehört schon eine Portion Grausamkeit. Und eine Portion Masochismus, es zu singen. Kein Wunder, dass Agnetha Einsiedlerin wurde und irgendwann ihren Stalker heiratete.

Während ich in der Wanne liege und die Asche zischend ins Wasser fällt, blättere ich ein *Leben!-Tod!-Kreuzworträtsel!*-Magazin durch und lese Folgendes: James Pownall, 37, ein Typ, der mitten in einer Scheidung steckt, fährt zum Haus seiner Familie und hängt seine Frau Julie, 29, auf. Danach versucht er, es wie einen Selbstmord aussehen zu lassen. Er schickt jeweils eine SMS an Julies Mutter und an ihre Schwester, mit den Worten, sie könne nicht mehr und sehe keinen anderen Ausweg.

Wie sich später herausstellte, hatten seine beiden Söhne ihn dabei beobachtet. Zwei kleine Jungs, fünf und sieben Jahre alt, sahen mit an, wie er ihre bewusstlose Mutter vom Bett in den Flur schleppte, eine Schlinge knotete und sie über die Balustrade baumeln ließ. Das ist der Zeitpunkt, an dem Julie, laut Gerichtsmediziner, wahrscheinlich wieder zu Bewusstsein kam. An ihrem Hals fanden sich Spuren, die darauf hinwiesen, dass sie versucht hatte, sich aus dem Seil zu befreien. Und als sie irgendwann aufhörte, zu würgen und mit den Armen rudernd nach Luft zu ringen, schickte Pownall seine weinenden Kinder auf ihre Zimmer und befahl ihnen, um sieben wieder herauszukommen, Julies Mutter anzurufen und ihr zu berichten, dass sie gerade ihre Mami gefunden hätten. Was die Kinder – die offenbar gut erzogen waren – auch taten.

Um Punkt sieben Uhr rief der Ältere, Tobias, seine Oma an und sagte, es sei etwas Schreckliches passiert. Was genau, konnte er nicht sagen. Die Großmutter rief die Polizei. Drei Tage lang verrieten diese tapferen, braven Jungs ihren Vater nicht, bis der Jüngere, Henry, schließlich seiner Großmutter, die ihn gerade badete, murmelnd gestand, was er gesehen hatte.

Als die Polizei vor seinem Haus hielt, versuchte James Pownall, sich mit einer Rasierklinge die Pulsadern aufzuschneiden. Die Schnitte wurden später als »oberflächlich« bezeichnet, was bewies, dass er ein unfähiger Feigling war. Allerdings hatte er bisher auch nie irgendwelche Anzeichen von Mordlust erkennen lassen. In dem Artikel wurden Nachbarn und Freunde zitiert, die ihn als ruhig, höflich und fleißig beschrieben. Und eigentlich merkt man schon an den Namen der Kinder, dass diese Leute keine Vollproleten gewesen sein können.

Die Geschichte trug sich in einem der grünen Viertel von Godalming, Surrey, zu. Pownall war Rechtsanwalt, was vielleicht erklärt, warum er glaubte, die Polizei überlisten zu können. Wahrscheinlich können wir dankbar sein, dass er nicht auch noch die Kinder getötet hat. Offenbar ist der klassische Familienmörder ein frustrierter mittelständischer Kontrollfreak.

So was lese ich, während ich in der Badewanne liege, stoned werde, acht Jahre alten Schlehenlikör trinke und »Thank You For The Music« höre. Als ich am nächsten Morgen aufwache, brennen meine Augen und neben mir steht mein vollgepisster kleiner Bruder und wimmert:

»Es tut mir leid, Billy. Es tut mir echt so leid.«

6

Aidan Jebb fing an, Botengänge für Titus und seine Kunden zu erledigen. Er raste auf seinem BMX-Rad mit Päckchen, Umschlägen und Rucksäcken beladen durch die Stadt und brachte seinen Hehlern auf dem Rückweg das Geld. Da er für sein Alter recht groß war, durfte er oft dabei sein, wenn Zinsen für die Darlehen eingetrieben werden mussten. Das war ganz einfach. Er musste sich nur die Kapuze über den Kopf ziehen und vielleicht eine Sonnenbrille aufsetzen. Einmal drückte Titus ihm ein Schwert in die Hand. Titus Cooke sammelte Militaria. Das Schwert kostete £350. Es war ein echtes schottisches Zweihandschwert, mit dem in Culloden weiß Gott wie viele Highlanders zu Tode gekommen waren. Titus Cooke stand gern auf der Seite der Gewinner. Titus hatte eine Menge Schwerter. Er kannte sich aus.

»Du brauchst eine ganze Sammlung«, sagte Titus. »Das weiß ich von der Polizei. Wenn du nur ein Schwert hast, bist du ein Psycho. Hast du richtig viele, bist du Antiquitätensammler und sie können dir nichts anhaben.«

Und Titus ließ Aidan seine Hunde ausführen. Aidan hatte Angst vor Hunden, aber das sagte er Titus nicht.

Titus' Hunde. Sie sahen böse aus, aber eigentlich waren sie ganz lieb. Natürlich würde man sie nicht in die Nähe von Babys lassen – nur ein Idiot käme auf so eine Idee –, aber wenn man richtig mit ihnen umging, waren sie lammfromm. Im Grunde wollten sie nur, dass ihr Herrchen stolz auf sie war. Wenn sie den Leuten Angst einjagten, dann nur, weil Titus – oder Aidan – es wollten. Mit Titus' Hunden an der Leine war Aidan ein Superheld. Und er hatte ein Schwert zu Hause. Ein richtiges Schwert. Titus erzählte Aidan von der Schlacht bei Culloden, von der Armee, die auf der falschen Seite stand. Von dem Prinzen, der sich für einen genialen General hielt, seinen Schlachtplan jedoch vermasselte und sich davonschlich, während seine erschöpften und halb verhungerten Soldaten – die Männer, die ihm, teilweise barfuß, von Inverness nach Derby und zurück gefolgt waren – an einem regnerischen, nebligen Morgen abgeschlachtet wurden. Und Aidans Schwert war dabei gewesen. Einige der Highlander waren skalpiert worden. Andere endeten als Sklaven auf den Westindischen Inseln.

»Weiße Sklaven«, sagte Titus. »Stell dir das vor.«

Ich bin wieder im Museum, unserer verborgenen Oase im Herzen der Innenstadt. Draußen stürmen die Menschenmengen von einem Shop zum nächsten und finden nur dann ein wenig Ruhe, wenn sie die stolze Cappuccinosteuer in einem der vielen Coffeeshops berappen. Southwood hat 22.000 Einwohner und 31 Läden, in denen man Fairtrade-Freiland-Diät-Latte trinken kann. Sollten Mr und Mrs Otto Normalverbraucher sich jemals zu uns verirren, dürfen sie umsonst hier sitzen und bekommen für £1.50 einen anständigen Nescafé. Alles, was man für £3.95 in einer der üblichen Ketten bekommt, ist ein hübscherer Becher. Bei uns ist es vielleicht Mikes alter »Gerechtigkeit für die Kantinenfrauen«-Becher, ein Relikt eines Streiks in den frühen Achtzigern. Aber man kann sich eben auch ein paar interessante Ausstellungsstücke ansehen. Zum Beispiel das erste Modell eines motorbetriebenen Rasenmähers (1912, Deutschland, 1973 auf einem Schrottplatz in Lowestoft entdeckt), ganz zu schweigen von einer vollständigen Pferdefeuerwehr von 1800. Obwohl ich zugeben muss, dass das Pferd ausgestopft ist. Aber bei Coffee Republic oder so kriegt man so etwas nicht zu sehen.

Ich sitze hier seit ungefähr einer Minute, da kommt auch schon Jenny angetrottet.

»Alles klar, Billy?«

Was soll ich sagen? Das Naheliegendste wahrscheinlich.

»Klar, alles bestens, Jen. Tipptopp.«

Jenny nickt und reicht mir einen Zettel. Oh Gott, nicht noch einen.

»Kommt von diesem Typen, mit dem du dich neulich geprügelt hast. Er hat mich heute Morgen vor der Tür abgefangen.«

Das ist jetzt die dritte Nachricht von Dean. Es steht jedes Mal dasselbe drin, dass es ihm leidtut und ob wir in Ruhe reden können. Und alle auf Notizblättern geschrieben, auf denen *Total Security Solutions* steht. Wahrscheinlich der Name der Firma, für die er jetzt arbeitet. Entweder ist er angeheuerter

Schläger oder Gerichtsvollzieher. Und dann meint er, er sollte für Oscar verantwortlich sein. *Also wirklich, Dean*, denke ich und lasse den Zettel in die Altpapierkiste fallen. Jenny seufzt. »Irgendwann wirst du dich mit ihm auseinandersetzen müssen, weißt du.«

Da bin ich mir nicht sicher. Meiner Erfahrung nach muss man ein Problem nur lange genug ignorieren, dann geht es von alleine weg. Mit dieser Strategie bin ich die ersten neunzehn Jahre meines Lebens gut gefahren, und ich sehe keinen Grund, etwas daran zu ändern.

Toni ruft eines Abends noch spät an. Wir reden über das Übliche: Oscar. Mum. Den Regen. Ich bin gespannt, was los ist. Ich kenne Tante Toni schon mein ganzes Leben lang, ich merke sofort, wenn sie nervös ist. Sie will mir etwas sagen. Ich warte. Und ich warte. Und warte. Irgendwann stammelt sie mit zitternder, fiepsiger Stimme: »Billy … Ich habe ihn getroffen.«

»Ja, ich auch!«, falle ich ihr aufgeregt ins Wort.

»Du hast Dean getroffen? Wann? Er sagt, du hättest nicht mal auf seine Nachrichten reagiert …« Ihre Stimme bricht ab.

»Dean? Ich dachte, du meintest …« Irgendetwas an der Art, wie Toni das eben gesagt hat, lässt mich stutzen. Es klang ein bisschen aufgekratzt. »Toni«, fange ich an, und ich muss gar nicht mehr sagen. Und komme auch gar nicht dazu.

»Nein!« Sie ist aufgebracht. »Nein. So ist es nicht. Überhaupt nicht. Ich habe einen Freund, erinnerst du dich?« Ihre Reaktion sagt mehr, als ich geahnt hätte. Und ja, ich erinnere mich, dass du einen Freund hast, Toni. Ich erinnere mich auch, dass er ein Idiot ist. Ein Typ, der über seine eigenen Witze lacht. Der *nur* über seine eigenen Witze lacht.

»Aber du magst Dean. Du findest ihn in Ordnung. Du bist auf seiner Seite. Du findest, er sollte Oscar sehen dürfen.« Ich formuliere das alles als Tatsache, nicht als Frage.

»Ach, Billy. Wir müssen doch zusammenhalten. Das Leben ist so kurz …«

Ich lege auf.

Oscar will, dass ich ihm in Rechtschreibung helfe. Er muss zwanzig Wörter lernen, nach dem Prinzip: angucken, zudecken, hinschreiben, überprüfen. Ich muss erst noch ein paar Dinge bei *Empire* erledigen.

Nach all den Rückschlägen beginnt für meine Welt jetzt eine ungewohnt friedliche und ertragreiche Zeit. Das liegt wahrscheinlich daran, dass ich mich in letzter Zeit so eingehend um die Staatsangelegenheiten gekümmert habe. Wenn man mit den Chens und Chungs mithalten will, muss man schon ein bisschen Zeit investieren. Und das ganze unfreiwillige Babysitting hat es mir immerhin ermöglicht, einige Dinge in Bewegung zu setzen.

Ich weiß, das ist Mikromanagement auf kleinstem Niveau, aber ich habe mir vor Kurzem mal die Neugliederung der Fußballliga angesehen. Bei *Empire* ist es wie im richtigen Leben, wenn man etwas will, muss man es selbst in die Hand nehmen. Ich kann meinem Sportminister nicht trauen. Sein Avatar stellt ihn als eine Art Reptil dar, und ich habe den Verdacht, dass er sich jederzeit gegen mich verschwören könnte. Jedenfalls behalte ich ihn im Auge. Währenddessen habe ich Staatsrücklagen freigegeben, um neue Stadien zu bauen, Verwalter einzusetzen und Kompetenzzentren zu errichten. Ich überlege, mich um die Austragung der Kontinentalmeisterschaften zu bewerben.

Die ganze Staatenbildung habe ich im Wesentlichen hinter mir – es gibt Stauseen, Minen, neue Städte, Straßen, Bahnhöfe, Flughäfen, Kraftwerke, Flugabwehrsysteme und Interkontinentalraketensilos. Die Leute haben Arbeit, jetzt brauchen sie Brot und Spiele, damit sie nicht aufmüpfig werden. Das ist das Einmaleins der Weltherrschaft. Jeder Diktator weiß das, selbst die von der Sonderschule.

Irgendwann macht sich Oscar Sorgen, dass wir keine Zeit mehr für seine Rechtschreibübungen haben, und zieht den Stecker aus der Steckdose. Dann sieht er mich mit aufgerissenen Augen an, als würde ich ihn gleich verprügeln oder so. Aber aus irgendeinem seltsamen Grund stelle ich fest, dass mir das gar nichts ausmacht. Vor ein paar Monaten wäre ich noch komplett ausgetickt.

Lucy Avis kommt ins Museum. Sie ist nicht allein. Sie hat einen etwa fünfzehnjährigen, rattengesichtigen Jugendlichen dabei. Den Typen kenne ich. Wenn man ihn so verstohlen herumschleichen sieht, stellt man sich sofort vor, wie er Straßenlaternen zertrümmert, Katzen quält und von Respektspersonen Cider erpresst. Es ist einer von den Jungs aus The Limes. Aus Curtis' Gang. Ich bin nicht sicher, aber vielleicht ist er der murmelnde Kapuzenträger, der seinen Anführer bei dessen Mini-Playback-Show unterbrochen hat und meinte, sie würden Oscar nichts tun. Ich nehme Lucy beiseite.

»Lucy«, sage ich. »Nur ein Wort: Häh?«

Sie sieht mich verwundert an. Dann lacht sie. »Ah, ich verstehe. Du meinst, warum ich Lyndon Bowers hergebracht habe?«

Ich sehe rüber zu dem schlaksigen Aso, der unseren Vorzeigerasenmäher mustert und stirnrunzelnd seine fiese kleine Visage verzieht. Lucys Blick folgt meinem. »Für ein Praktikum. Lyndon interessiert sich für Geschichte. Ich hab deinen Boss angerufen. Er war ganz begeistert und meinte, ihr hättet sowieso zu wenig Personal. Ihr wäret momentan alle überlastet und könntet gut jemanden gebrauchen. Und wenn jemand die Routinearbeiten übernehme, könnten die Fachkräfte sich mehr um analytische und strategische Aufgaben kümmern, für die sie normalerweise keine Zeit haben.«

Ja, allerdings, das klingt nach Mike in einem seiner satirischen Momente.

»Der Typ hat versucht, meinen Bruder zu kidnappen.«

Lucy seufzt. »Nein, Billy, seine Freunde haben versucht, ein bisschen Cider aufzutreiben, und irgendein Idiot wollte ihnen welchen kaufen.«

»Das ist eine ziemlich wohlwollende Auslegung.«

Lucy zuckt mit den Schultern und ruft nach dem Rattengesicht. Er hält den Blick zu Boden gerichtet.

Eine Minute später stehen wir alle in Mikes Büro und versuchen, uns mit einem durchschnittlich weggetretenen Jugendlichen zu unterhalten. Er ist groß und lässt den Kopf hängen, sieht einem nicht in die Augen und grummelt irgendwas in seinen nicht vorhandenen Bart. So weit, so normal.

Mike versucht, ihn ein wenig aufzulockern. Gehst du gern zur Schule? Was ist deine Lieblingsmannschaft? Welche Filme findest du gut? Und so weiter. Gerade als Mike nichts mehr einzufallen scheint, geschieht etwas Unerwartetes. Das Rattengesicht lässt den Kopf noch ein Stück tiefer hängen und sagt: »Tmleidswltznsstsgmatham.« Ich sehe Lucy an. Sie rollt mit den Augen.

»Tut mir leid, ich hab dich nicht richtig verstanden«, sage ich.

»Tut mir leid, dass wir letztens Stress gemacht haben.«

»Und du willst gern ein Praktikum machen? Hier?«

Er nickt traurig. »Miss meint, es gefällt mir bestimmt.« Er sieht aus wie ein Mann, der den Glauben an die Menschheit verliert. Er tut mir fast leid.

Lucy schaltet sich ein. »Lyndon hatte schon einen Praktikumsplatz. Bei Debenhams. Aber dann gab es letzte Woche leider einen unglücklichen Zwischenfall. Weswegen sie das Angebot zurückgezogen haben.«

»Das heißt, bei uns zu arbeiten wäre also eine Art

Strafe für ihn? So etwas wie eine Strafarbeit oder Nachsitzen?«

»Nein, Billy. Es wäre eine Chance für ihn, seinen dämlichen Arsch zu retten.«

Mike lacht und mustert Lucy von Kopf bis Fuß. Geiler alter Bock. Sie lächelt höflich zurück. Von geilen alten Säcken in Gedanken ausgezogen zu werden gehört zu den Risiken weiblicher Schönheit, fürchte ich. Vielleicht ist es sogar eine Art Bestätigung. Schlaue Mädchen lernen sicher, damit umzugehen und es hier und da mal richtig einzusetzen.

»Was war denn der unglückliche Zwischenfall? Hast du zu viel geredet?« Mike lacht über seinen eigenen Witz.

»Ein klitzekleiner Ladendiebstahl, nichts von Bedeutung.«

Lyndon ist das lustige Geplänkel zwischen seiner Lehrerin und dem Museumsoldie offensichtlich peinlich. Ich glaube, ich habe noch nie jemanden gesehen, der sich so unwohl gefühlt hat. So allmählich bin ich ihm gegenüber etwas milder gestimmt. Was immer für ein Film in den Köpfen dieser Jungs ablief, er hatte jedenfalls nicht die männliche Hauptrolle. Er war bestenfalls ein Nebendarsteller, jemand, der sich verlegen in der zweiten Reihe rumdrückt. Sein großer Auftritt war der eine improvisierte Satz, dass sie dem Kind nichts tun würden, worüber der Star sich dann so aufgeregt hat. Da hatte er auch schon so ausgesehen, als fühlte er sich nicht wohl – der Junge taugte einfach nicht für die Rolle des harten Mannes –, und genau dieses Bild gibt für mich am Ende den Ausschlag.

»Komm, Mike, geben wir ihm eine Chance. Denk dran, das A-Team haut so schnell nichts um.« Das klingt wirklich dämlich, und es ist mir ein bisschen peinlich. Mike lässt sich Zeit. Er reibt sich das Kinn, macht ein paar gurgelnde Geräusche und wirkt insgesamt wie ein alternder *X-Factor*-Juror, der künstlich Spannung erzeugt, bevor er seine Entscheidung bekannt gibt.

»Ja, okay. Eine Woche, oder wie lange geht das?«

»Drei, leider. Die Praktikumszeit wurde im Zuge seines Paps verlängert.«

»Seines was?«

»Seines Paps. Persönlicher Arbeitsplan.«

»Richtig. Pap. Klar.«

Ich bringe Lucy zur Tür. Ihre Augen flackern beim Anblick der Wikingerhautfetzen unter den krummen angelsächsischen Nägeln. Sie schaudert.

»Interessiert er sich wirklich für Geschichte?«, frage ich.

Sie lächelt. »Genauso sehr wie für alles andere. Als Betreuerin muss ich ihn ab und zu bei seinem Praktikumsplatz besuchen, und mir gefällt es hier. Jetzt bin ich dir was schuldig.« Sie hält kurz inne und sieht mich unverfroren an. »Billy. Du musst dich wirklich von deinem Bart trennen. Das kann man ja nicht mehr mit ansehen.« Sie greift mit der Hand hinein und reißt einmal kurz daran. Es tut verdammt weh. Ich bin zu geschockt, um zu reagieren, und im nächsten Augenblick zieht sie mich an meinem Bart zu sich heran und küsst mich auf die Wange. Ganz zart, wie ein Weberknecht, der einem im Schlaf übers Gesicht läuft. Nur schöner natürlich. Ich spüre, wie ihr heißer Atem in meinen herrlichen Koteletten raschelt.

»Der Bart ist heilig«, sage ich, als sie mich loslässt.

Einer unserer Stammgäste ist Steve Mantel. Er ist nicht unbedingt ein Rasenmäherfetischist, hat aber jede Menge anderes unnützes Wissen. Er ist obdachlos und verbringt viel zu viel Zeit in Bibliotheken und Museen. Ansonsten verkauft er die Obdachlosenzeitung *Big Issue* vor dem Öko-Spielzeugladen gegenüber. Ein top Standort. Haufenweise schuldbewusster Mittelstand rennt da auf und ab. Gegen elf macht er eine Pause und kommt dann oft auf einen Kaffee und einen kurzen Plausch bei uns vorbei. Manchmal ist er komplett abgefüllt und legt mit Mike einen kleinen Tanz aufs Parkett, eine Art langsamen Walzer, bei dem Mike ihn unauffällig zur Tür geleitet. Die beiden kennen sich schon seit Urzeiten. Mike hat ihn bestimmt hundert Mal verhaftet, als er noch ein einfacher Streifenpolizist war und Steve ein ganz normaler Hool, der auf Cider und Mott The Hoople stand. Und dann verschwand Mike, um sich bei der Met Police um die dicken Großstadtfische zu kümmern, und Steve entschied sich für das trostlose Leben eines Vollzeitalkoholikers.

Heute ist Steve sehr aufgeregt. Im Gemeindehaus gegenüber von seinem Wohnheim war heute Flohmarkt, und er hat ein Bild gekauft.

»Das gehört in euer Museum«, sagt er.

»Klar, als bräuchten wir hier noch mehr Gerümpel«, sagt Mike, aber nicht unfreundlich.

Steve ist empört. »Du weißt doch gar nicht, was es für ein Bild ist. Seht es euch an. Seht es euch genau an.« Beeindruckt von seiner Vehemenz, beugen wir uns alle drei vor, Jen, Mike und ich. Es ist eine Straßenszene. Zuerst denke ich, wieder irgend so ein viktorianisch-romantischer Quatsch. Ein fröhlicher Haufen draußen auf der Straße, Mitte 19. Jahrhundert. Stämmige Straßenhändler mit bunten Halstüchern. Blumenverkäufer. Straßenkinder. Man kennt es. Beleibte Kirchendiener mit roten Gesichtern.

»Da geht es um die Hinrichtung von Joe und Mary Goddard«, sagt Steve. »Sie waren des Diebstahls überführt worden, wurden an den Stadtrand gebracht und dort aufgehängt. Habt ihr bestimmt schon mal gehört.«

Mike erwidert, ja, er kenne die Geschichte, er sei aber nicht sicher, ob das Museum der geeignete Ort sei, um eines solchen trostlosen Falls zu gedenken. Steve wirft ihm einen verächtlichen Blick zu und hustet in sein feuchtes Taschentuch.

»Einen Zehner«, sagt er. »Einen Zehner ist es wert.« Mike rümpft nur die Nase, aber als er abzieht, kramen Jen und ich jeder einen Fünfer aus der Tasche. Und später lässt Mike uns das Bild aufhängen, daneben ein kleines Kärtchen mit den wichtigsten Informationen.

Ich beschließe, dass es besser ist, Dean den Wind aus den Segeln zu nehmen. Ich muss ihn dazu bringen, von seiner fixen Idee abzulassen. Ich habe lange darüber nachgedacht. Nur weil man sein Sperma spendet, ist man noch lange kein Vater. Man kann nicht einfach angetanzt kommen und sagen: »Hi Schätzchen, ich bin wieder da«, ohne jede Vorarbeit zu leisten. Dean hat kein einziges Mal das Bettzeug gewechselt. Er ist kein einziges Mal nachts aufgestanden. Er hat weder Kackwürste aus der Badewanne gefischt noch Verabredungen organisiert. Er hat ihn weder gegen Masern geimpft noch morgens um fünf *CBeebies* geguckt. Er kann jetzt nicht ankommen und einen auf Pizza- und Eisessen machen. Ich hab einen alten Song von den Smiths auf dem Handy, eins von Mums Lieblingsliedern – *You Just Haven't Earned It Yet, Baby*. Vielleicht sollte ich ihm den mailen. Telefonnummer und E-Mail-Adresse stehen ja auf seinen *Total-Security-Solutions*-Zetteln.

Ich versuche, mir vorzustellen, was Mum tun würde. Sie würde ihn anrufen und das Ganze mit einer Mischung aus Charme und Autorität aus der Welt schaffen. Mum war genial am Telefon. Jeder, mit dem sie sprach, wurde für die Zeit des Gesprächs zu ihrem besten Freund. Bekannte, Arbeitskontakte, selbst Telefonverkäufer von Kreditkartenunternehmen, alle fühlten sie sich am Ende wie etwas Besonderes. Und sie meinte es sogar ernst. Mum liebte Menschen. Und zwar alle. Sie liebte es, sich ihre Geschichten anzuhören und ihnen ihre zu erzählen. Sie war eine top Performerin, aber ein noch besseres Publikum. Für uns, ihre Kinder, konnte das natürlich frustrierend sein. Wir mussten sie immer mit all diesen unwichtigen Leuten teilen.

Einmal meinte ich zu ihr: »Mum, warum schreibst du denen nicht einfach eine E-Mail? Eine kurze Nachricht, zack, fertig.«

»Billy«, erwiderte sie, »du bist wirklich noch ein kleiner Junge. Wer will denn bitte ›zack, fertig‹?«

Mum hatte die Theorie, dass E-Mail und Telefon in der falschen Reihenfolge erfunden worden waren. E-Mail hätte zuerst da sein müssen, und dann wäre nach einer Weile ein anderer Erfinder gekommen und hätte sein superneues Produkt – das Telefon – mit den Worten beworben: »Es ist wie E-Mail, nur dass man jetzt *richtig miteinander reden kann.*« Und alle hätten gesagt: »Wow, das ist ja unglaublich.«

Ich sollte dazusagen, dass sie auch ziemlich gut im E-Mail-Schreiben war. Lustig, persönlich, unterhaltsam, alles – aber am Telefon war sie die Königin.

»Beim Geschäftemachen geht es nicht um Jobs. Auch nicht um Geld oder Produkte – es geht um persönliche Beziehungen. Um Menschen.« Das war ihr Motto.

Obwohl ich also weiß, dass ein Anruf bei Hessenthaler mich, was unser schwieriges Verhältnis betrifft, in die bessere Position bringen würde, entscheide ich mich für eine E-Mail. Und dazu noch eine unpersönliche, offiziell gehaltene.

Ich sitze am Schreibtisch in Mums Arbeitszimmer. Seit Ewigkeiten ist niemand hier gewesen. Keiner von uns hatte bisher die Gelegenheit, ihren Geist aus dem Raum zu vertreiben. Ich spüre praktisch, wie sie hinter mir steht. Sie lächelt, schüttelt aber den Kopf.

Als ich mich nach ihr umdrehe, sehe ich natürlich nur das Poster an der Wand, eine Vergrößerung vom Cover einer alten Mädchenzeitschrift. Aus den späten Fünfzigern, schätze ich. Vor einem hellgelben Hintergrund machen sich zwei Mädchen auf ihren Vespas winkend und lächelnd auf in Richtung Zukunft. Darunter steht *Beliebte Geschichten für Mädchen.* Da haben wir sie, die glücklichste Generation von Frauen in der Geschichte, wie sie aufgeregt auf die Beatlemania zurasen. Und auf die Stones. Die Pille. Mondlandungen. Feminismus. Thatcher. *Sex in the City*. Bevor sie dann bei *Mamma Mia!* landen. Wie alt wären die wohl heute, die beiden? Sechsundsechzig? Achtundsechzig?

Schaudernd wende ich mich wieder meiner Verpiss-dich-und-lass-uns-in-Ruhe-Mail zu. »Schreib es einfach hin, Billy«, sage ich laut vor mich hin. Und horche mit angehaltenem Atem auf den Klang der ersten Worte, die seit fast einem Monat hier gesprochen wurden. Ich habe das Gefühl, das ganze Zimmer wach gerüttelt zu haben, und warte ab, wie es reagiert.

Meine E-Mail an Hessenthaler ist ein Meisterwerk. Wenn es beim Dichten darum geht, die richtigen Wörter in die richtige Reihenfolge zu bringen, ohne dass auch nur eines von ihnen vergeudet wäre, dann ist meine E-Mail an Hessenthaler ein wahres Gedicht. Es lautet: *Verpiss dich und stirb.* Dagegen ist Simon Armitage ein Waisenkind.

Ich werde zu einem Gespräch in die Schule gebeten. Mrs Bingley will sich mit mir über Oscars Fortschritte unterhalten. Ich weiß genug über Schulen, um zu ahnen, dass »unterhalten« in diesem Fall nichts Gutes bedeutet.

Ich parke meinen blitzblanken Ersatzwagen neben drei Mädchenautos auf dem Parkplatz vor der Sir-Walter-Scott-Schule. Ein Clio, ein Punto und ein Mini, Autos, die mir sagen: »Achtung, erfolgreiche junge Frau, bitte mal zur Seite.« Sooby-Doo wäre hier völlig fehl am Platz gewesen. Wahrscheinlich wäre ihnen ein kollektiver Schauer über ihre glänzenden Aluminiumteile gelaufen, hätte dieses grotesk verbeulte und zerkratzte Stück Stahl sich neben sie gestellt. Aber mein Ersatzwagen ist ein Ford Ka. Noch so ein Mädchenauto.

In der Schule haben mittlerweile auch nur die Mädchen das Sagen. Da geht es um emotionale Intelligenz, ständiges Lob und Motivation. Heute hören die Kinder von ihrer Klassenlehrerin eher Sätze wie »Dein Top gefällt mir«, als dass sie Ärger kriegen, weil sie durch den Flur rennen. Und der Parkplatz spiegelt das wider.

Mrs Bingley. Die Stufenleiterin der ersten Klassen ist eine sehr große Frau, die fließende Silhouetten in lebendigen Farben bevorzugt, vor allem Gold- und Rottöne. Sie ist außerdem mit Klunkern behängt wie ein Old-School-Rapper, alles klimpert und klirrt, als sie auf uns zusteuert. Mrs Bingley bewegt sich wie die Luxusyacht eines russischen Milliardärs und strahlt dabei Selbstvertrauen und Macht aus. Sie ist eine dieser Frauen, die erst im mittleren Alter so richtig aufblühen. Ich würde auf eine noch nicht allzu lang zurückliegende Scheidung tippen.

Vielleicht hat sie sich auch in der Türkei einen jungen Lover geangelt. Oder beides.

Sie macht sich Sorgen um Oscar. Mehr als das, sie ist *beunruhigt*. Und das ist, wie wir alle wissen, sehr viel schlimmer. Beunruhigt ist sich Sorgen machen mit Sternchen. Und was ist der Grund für diese Beunruhigung? Im Wesentlichen macht ihr zu schaffen, dass Oscar – der arme, mutterlose Oscar – sich nicht so verhält, wie er sollte. Es ist nicht so, betont sie, dass er wirklich schwierig sei. Er hat niemanden gebissen oder gekratzt oder Spielsachen oder Stifte kaputtgemacht. Es ist schlimmer. Viel schlimmer. Er besteht darauf, ganz still und für sich zu spielen. Er ist höflich, aber distanziert zu seinen Mitschülern und ignoriert sie, soweit es geht. Am schlimmsten ist, dass er sich auch der Betreuerin nicht öffnet, die ihm doch helfen soll, seinen Kummer zu verarbeiten. Er starrt sie einfach nur schweigend an.

»Genau genommen wurde er sogar ziemlich frech, als Loretta – seine Betreuerin – mit ihm über seine Gefühle sprechen wollte.«

»Was hat er gemacht?«

Es klimpert kurz, als Mrs Bingley sich aufrichtet. »Er sagte zu Loretta, er werde sie ausweiden. Sie war ziemlich verstört.«

Das kann ich mir denken. Ich widerstehe der Versuchung, mich positiv über Oscars Vokabular zu äußern – es gibt sicherlich nicht viele Sechsjährige, die ein Wort wie ausweiden korrekt benutzen – und gebe stattdessen besänftigende Laute von mir, die jedoch keine große Wirkung zeigen, also stelle ich unbequeme Fragen wie: »Was genau ist denn Ihr Problem?«

Mrs Bingley seufzt. Noch so einer. Herrgott. »Am meisten beunruhigt mich, dass Oscar ganz offensichtlich Angst hat, Nähe zuzulassen. Und ich mache mir Sorgen, dass diese momentane Verschlossenheit sich zu einer ernsten und bleibenden Beziehungsunfähigkeit ausweitet.« Sie macht eine kurze Pause und fährt dann fort: »Anfangs dachten wir, das sei vielleicht nur eine Phase, angesichts dessen, was seiner Mutter zugestoßen ist. Aber ich befürchte …« Sie hält wieder inne.

»Was befürchten Sie?«

»Ich befürchte, dass vielleicht mehr dahintersteckt.«

»Zum Beispiel?« Ich will, dass sie es ausspricht.

»Sehen Sie, Billy, sich um ein Kind zu kümmern, ist immer eine schwere Aufgabe, aber bei jemandem wie Oscar, der ein solches Trauma durchlebt hat, braucht man spezielle Fähigkeiten. Ein spezielles Fachwissen. Ich habe viel darüber gelesen und mit Fachleuten über Oscar gesprochen, die sich in diesen Dingen besser auskennen.«

»In welchen Dingen?«

Mrs Bingley seufzt. Schon wieder. Immer dieses Geseufze. »Na, kommen Sie, Billy. Wollen Sie wirklich behaupten, Sie wüssten nicht, dass Oscar – und Ihnen – eine Familientherapie guttäte?«

Ich antworte nicht darauf. Mein Schweigen macht Mrs Bingley nervös. Sie kann sich nicht beherrschen. »Ich habe seine Symptome eingehend mit den

Kollegen besprochen, und sie teilen meine Einschätzung.«

»Nämlich?«

Sie holt Luft. Und beschließt, zur Sache zu kommen.

»Dass Oscar ein Risikokind ist.«

»Was für ein Risiko?«

Sie seufzt wieder. Ihr Schmuck rasselt. Die goldene und scharlachrote Seide raschelt. Ich spiele das Blinzelspiel mit ihr. Ich sehe ihr in die Augen, ohne zu blinzeln, bis sie den Blick abwendet. Sie kann das Blinzelspiel überhaupt nicht, was wahrscheinlich ein Problem ist, wenn sie mit Oscar zu tun hat, weil er ein Meister darin ist. Ein Wunderkind geradezu.

Sie ist inzwischen richtig genervt. Gut so.

»Billy, ich bin überzeugt davon, dass bei Oscar die Gefahr einer seelischen Verwahrlosung oder sogar seelischen Missbrauchs besteht und er infolgedessen eine erhebliche Persönlichkeitsstörung entwickeln könnte.«

Nachdem sie die Bombe abgeworfen hat, lehnt sich zurück und wartet darauf, dass sie einschlägt. Sie glaubt, das war ein absoluter K.-o.-Schlag. Aber den Gefallen tue ich ihr nicht. Stattdessen konzentriere ich mich auf den Schmerz, den es mir bereitet, auf diesen albernen Stühlen zu sitzen.

»Was für eine denn?«, frage ich schließlich.

Sie sieht mich irritiert an. »Was meinen Sie?«

»Ich meine, was für eine Persönlichkeitsstörung Oscar entwickeln könnte.«

Jetzt gerät sie in Verlegenheit. Vielleicht hatte sie

nicht damit gerechnet, dass wir an diesen Punkt gelangen. Vielleicht hatte sie damit gerechnet, dass ich klein beigebe und ihr schluchzend in die Arme fallen. So ein Quatsch. Sie druckst ein bisschen herum und versucht, sich zu sammeln. Raschelt, klimpert und seufzt. »Oh, äh, die Diagnose erfordert normalerweise ein bisschen Zeit und eine genauere Beobachtung, aber meiner vorläufigen Beurteilung nach deutet alles auf eine selbstunsicher-vermeidende Persönlichkeitsstörung hin.«

Ach, kommen Sie. »Ach, kommen Sie«, sage ich. »So etwas gibt es doch gar nicht. Das haben Sie sich ausgedacht.«

Sie ist schwer gekränkt und lässt sich über genetische und umweltbedingte Faktoren aus, die dazu führen, dass bei manchen Menschen aus einer normalen kindlichen Schüchternheit extreme Berührungsangst entsteht. Ihre Angst vor Spott und Kritik ist so stark, dass sie jede ihnen unbekannte Situation vermeiden. Das könne, sagt sie, sich so tief festsetzen, dass so jemand nicht mehr in der Lage ist, seinen Platz im Leben zu finden.

»Die Störung wird meistens bei Kindern festgestellt, die in ihrer sozialen Interaktion nicht unterstützt wurden und kein stabiles Selbstvertrauen aufbauen konnten. Das ist manchmal der Fall, wenn die erwachsenen Vorbilder des Kindes sozial gut funktionieren und von dem Kind erwarten, dass es das automatisch auch tut. Manchmal ist es auch auf die Erinnerung an extrem schmerzhafte soziale Erfahrungen zurückzuführen. In extremen Fällen kann auch Angst vor den Gefahren und Verunsicherungen der Erwachsenenwelt der Auslöser sein. Angst vor Unberechenbarkeit oder sogar« – sie hält kurz inne – »häuslicher Gewalt.«

Es ist einfach zu offensichtlich, dass sie das aus irgendeinem Abendkurs oder Taschenbuchratgeber hat. So was wie *Kinderschutz für Laien*.

Ich muss daran denken, wie Oscar bei Mums Begräbnis von weinenden Unbekannten betatscht und abgeküsst wurde. Und an Mum selbst, mit ihrem Lachen und den vielen Partys. Sie stand immer im Mittelpunkt, unsere Mum. Ihr Handy war ständig am Klingeln und am Piepen, dauernd kamen Anrufe und SMS rein. Und sie hatte häufig Gäste. Ausgedehnte feuchtfröhliche Lunchsonntage, inszenierte Abendessen, bei denen Mum als die Queen oder Che Guevara verkleidet war. Pokernächte. Singstar-Abende, bei denen die Frauen »Big Spender« und die Männer »My Way« sangen und die Musik und das Geplapper durch die Holzdielen drangen.

Einmal kam ich nach unten, um einen Schluck Wasser zu trinken, und traf auf ein halbes Dutzend betrunkener und halbnackter Erwachsener, die Twister spielten. Geschadet hat mir das nicht. Als kleines Kind fand ich das alles super. Später ging es mir dann vielleicht etwas auf die Nerven.

Und ich muss an Deans Sachen auf unserem Rasen denken. Und plötzlich fällt mir ein, wie er die Tür eingetreten hat. Szenen wie aus einem Fernsehfilm. Das splitternde Glas. Wie es im Flur glitzert, als er mit hängendem Kopf und Schultern hereingetaumelt kommt. Mum, eine im neunten Monat schwangere Kugel, die sich schreiend im Bad verbarrikadiert. Deans Hand in meinem Gesicht, als ich versuche, ihn aufzuhalten. Okay, aber da war Oscar noch gar nicht geboren.

Ich denke an Toni, wie sie den Stuhl gegen die Wand schleudert. Daran, wie ich Oscar zu Boden werfe, nachdem er mir neulich sein spitzes Knie in den Kiefer gerammt hat. Ich denke an Mum, wie sie bei *Question Time* mit ihren Hausschuhen nach dem Fernseher wirft. Ich denke an Curtis Hughes, wie er in The Limes das Messer zieht. Ich denke an selbstgebaute Pfeile. Schwierige, neue Situationen? Ja, da gab es bestimmt ein paar. *But then again, too few to mention*, wie Frankie sagen würde. Definitiv zu wenige.

Hätte Mrs Bingley dieselben Zeitschriften gelesen wie ich, wüsste sie, dass das alles nichts Besonderes ist. Dass das relativ gesehen ein Witz ist.

»Hat Oscar jemals Gewaltszenen erlebt?« Sie fragt das ganz beiläufig, wie eine Fernsehkommissarin, die den Verdächtigen mit einer scheinbar harmlosen, in Wirklichkeit aber tödlichen letzten Frage in die Falle lockt.

»Nein«, antworte ich.

Mrs Bingley hat länger als eine halbe Stunde gebraucht, um an diesen Punkt zu kommen, und mittlerweile habe ich Rückenschmerzen wie ein neunzigjähriger ehemaliger Minenarbeiter. Bingley scheint keine Probleme damit zu haben. Ihr imposanter Körper hat sich den Arbeitsbedingungen angepasst. Vielleicht kann sie auf Erwachsenenmöbeln gar nicht mehr sitzen. Vielleicht ist bei ihr zu Hause alles in Kindergröße. Vielleicht müssen Mrs Bingleys türkische Lover alle erst mal zeigen, wie sie mit ihrem Zwergenbett klarkommen. Sie redet weiter, aber ich höre nicht zu.

Ich schalte mich erst wieder ein, als sie von seinem persönlichen Arbeitsplan anfängt.

»Seinem Pap«, sage ich.

Sie guckt erstaunt. Dass ich plötzlich ihre Sprache spreche, war natürlich auch nicht geplant, soviel ist klar.

»Genau, sein Pap.«

Oscars Pap soll ihm helfen, sowohl sein Selbstwertgefühl als auch ein angemesseneres Verhalten zu entwickeln, und basiert vor allem auf einem selbstgebastelten Flugzeug aus Pappe.

Wenn Oscar etwas gut macht – zum Beispiel mit Freunden ein Spiel spielen oder sich beim Stuhlkreis melden und etwas erzählen –, dann startet das Flugzeug von der Landebahn und fliegt hoch zu einer kleinen flauschigen Wolke an einer Tafel. Wenn er wieder etwas gut macht, rückt es zur nächsten Wolke hoch. Und dieser Vorgang wiederholt sich, bis er die Sonne erreicht hat, wo ihn eine Belohnung erwartet. Sollte er nochmals jemandem drohen, ihn auszuweiden – oder irgendeine andere Untat begehen –, kippt das Flugzeug im Sturzflug ab. Das kommt mir irgendwie buddhistisch vor, wobei, wer auch immer sich die Geschichte mit der Sonnenlandung ausgedacht hat, auf jeden Fall weniger Ahnung von griechischer Mythologie hat als ein Lehrer haben sollte. Und wenn ein Flugzeug sich absichtlich in eine Wolkenformation begibt, ist ein Crash quasi vorprogrammiert, IMHO.

»Was ist mit Ikarus?«, frage ich unangemessenerweise. »Und was ist, wenn er einen Sonnenstich oder Hautkrebs bekommt?«

Mrs Bingley kräuselt die Lippen, seufzt, klimpert und raschelt. »Billy, das ist wirklich eine ernste Angelegenheit.«

»Ich weiß. Tut mir leid.«

Ich mache ein ernstes Gesicht und beschließe, das Ganze als eine Art mündliche Prüfung zu betrachten. Ein sinnfreies Theaterstück. Ich erkläre ihr, dass meine Erfahrung mit Oscar eine ganz andere ist. Meiner Erfahrung nach werden die Leute sofort mit ihm warm. Sie mögen seine ruhige Art. Dass er einen nicht am Ärmel zupft und einem seine Lebensgeschichte aufdrängt. Dass er nicht um einen herumtänzelt und um Süßigkeiten bettelt. Mrs Bingley hört mir mit unerschütterlicher Geduld und Gleichgültigkeit zu. Meine Worte rühren sie kein bisschen.

»Wie gesagt, so wie wir Oscars persönliche und soziale Entwicklung einschätzen, wird er Schwierigkeiten haben, die Sekundarstufe zu erreichen.«

»Beurteilen sie auch Freundschaften? Und Beliebtheit?«

Mrs Bingley ist verblüfft über meine Ignoranz, genervt von meiner Uneinsichtigkeit und total angepisst von meinem Tonfall.

»Aber sicher. Das Ausmaß an sozialer Interaktion

in den Anfangsjahren ist einer der wichtigsten Indikatoren für den späteren akademischen und sozialen Erfolg.«

»Schwachsinn.« Zu spät merke ich, dass ich das laut gesagt habe. Mrs Bingley klimpert entrüstet mit ihrem Schmuck, unter dem sich schwabbelnd ihr beeindruckender Busen hebt. Ihre fürstlichen Gewänder schimmern und leuchten.

»Und natürlich wird das Jugendamt mit Ihnen in Kontakt treten.«

Natürlich.

Was bedeutet seelischer Missbrauch eigentlich? Soweit ich das beurteilen kann, ist jedes Kind ein seelisch missbrauchtes Kind. Man muss nur mal jemanden fragen, wie er sich damals gefühlt hat, und schon bekommt man eine Liste mit allen möglichen Grausamkeiten, die ihm Brüder, Schwestern, Lehrer und Eltern zugefügt haben. Selbst in den besten Familien. Selbst in den vornehmsten Familien. Vielleicht sogar am ehesten dort.

Und was ist mit denen, die ernsthaft seelisch misshandelt werden? Was ist mit Derek Hecht aus Loughborough, dessen Vater seine Mutter umgebracht hat und ihm dann den Mord in die Schuhe schieben wollte? Was ist mit den Kindern, die in Kellern und Schuppen gehalten werden und ihre Väter nur sehen, wenn sie kommen, um sie zu vergewaltigen oder zu schlagen oder beides? Was ist mit den Müttern, die es mit den Freunden ihrer Töchter treiben? Was ist mit dem Kind, das zusah, wie sein Vater seiner Mutter ein Auge ausstach, um es dann im achten Stock aus dem Fenster zu werfen?

Das Ding ist, jeder von uns hat seine eigene Persönlichkeitsstörung. Das macht uns zu Menschen. Wären wir alle ausgeglichen, im Einklang mit uns selbst, lieb zu Tierkindern und so weiter, dann wären wir keine Menschen, sondern irgendetwas anderes. Wir wären Schafe. Wir müssen kämpfen und Probleme lösen. Und wenn keine da sind, schaffen wir uns welche. Wir steigen auf Berge, stürzen uns in einem Fass die Niagarafälle herunter, legen uns für *Children in Need* in eine Wanne mit gebackenen Bohnen, steuern Flugzeuge in Häuser: alles, was uns aus unserem friedlichen Herdenleben ausbrechen lässt. Das liegt in unserer Natur. So sind wir eben. Wir schaffen Dinge und machen sie wieder kaputt. Wir reiten uns in die Scheiße und überlegen dann, wie wir wieder rauskommen. Und es ist nicht unser Können, was uns ausmacht, sondern die Art, wie wir damit klarkommen, was wir nicht können. Wie wir mit unseren Persönlichkeitsstörungen umgehen.

Ich behaupte nicht, dass Mum alles richtig gemacht hat. Gäbe es eine Prüfung in Kindererziehung, hätte sie bestimmt in einigen Bereichen Probleme bekommen. Erst mal ist da ihr fragwürdiger Männergeschmack. Dann, dass sie diverse Schul- und Hochschulabschlüsse und so hat – und es trotzdem hinkriegt, zweimal ungewollt schwanger zu werden.

Ich war ein Uni-Baby. Eine Art Abschlussprojekt. Eine lebende Dissertation, eine Alternative zu den Jobmessen, zu denen Mum hätte gehen können. Sie sprach nicht oft darüber, aber nach dem, was ich so mitbekommen habe, bin ich das Ergebnis eines Whiskey-Besäufnisses in einem pronordirischen Studentenverein. Das unausweichliche Resultat eines wütenden Streits zwischen meiner Mutter und meinem Vater, über irgendetwas, das 1916 im Dubliner Hauptpostamt passiert ist. Das und Leonard Cohen.

Ursprünglich sollte ich jedenfalls von der Frauengruppe großgezogen werden, aber dann wurden die alle Personalberaterinnen oder so was in der Richtung, jedenfalls wollten sie es alle richtig wissen. Also landeten Mum und Dad in einer Sozialwohnung in Chadwick – der ältesten und nettesten Sozialbausiedlung der Stadt – und freundeten sich mit ein paar Teenagermüttern an, bis das Unvermeidbare geschah und Dad eine von ihnen vögelte und sich verpisste.

Ich nehme ihm das nicht übel. Er war damals dreiundzwanzig, und diese Teenagerinnen sind teilweise ziemlich heiß und auch nicht allzu anspruchsvoll, das weiß ich zufällig. Nein, das alles nehme ich ihm nicht übel. Was ich ihm übel nehme, ist, dass er so ein Arschloch ist.

Als ich sieben war, zog er aus beruflichen Gründen in den Norden. Wobei sein Beruf darin besteht, mit leicht beeinflussbaren Hippiemädchen anzubändeln, die seine Arroganz für Intelligenz halten. Er lebt auf einem Hausboot, und ich habe ihn seit Jahren nicht gesehen. Auf einem acht Meter langen Boot zu wohnen, zusammen mit einer angehenden weißen Hexe, die er ein paar Tage zuvor in einem

Pub abgeschleppt hat, macht die Vater-Sohn-Beziehung auch nicht einfacher.

Zwischen meinem zweiten und elften Lebensjahr gab es nur mich und Mum. Ich bin nicht naiv, ich weiß, dass sie ein paar Typen gehabt haben muss, aber sie hielt sie von mir fern, ich kam nicht mit ihnen in Berührung. Ich bin sicher, dass da etwas lief, wenn ich bei Dad war. Als ich noch zur Grundschule ging, war sie die sexieste, jüngste Mutter auf dem Schulhof, und wenn ich ehrlich bin, war mir das tierisch peinlich. Ich wollte immer, dass sie ihre uncoolsten Klamotten anzog, kein Make-up trug und sich möglichst unauffällig benahm. Aber es half nichts. Ich spürte jedes Mal die Blicke. Hinzu kam, dass man immer etwas zu lachen mit ihr hatte. Sie war schlagfertig, temperamentvoll und witzig. Sie versuchte nie, jemandem zu imponieren – mit dem Ergebnis, dass die Leute versuchten, ihr zu imponieren. Alle waren Riesenfans von ihr. Versteht sich von selbst, dass ihr auch dauernd irgendwelche Typen an die Wäsche wollten. Und ein paar von ihnen wird es auch gelungen sein. Die neun Jahre hat sie bestimmt nicht nur mit ihrem kleinen Wochenendspielzeug verbracht.

Sie hatte nie einen Job. Jedenfalls keinen richtigen. Damals kamen die Leute offenbar noch mit der Stütze über die Runden. Irgendjemand bekam immer einen Scheck, und da, wo wir lebten, half man sich gegenseitig aus. Aber sie hatte auch keinen falschen Stolz. Wenn sie richtig pleite war, ging sie eine Weile putzen oder organisierte einen Babysitter für mich und übernahm ein paar Schichten an der Bar in der Uni. Das hatte sie schon während des Studiums gemacht, und die Barleute freuten sich jedes Mal, wenn sie auftauchte. Mit ihrem Lächeln und ihrer lockeren Art verkauften sie gern mal ein paar *Snake Bites* mehr, nehme ich an. So stelle ich es mir jedenfalls vor. Manchmal schickte Oma Ann uns etwas Geld, und die Mutter meines Vaters auch. Mein Vater selbst allerdings nicht. Fairerweise muss man sagen, dass Mum ihn auch nie darum bat. Ich war ganz klar ihre Aufgabe.

Und dann, als ich elf war, passierten zwei Dinge: Mum beschloss, Kohle zu machen. Und sie lernte Dean Hessenthaler kennen.

Rosie war nicht sehr erfreut, als Aidan anfing, sich für Mädchen zu interessieren. Es war Titus, der ihn dazu ermutigte. Titus verkuppelte ihn mit ein paar Schlampen, die er kannte. Mit vierzehn bekam Aidan von einer von ihnen seinen ersten Blowjob. Er musste auf dem Bett liegen und so tun, als schliefe er, während Titus filmte, wie das alte Flittchen ihn weckte, indem sie ihm den Schwanz aus der Hose holte und ihm einen ablutschte. Titus stellte es ins Internet. *MILF Tante weckt ihren Neffen auf ganz spezielle Weise.* Aidan fand keinen großen Gefallen daran. Sollte das alles gewesen sein? Und dafür bezahlten die Leute Geld?

Aidan ging im Grunde nicht mehr zur Schule. Manchmal schaffte er es bis vors Schultor, dann schaute er kurz hinein und hing ein bisschen dort ab. Manchmal rief ihn ein Lehrer: »Komm doch rein,

Aidan«, aber meistens ignorierten sie ihn. Und wenn einer ihrer Wagen zerkratzt war, beschuldigte man Aidan und schickte ihm die Polizei auf den Hals. Nachgewiesen wurde ihm allerdings nie etwas.

Seinen ersten richtigen Sex hatte Aidan mit einem Mädchen namens Janie Summers. Für Heroin machte Janie alles, und Aidan versprach, welches aufzutreiben. Aidan glaubte zwar nicht, dass sie ihm das abnahm, aber vögeln tat sie ihn trotzdem, für alle Fälle. Er wusste allerdings aus sicherer Quelle, dass sie es an dem Nachmittag noch mit drei anderen machte.

Ein paar Tage später tat Aidan der Schwanz weh, jedes Mal, wenn er pinkeln musste, brannte es wie Hölle. Er dachte, es würde von allein besser, wurde es aber nicht. Es roch auch komisch, und als dann so grüngelber Eiter rauskam, drehte er durch. Aus reiner Neugier holte er sich einen runter, und siehe da, auch das Sperma war ganz gelb. Als er Rosie davon erzählte, reagierte sie irgendwie komisch. Anscheinend freute sie sich regelrecht.

»Hab ich's dir nicht gesagt? Ich hab dir doch gesagt, dass so was passieren würde«, triumphierte sie.

Titus fuhr Aidan mit seinem Lexus in die Klinik. »Du findest allein zurück, oder?«, sagte er. »Du kannst ja den Bus nehmen. Ich hab zu tun.«

Aidan fühlte sich unwohl in der Klinik. Allerdings, sich dort wohlzufühlen wäre auch unlogisch. Als er fragte, wohin er solle, sagte die Frau am Empfang, »immer der roten Linie nach bis zur UA.« Er fragte, was UA bedeutete, aber sie kritzelte einfach weiter auf ihrem Block herum und erklärte dann mit gelangweilter Stimme: »Urologische Abteilung«. Schließlich blickte sie hoch, und als sie sein Gesicht sah, lächelte sie. »Mach dir keine Sorgen«, sagte sie. »Das wird schon wieder.«

In der UA gab es ein eigenes Wartezimmer. Die Typen, die da saßen, waren alle viel älter als er. Einer blätterte in einer Zeitschrift, die anderen machten gar nichts. Sie saßen einfach nur da und starrten ins Leere. Nach einer Weile kam ein Schwarzer herein, sah direkt zu Aidan rüber und meinte: »Es gibt echt viele unchristliche Frauen da draußen. Echt viele.« Aidan war froh, als seine Nummer aufgerufen wurde.

Der Arzt war ein großer Inder, Aidan hatte Probleme mit seinem Akzent, aber als er sich Aidans Schwanz ansah, lachte er nur und stellte ihm ein Rezept aus. Er sei noch mal mit einem blauen Auge davongekommen und solle in Zukunft vorsichtiger sein. Jedenfalls glaubte Aidan, dass er das gesagt hatte. Aidan würde vorsichtig sein. Er würde einen großen Bogen um Sex machen. Das ganze Theater, das die Leute deswegen veranstalteten, war es nicht wert.

Es gab allerdings ein Mädchen, das Aidan mochte. Und nicht nur in sexueller Hinsicht. Er war einfach gern mit ihr zusammen. Ihre Stimme klang immer so, als würde sie lachen. Er lernte Leanne Gladstone kennen, als er Schulden bei ihr eintreiben sollte. Manchmal konnte sie ihre Rate bezahlen und manchmal nicht. Und manchmal erließ Titus sie ihr und manchmal nicht. Sie hatte ein kleines Kind –

Kai –, das Angst vor den Hunden hatte, und Aidan mochte es nicht, wenn Kinder weinten. Es regte ihn auf. Leanne war wunderschön. Sie hatte ein breites Lächeln und schiefe Zähne. Aber auf schöne Weise schief. Sie hätte ein Pornostar sein können. Oder Model. Sie hätte tonnenweise Geld machen können, wenn sie gewollt hätte.

Titus meinte: »Du sitzt auf einer Goldgrube, Mädchen. Du musst nur etwas daraus machen.« Aber Leanne lachte nur. Wenn sie Geld hatte, zahlte sie Titus seine Rate. Und wenn nicht, ließ sie sich vielleicht von ihm vögeln, aber sonst nichts. Sie hatte keine Angst vor ihm.

Rosie hasste Leanne. »Eingebildete Kuh«, sagte sie. »Hält sich für was Besonderes. Glaubt, sie sei die Tollste.«

Sie war tatsächlich etwas Besonderes. Aidan wusste das. Und Titus auch. Jeder wusste es.

Und dann verschwand Leanne. Und tauchte im Kofferraum von Titus' Lexus wieder auf.

Der Wagen wurde gestohlen. Titus ging auch zur Polizei und meldete alles. Aidan hätte gedacht, er würde toben vor Wut, aber komischerweise blieb er ganz ruhig. Titus passte auf, dass er sich im Straßenverkehr nichts zuschulden kommen ließ. Er hielt sich an Geschwindigkeitsbegrenzungen und fuhr nie unter Alkohol. Er war vollkaskoversichert, ging brav zum TÜV und zahlte seine Steuer. Niemand würde ihn wegen eines dämlichen Verkehrsdelikts drankriegen. Das war was für Schwachköpfe. Abgesehen davon liebte er dieses Auto. Er fuhr nicht mal in die Waschanlage, weil er Angst hatte, es könne einen Kratzer abbekommen. Lieber bezahlte er Leute, die es mit der Hand wuschen, wachsten und polierten. Dieses Auto wurde wirklich geliebt.

Und dann war es einfach verschwunden. Drei Tage später tauchte es mitten in Suffolk wieder auf, im Kofferraum lag Leanne, nackt und völlig dehydriert. Jemand hatte sie vor Kais Augen aus ihrer Wohnung verschleppt, sie ausgezogen und in Titus Auto gelegt. Und sie dann in der Nähe von Tostock im Wald stehen gelassen.

Titus tat schockiert.

»Wer würde so etwas tun?«, fragt er. »Wer sollte Leanne so etwas antun? In meinem Auto?« Aber im Grunde schien er ganz ruhig.

Aidan dachte an Kai. Leannes Kind. Von da an fiel es ihm schwer, die Hunde auszuführen. Er stellte sich jedes Mal Kais Gesicht vor, wie es sich zusammenzog und rosa anlief und er weinte, während seine Mutter von den bösen Männern entführt wurde.

Leanne rückte nie damit raus, wer es gewesen war oder was man ihr angetan hatte. Aber sie war anders danach. Anders insofern, als sie jetzt war wie alle anderen. Still. Ängstlich.

Die Tage vergehen, Oscars Flugzeug steigt auf und ab, aber es landet nie auf der Sonne. Ich verspreche ihm Meerschweinchen, wenn er es schafft, woraufhin sich seine Miene aufhellt. Natürlich bereue ich es sofort. Ich weiß jetzt schon, wie mir das Gequieke auf die Nerven gehen wird, aber dafür ist es zu spät. Ein

Versprechen gegenüber einem Kind kann man nicht rückgängig machen.

Die Tage sind immer noch trüb und grau, genau wie unser Leben, aber dann wird Oscar von einer der *Walking-Bus*-Mütter zu einer Übernachtungsparty eingeladen. Millies Mutter.

Wie jeder weiß, gibt es heute kaum noch eine Privatsphäre: Arztberichte, Schulzeugnisse, Gerichtsbescheide, Führungszeugnisse, Beichten – alles Dinge, die man für vertraulich halten würde, richtig? Falsch. Glauben Sie mir, in diesem Moment gehen irgendwo Leute mit Informationen über Ihre Kreditwürdigkeit hausieren, so wie der Typ von *Betterware* mit einer neuen Produktlinie von Frischhalteboxen. Schulzeugnisse werden auf Facebook gepostet, der Nachbarschaftspriester bloggt etwas von einer pikanten Information, die er am selben Morgen von einem Gemeindemitglied erfahren habe. Genau in diesem Moment trifft sich eine Gruppe von Assistenzärzten, um sich einen Film über die Gebärmutteroperation Ihrer Großmutter anzusehen. Wahrscheinlich haben sie Popcorn und Chips dabei.

Wir leben in einer Welt, in der Polizeifotos von gefolterten Kindern bei eBay einen Sofort-kaufen-Preis haben.

Nichts ist mehr heilig. Nichts ist geheim. Gar nichts. Es überrascht mich also nicht, dass Geschichten über Oscars angeblichen seelischen Missbrauch und seine eventuelle Persönlichkeitsstörung auf dem Schulhof kursieren. Mit Sicherheit weiß in spätestens zwei Tagen jeder von meinem Treffen mit Mrs

Bingley. Ich merke es daran, wie die Mütter sich auf dem Schulhof von mir abwenden oder durch mich hindurchsehen. Oder daran, dass eine der wenigen offensichtlich nicht so gut situierten Mütter, eine stumpf dreinblickende Sumoringerin in Jogginghose, mich eines Tages auf dem Weg zur Schule am Arm packt, mit ihrer frischen Wodkafahne anhaucht und krächzt: »Schweinehunde, alles Schweinehunde. Scheiß auf die.«

Aber so richtig erleichtert über mein Versagen sind die Super-Elternvertreter-*Walking-Bus*-Mütter. Denn was würde es über ihre Rolle als Mutter aussagen, wenn sich herausstellte, dass jeder das könnte? Selbst ein kleiner Neunzehnjähriger.

Ich erinnere mich, wie Mum mal in einem Lesekreis war. Da wurde ein Buch gelesen, in dem es darum ging, dass Frauen, die Kinder bekommen, sich auf körperliche und seelische Qualen einstellen sollten. Darauf, dass sie keinerlei Freude mehr am Leben haben würden. Ich weiß das noch, weil ich damals neun war, und man sich in dem Alter eben daran erinnert, wenn die eigene Mutter einen markerschütternden Schrei ausstößt und ein Buch aus der Bücherhalle quer durch den Raum schleudert. Es hieß *Babyschock* oder so ähnlich. War bestimmt ein interessantes Treffen mit dem Lesekreis. Jedenfalls ging Mum dort nie wieder hin. »Ich wusste, dass es ein Fehler war, wirklich mitzulesen«, sagte sie. »Eigentlich wollte ich da ja nur hin, um Wein zu trinken.«

Jetzt, wo bewiesen ist, dass ich nicht als Ersatzmutter tauge, glauben einige von ihnen, mich wieder mit ihrem schrecklichen Mitgefühl überschütten zu können, so wie in den ersten Tagen, nachdem Mum auf dem Titelblatt der *Gazette* gestanden hatte. Und dann fragt mich eine dieser Supermütter auch noch, ob Oscar Lust habe, zu einer Halloween-Pyjamaparty zu ihnen zu kommen.

»Er wäre allerdings der einzige Junge. Meinst du, das macht ihm etwas aus?«

»Bestimmt findet er es toll.«

Ich bin nicht sicher, ob das stimmt, aber es kommt mir richtig vor, es zu sagen. Bis ich merke, dass es klingt, als sei Oscar ein aufdringlicher Lüstling. Mit sechs. Aber statt zurückzuzucken lächelt die Mutter – wie heißt sie noch mal? – ihr grauenhaftes Hochglanzlächeln und sagt: »Schön. Wir feiern ganz altmodisch. Mit Spielen. Äpfeltauchen und so, weißt du?«

»Das gefällt ihm bestimmt.«

Stimmt das? Ich weiß es nicht. Wir spielen nie Spiele, Oscar und ich. Wir gucken Filme. Wir gucken Filme, bis wir einschlafen. Gestern sind wir bei *Jason und die Argonauten* eingeschlafen. Heute morgen hat Oscar gesagt, dass er später Argonaut werden will. Mum hat Spiele mit ihm gespielt. Mensch ärgere dich nicht, Uno, Junior Scrabble, so was. Das ist alles eine Million Jahre her, aber damals hat er gern gespielt, glaube ich. Vielleicht wird es eine dieser schwierigen sozialen Erfahrungen. Vielleicht ist es aber auch eine gute Therapie. Vielleicht kann sein Flugzeug danach ganz weit nach oben fliegen.

7

Ohne Oscar komme ich nicht zur Ruhe, außerdem fühle ich mich zu Hause so komisch fremd. Es ist das erste Mal seit dem Unfall, dass wir nachts getrennt sind. Ich verspüre ein nervöses Brennen im Magen wie von schlechtem Alkohol, dabei habe ich noch gar nichts getrunken. Rick und Alfie wollen später noch vorbeikommen, aber eigentlich passt mir das gar nicht. Vielleicht sollte ich der Tatsache ins Auge sehen, dass ich kein Kind mehr bin, jedenfalls nicht so wie Rick und Alfie.

Außerdem habe ich das Gefühl, beobachtet zu werden. Er steht irgendwo draußen auf der Straße, ganz in der Nähe. Er ist Teil des Wetters, seine roten Augen glühen im Regen. Kleine eitrige Rubine.

Ich höre Gelächter und Feuerwerk. Halloween und die Bonfire Night sind in den letzten Jahren offenbar miteinander verschmolzen. Ich finde, wir sind etwas maßlos geworden mit unseren Feierlichkeiten. Wir wollen das amerikanische Süßigkeitenfest mit seinen *Scream*-Masken und Hexenkostümen aus Polyurethan und gleichzeitig weiter unseren päpstlichen Verschwörer aus dem 16. Jahrhundert verbrennen, und zwar in derselben Woche. Wie lange dauert es wohl noch, bis wir den Thanksgiving-Truthahn der Yankees mit dem guten alten britischen Weihnachtstruthahn zusammenschmeißen? Es dauert nicht mehr lange, bis wir auch noch Ramadan, Diwali,

Chanukka und den St. Patricks Day für uns vereinnahmt haben. Womöglich sind wir bald eines dieser schizoiden Länder, die den Beginn des Ramadan als Alibi für ein ordentliches Saufgelage betrachten. Kann durchaus sein.

Gegen achtzehn Uhr klingelt es an der Tür. Neunjährige Straßenräuber kreischen »Süßes oder Saures«. Die Koboldmasken sind so dick, dass man eigentlich kein Wort versteht, aber die Aussage ist klar: »Her mit dem Zaster, dann stecken wir dir vielleicht auch keine Molotowcocktails in den Briefkasten.« Und am Ende der Auffahrt sieht man die beschämten Eltern lauern, die ihre Kinder auf keinen Fall allein auf die rechtschaffenen Bürger loslassen wollen. Die Welt ist schließlich voller Pädophiler und Axtmörder.

Natürlich habe ich kein Bargeld im Haus. Die ersten drei Banden besteche ich mit Wassereis, den viel zu gesunden Müsliriegeln, die ich Oscar in die Schule mitgebe, und, für eine Horde Babyzombies am enttäuschendsten, echtem Obst.

»Häh, was soll das sein?«, fragt Babyzombie Nummer eins.

»Das ist eine Birne, Mann«, sage ich und mache ihm die Tür vor der Nase zu. Als es wieder klingelt, und zwar mit definitiv bedrohlichem Unterton, verlasse ich das Haus durch die Hintertür und quäle mich durch den Garten hinaus auf die Straße. Wenn ich nicht riskieren will, dass das Haus von den Untoten aus *Dawn of the Dead* Stein für Stein auseinandergenommen wird, brauche ich dringend einen Geldautomaten.

Und so laufe ich mit sechzig Pfund in der klebrigen Hand durch die feuchtkalten Straßen, bis ich plötzlich vor einer Bar stehe, vor der ein Pulk fröhlicher Dorftrottel raucht und flirtet. Die Mädchen tragen alle Plastikhörner und Dreizacke aus dem Ramschladen, die sie den Jungs ab und zu in den Arsch stechen. Das sorgt jedes Mal für große Heiterkeit. Anscheinend bin ich irgendwie vor der Waterside Wodka Bar gelandet. Ich bin unentschlossen.

Und auf einmal riecht es unangenehm nach Tier, und zwar schlimmer als der übliche nächtliche Dieselgeruch in der Southwooder Innenstadt. Als ich mich umdrehe, sehe ich ihn vor dem Oxfam Shop herumlungern. Das kann nur er sein. Aidan Jebb. Blaue Jogginghose und grauer Lonsdale-Hoodie. Wie ein boxendes Frettchen, das joggen gehen will. Ich sollte rübergehen und ihm seine dreckige Visage gegen die Glasscheibe hämmern. Ich sollte ihm den Kopf auf den Bürgersteig hauen, bis er Brei ist. Ich sollte mich an dem Geräusch laben, wie seine Knochen unter meinen Tritten zerbersten. Dieses Nichts.

Aber ich tue es nicht.

Ich sehe ihn an, er sieht mich an, und dann drehe ich mich um, gehe in die Bar und nicke dem Smoking tragenden Lakaien am Eingang zu. Er ignoriert mich.

Ich entdecke sie sofort, an einem Ecktisch neben dem Fenster. Sie sehen aus wie Statisten aus Polanskis *Macbeth*, den wir damals im Englischunterricht gesehen haben. Bei Lucy ganz normal, sie läuft ja immer so rum, aber bei ihren Freundinnen überrascht es mich. Eine blonde Hexe und eine mit rabenschwarzen Haaren. Sie müssen schon länger hier sein, sonst hätten sie keinen Platz abbekommen, so rammelvoll wie der Laden ist.

Ich stehe hinter diversen breiten Schultern am Tresen an. Überall riesige Typen mit zu breiten Mündern und zu großen Zähnen. Und die meisten sind auch noch verkleidet. Bescheuerte Mönche, Mumien, Piraten und Pfarrer. Die bulligeren und fleischigeren sind natürlich als Prostituierte gekommen. Behaarte Brüste und Bierbäuche platzen aus Satin und Tüll, mit Schleifen und Bändchen besetzt. Die wenigen, die nicht verkleidet sind, tragen alle seltsam gemusterte, weite T-Shirts.

Ich bin auch nicht unbedingt klein, aber die Typen sind alle an die 1,90 groß und sehen total geleckt und erfolgreich aus. Selbst die Fettwänste in den Frauenkleidern. Alle lachen, und überall riecht es nach Parfüm und Gesichtspeeling. Die totale Horrorshow.

Ich will gerade wieder aus dem Gedränge an der Bar weg, hinaus in den Halloweenregen und zurück in die Oaks Avenue, als mich jemand am Ärmel zupft.

»Hallo«, lallt Lucy schüchtern. »Wir trinken Wassermelonen-Martinis.«

Nachdem die Martinis geordert sind, plus ein Stella für mich – da habe ich meine Prinzipien –, setze ich mich auf einen Barhocker, der wundersamerweise neben ihrem Tisch frei wird, und bin höflich, aber nicht aufdringlich. Immerhin habe ich einen unabänderlichen Entschluss gefasst: ein Bier, danach bin ich weg.

Eine unbeschwerte halbe Stunde später mache ich eine merkwürdige Entdeckung – die Scham darüber, einer offenen Auseinandersetzung aus dem Weg gegangen zu sein, schwindet dahin, löst sich in Luft auf, wie auch immer, und plötzlich amüsiere ich mich prächtig. Jebb sitzt ohne Freunde draußen im Regen, und ich bin hier bei den Schönen und Reichen. Mit Geld, Drinks und Mädchen, die schmutzige Geschichten erzählen. Wer ist hier der Loser?

Lucy und ihre Freundinnen sind der reinste Sonnenschein. Anders als Lucy wirken ihre Freundinnen nicht wirklich wie Hexen. Sie sind auch gar keine richtigen Goths. Ihre Haare sind nur für Halloween toupiert. Sie sind beide laut und derbe. Alle drei sind Lehrerinnen, aber sie sind in Ordnung. Obwohl sie auch diese Plastik-Teufelsgabeln haben. Es scheint ihnen nichts auszumachen, dass ich danebensitze, während sie sich vor Schweinereien kaum einkriegen, sich haarsträubende Geschichten von peinlichen Sexerlebnissen erzählen, und was Männer doch für Wichser seien. Sie erinnern mich an meine Mutter und ihre Freundinnen. Die konnten genauso sein, wenn sie zusammenhingen: versaut und schmutzig – wobei, so schmutzig ist das eigentlich gar nicht, oder? Eher überschwänglich. Sie freuten sich einfach.

Lucy und ihre Freundinnen erregen ganz schön viel Aufmerksamkeit. Als die beiden anderen – Heather und Christine – mit Getränkeholen dran sind, dauert es eine Ewigkeit, bis sie zurück sind. Hin geht es schnell, sie schlagen Haken und schlängeln sich durch die Menge, dass es für jeden Rugbytrainer eine Freude wäre, aber auf dem Rückweg werden sie von einem bulligen Dämonen nach dem anderen angebaggert.

»Weißt du, was der zu mir gesagt hat?«, lacht Heather, als sie mit einem Tablett voll Wodka auf Eis wiederkommt. »Der da mit der Nase.« Wir sehen rüber. Ein großer, muskulöser, aalglatter Latinotyp in einem persilweißen Shirt und einer Schlinge um den Hals hebt sein Glas. Seine Nase erscheint mir normal. »Der da, genau. Na ja, er meinte nur: ›Wenn Schönheit ein Verbrechen wäre, müsste man dich lebenslänglich einsperren.‹«

Die Mädchen lachen, Lucy spuckt einen Eiswürfel quer über den Tisch. Dann macht Christine ein böses Gesicht. »Wie dreist ist der denn? Zu mir hat er das auch gesagt. Ich glaub, der kriegt gleich Ärger mit mir.« Dann lachen sie wieder, und Christine sagt, sie wolle dem Persiltypen gleich mal gründlich den Marsch blasen.

»Vielleicht ist er Argentinier«, sagt Heather. Wir sehen sie verwundert an. Sie seufzt. »In Argentinien gehört es zum guten Ton, so etwas zu einer Frau zu sagen. Hab ich gelesen. Im *Guardian*.«

»Der Typ ist einfach ein Nando«, sage ich.

»Ein was?«

»Ein Nando. Ein totaler Normalo, der ein bisschen auf crazy Partyhengst macht. Der Großteil des Publikums hier sind Nandos.«

»Ach so, wie die Restaurantkette?«

»Genau.«

»Also, ich steh auf Nandos. Das Piri-piri-Huhn ist ein Gedicht«, sagt Christine und zieht mit ihrem Schmollmund ab, um mit ihrem Opfer und seinen Freunden ein bisschen sexuelle Spannung aufzubauen.

»Ein Nando. Sehr … treffend.« Lucy wirft mir einen anerkennenden Blick zu. »Du hast echt was, Billy Smith.«

Verführungskunst war nie mein Hobby. Ich habe meine Unschuld vor drei Jahren auf einer Skireise mit der Schule verloren, an ein Mädchen aus Luton namens Zamantha. Ja, Zamantha mit Z. Ich hatte mit einem schwedischen Au-pair-Mädchen Sex in einem Ford Fiesta. In der Zwölften war ich mit den drei heißesten Mädchen aus meiner Theater-AG zusammen – obwohl ich nur mit zwei von ihnen geschlafen habe. Aimee Murray wollte »sich für den Richtigen aufheben«. Wie sich herausstellte, war der Richtige ein fünfundfünfzigjähriger Opi, der im Souvenirladen ihres Vaters arbeitete. Das gab ein ziemliches Theater.

Ich schlage mich ganz gut, schätze ich, aber ich muss zugeben, ich bin kein Womanizer. Und gerade die Dreizehnte war eine lange Durststrecke, was nervig war, aber immerhin konnte ich mich so auf die Prüfungen vorbereiten.

Wie auch immer, ich bin kein Experte, aber ich denke, ich kriege es mit, wenn sich jemand für mich interessiert. Und Lucy ist sehr nett zu mir, das muss man sagen. Klar, sie macht ab und zu mit, wenn die anderen mich versuchen aufzuziehen, aber manchmal überlässt sie Heather und Christine auch sich selbst und fragt mich nach dem Sozialhistorischen Museum und Mike und Jenny.

Ich beobachte sie aufmerksam wie ein Fallbeispiel in einer dieser Flirtshows. Sitzt sie näher bei mir als normal wäre, oder ist es einfach nur voll hier? Sind ihre Pupillen geweitet, oder ist es einfach nur dunkel? In welche Richtung zeigen ihre Füße? Hält sie meinem Blick einen Tick zu lange stand, oder ist sie nur betrunken und sieht mich leicht verschwommen? Hat sie absichtlich ihre Hand auf meinen Arm gelegt, oder musste sie sich nur abstützen, weil der Supermann mit dem Ben-Sherman-Oberteil sie angerempelt hat? Lacht sie, weil ich etwas Lustiges gesagt habe, oder weil sie will, dass ich sie mag? Oder weil ich etwas Dummes gesagt habe? Mein Gott, ist das alles stressig. Manche Typen machen das jedes Wochenende. Aus Spaß. Mein Sport ist das nicht. Mir ist das zu anstrengend. Als würde man eine Psychologieprüfung und den Führerschein gleichzeitig machen.

Ich gebe Lucy mehrmals die Chance, auszusteigen. Wann immer eine kurze Pause entsteht, wende ich mich wieder Heather und Christine zu, aber schon nach wenigen Minuten fragt mich Lucy, wie Lyndon sich im Museum macht.

Und irgendwann achte ich nicht mehr auf ihre Signale und entspanne mich. Und im selben Moment ruft der Barmann die letzte Runde aus, und Christine schleppt den Kerl an, den wir jetzt alle als den Argentinier abgespeichert haben, und verkündet, dass wir tanzen gehen.

Lucy sagt, sie will nach Hause. Sie müsse noch circa 4728 Klausuren korrigieren. Irgendeine groteske Zahl jedenfalls.

»Na ja, aber das machst du ja wohl nicht mehr heute Nacht, oder?«, wirft Heather ein.

»Okay, aber ich will früh aufstehen, damit ich morgen fertig werde. Ich hab den Sonntag gern frei. Es deprimiert mich, wenn ich dann noch was für die Schule tun muss.« Und da wird mir bewusst, dass man als Lehrer immer noch das gleiche Leben führt wie auf dem College, nur mit etwas anderen Voraussetzungen. Diesen Gedanken bestätigt mir Heather mit ihrer Antwort.

»Streberin«, sagt sie. »Langweilerin.«

»Ich weiß«, sagt Lucy und lacht.

Christine wird in ihrer Trunkenheit plötzlich ganz ernst. »Wie kommst du denn nach Hause?«

»Billy bringt mich, oder, Billy?«

»Ja, ich schätze schon«, sage ich.

Christine hält sie an den Schultern fest und sieht ihr in die Augen. »Sei vorsichtig.«

Lucy lacht wieder. »Zum Tangotanzen gehören immer noch zwei«, sagt sie und dreht sich zu dem Argentinier um, der verwirrt neben Christine steht. »Sorry«, sagt sie zu ihm. »Ging nicht gegen dich.«

Er sieht mich stirnrunzelnd an. Ich zucke mit den Schultern. »Sie denken, du wärst Argentinier«, erkläre ich.

Seine Stirn runzelt sich noch mehr. »Ich bin aus Litauen«, sagt er. Ich zucke wieder mit den Schultern.

Er sagt: »Bei Frauen streitet das Herz, nicht der Geist.«

»Matthew Arnold«, erwidere ich. Seine Miene hellt sich auf.

»Du kennst Matthew Arnold?«

»Ich bin Historiker«, sage ich. »Na ja, angehender. Steht auf meiner Literaturliste.«

»Ich bin auch Historiker!«, antwortet er. »Na ja, im Moment arbeite ich auf dem Bau, aber in Vilnius habe ich Geschichte unterrichtet.«

»Du bist Lehrer!«, kreischt Christine. »Ach, du Herrgott. Das fehlte mir gerade noch.«

»Tut mir leid«, sagt er, und dann gibt es Umarmungen und Luftküsse, und sie gehen in die eine Richtung – zusammen mit einem lachendem Pulk stämmiger Kerle, die in ihren Verkleidungen keine Angst vor nichts und niemand haben, und Mädchen, die auf ihren Wolkenkratzerabsätzen losstöckeln und mit ihren Dreizacken wedeln –, und wir in die andere.

Es hat aufgehört zu regnen, die nassen Straßen glänzen orangerot im Licht der Straßenlaternen. Lucy hakt sich bei mir unter, und wir laufen die meiste Zeit schweigend nebeneinanderher, nur hier und da bleiben wir stehen, bewundern das Feuerwerk, das über der Stadt aufleuchtet, knallt und zischt. Wir begegnen ein paar Pärchen, die uns lächelnd zunicken, woraus ich schließe, dass wir halbwegs gut zusammenpassen. Dass niemand denkt: »Junge, Junge, wenn die Frau mal nicht ein paar Nummern zu groß für ihn ist.«

Im Eingang zu ihrem Wohnblock gebe ich Lucy noch mal Gelegenheit, sich einfach aus der Affäre zu ziehen. Als wir uns gegenüberstehen, strecke ich lächerlicherweise meine Hand aus. Sie ignoriert sie und legt mir die Arme um den Hals.

»Ehrlich gesagt hatte ich gehofft, dass du noch mit reinkommst und ich dir Tischtennisunterricht gebe.«

»Was ist mit Milan?«

»Er spielt kein Tischtennis.«

»Nein, aber er ist dein Freund.«

»Milan ist in Dublin mit seiner neuen besten Freundin, Mischa, der Chef-Puppenspielerin bei der Truppe. Angeblich hat sie ein Klitorispiercing.«

Mir fällt plötzlich ein, dass Lucy nicht ganz nüchtern ist.

»Milan«, fährt sie fort, »ist ein Wichser. Ein Nando-Wichser. Und er spielt kein Tischtennis. Nicht mal auf der Wii.« Dann fängt sie an zu weinen.

Wir gehen hinein und wir küssen uns und fassen uns an, und dann hören wir plötzlich mittendrin auf. Ich weiß nicht, warum.

Wir versuchen tatsächlich, Tischtennis zu spielen, aber das ist nichts für Betrunkene, obwohl es total lustig ist, zwischen den Möbeln hinter dem Ball herzulaufen. Jedenfalls sind wir nicht besser als Oscar neulich.

Dann spielen wir *Risiko*, wir holen das riesige Brett von der Wand und schmeißen es auf den Boden. Wir spielen nicht lange, aber ich glaube, ich gewinne. Ich habe einen Kontinent. Mir gehört Südamerika, also bekomme ich jede Runde zwei Armeen dazu, und als angehender Historiker empfinde ich es als meine Pflicht, sie darauf hinzuweisen, dass sie den Krieg von diesem Augenblick an verloren hat. Sie sollte Frieden mit mir schließen. Meine zusätzlichen Armeen werden sie zermalmen, da kann sie strategisch noch so genial sein. Das lehrt uns die Militärgeschichte von *Die Kunst des Krieges* über den D-Day, Stalingrad, Jom Kippur und den Falklandkrieg bis zum Irak.

Lucys Reaktion ist, dass sie ihr Kleid auszieht. Und dann ihren BH. Sie steht also in ihrem schwarzen Slip vor mir, die Arme vor den Brüsten verschränkt, und fragt: »Und was ist mit Vietnam, du Schlauberger? Und mit Afghanistan? Was ist mit der Intifada, was mit asymmetrischer Kriegsführung? Was hältst du davon, mich zu küssen, du Quatschkopf?«

Und dann küssen wir uns. Und es geht ziemlich schnell zur Sache. Es wird total heiß. Richtig leidenschaftlich. Ich lasse mich endlich gehen. Wir streicheln und berühren uns und alles. Sie fasst meinen Schwanz an, und ich gleite mit der Hand durch ihr struppiges Haar in ihr feuchtes Inneres. Ich spüre ihr Keuchen an meinem Ohr. Und plötzlich haben wir beide nichts mehr an, und dann sagt sie: »Nein. Das funktioniert so nicht.«

Ich bin am Boden zerstört, weil es eigentlich total funktioniert. Für mich jedenfalls. Sie sieht mir ins Gesicht, lacht und sagt: »Nein. Nur der Bart. Der muss ab. Ich will nicht, dass du mir die Schenkel zerkratzt. Ich hab keine Lust, Ausschlag zu bekommen.« Sie schließt die Hand um die Büschel und zerrt mich am Bart ins Badezimmer. Ich sitze nackt auf dem Badewannenrand, Lucy nimmt Milans Mach 3, setzt eine neue Klinge ein und fragt: »Ist der Bart immer noch heilig?«

Ich schüttele den Kopf. Ich bin so scharf, dass ich kein Wort herausbringe.

Lucy rasiert mich vorsichtig. Ich weiß nicht, wie es anderen Menschen geht, aber ich liebe es, wenn mir jemand die Haare schneidet. Das Beste daran ist das Gefühl, wenn die schlecht gelaunte Friseuse mir den Kopf massiert, das ist fast eine sexuelle Erfahrung, selbst bei der hässlichen Praktikantin von MillionHairs. Und das hier ist so ähnlich, nur besser natürlich. Ich betrachte ihr Gesicht, es ist schön, leicht errötet und ernst, für einen Moment mache ich mir Sorgen, weil sie betrunken ist, aber sie hält die Hand ruhig und scheint völlig konzentriert: wie eine Bildhauerin mit einem Klumpen Ton. Schließlich tritt sie einen Schritt zurück und sagt: »Voilà!« Ich stehe auf und gehe zum Spiegel. Ich spüle den Schaum weg. Es ist seltsam, plötzlich mein altes Gesicht wiederzusehen. Ich hatte ganz vergessen, wie es aussieht. Blass und sorgenvoll. Ein Rattengesicht, würde ich sagen. Und ich erschrecke, wie jung ich aussehe. Ich würde nicht mit mir schlafen.

»Du Armer«, sagt Lucy. »Wovor hast du dich bloß versteckt?«

»Vor allem«, sage ich und komme mir albern vor.

Und dann zieht sie ihren Bademantel an. Ein dickes schwarzes Ding, in dem sie aussieht wie ein Mönch. Sie legt die Arme um mich und sagt: »Es tut mir wirklich unglaublich leid, Billy. Du bist wirklich wunderbar. Aber ich muss dich nach Hause schicken.«

Ich bin völlig schockiert und sehe wohl auch so aus. Lucy lacht.

»Ich weiß. Das ist scheiße. Aber ich hab schon genug Mist gebaut. Du musst nach Hause gehen.«

»Wirklich?«, frage ich.

»Ja, wirklich«, sagt sie. »Aber ruf mich an. Wenn du willst.«

Ich sammle meine Sachen ein und überlege, was ich sagen soll. Sie lächelt, an der Tür winkt sie kurz zum Abschied und wirft mir eine Kusshand zu. Das Licht im Flur ist brutal wie bei einem Verhör, ihr Gesicht ist rot gefleckt, Mascara läuft ihr in schwarzen Streifen übers Gesicht, und die Haare stehen in alle Richtungen ab. Ihr Lippenstift ist verschmiert und die Augen verquollen. Sie sieht wunderschön aus. Niemand hat je schöner ausgesehen.

»Dann tschüss!«, sage ich. Das erscheint mir zu wenig, aber was soll ich sonst sagen? Ich spüre die ersten kalten Anflüge eines Katers hinter der Hitze vom Bier und dem Rumgemache. Und dann gehe ich, und meine Schritte hallen laut durch das graue Treppenhaus, als schimpften sie mich aus.

Auf dem Rückweg sammle ich eine liegen gelassene Teufelsgabel ein. Vielleicht freut Oscar sich darüber.

Ich hole Oscar von der Pyjamaparty ab. Millies Vater wäscht gerade die Autos. Seinen silbernen Volvo XC90 und ihren silbernen Scirocco. Ein gut aussehender älterer Mann mit einem Silberschimmer im Haar, der perfekt zu den Autos passt. Auf *Radio Five* laufen Nachrichten und Sport, um seine Augenwinkel spielt ein joviales Lächeln. Er ist schlank und versprüht den durchtrainierten Charme eines erfolgreichen amerikanischen Filmproduzenten. Man sieht auf den ersten Blick, dass hier sanfte Disziplin und Ordnung herrschen, ein Leben bestimmt von Schlägersport, Fruchtsäften, Joggen und Verzicht auf Nachtisch.

Natürlich ist er kein Filmproduzent. Er ist Richter. Zivilrecht, hauptsächlich Scheidungen. Ich weiß das, weil das Privatleben von Millies Mutter, obwohl extrem stumpfsinnig, täglich Thema auf dem Schulhof ist. Daher weiß jeder im Einzugsbereich der Sir-Walter-Scott-Schule, welchen unbedeutenden Seriendarstellern und Amateurligafußballern ihr Nick schon den Hausstand aufgeteilt hat.

Er hockt neben einer eingeseiften schwedischen Radnabe und grinst mich an.

»Du musst Billy sein. Holst den kleinen Mann ab, was?«

»Genau, war alles in Ordnung?«

»Ach, weißt du. Jungs sind eben Jungs. Geh ruhig rein, die Tür ist offen.«

Ich trete über eine apathisch daliegende Katze in den Eingangsbereich ihres feudalen Einfamilienhauses – ein ehemaliges Pfarrhaus, schätze ich – und denke: Jungs sind eben Jungs? Was bedeutet das? Nichts Gutes, nehme ich an.

Ich gehe durch den Flur, in dem eingerahmte Bilder von Millie aus dem Kindergarten hängen. Dass sie die Urheberin ist, weiß ich, weil darunter kleine Kärtchen mit ihrem Namen kleben, als wären es die Werke eines echten Künstlers in einer echten Galerie. Was das wohl mit einem macht, wenn einen die Eltern noch vor dem sechsten Geburtstag behandeln, als wäre man Andy Warhol? Die reinste Gehirnwäsche.

Ich höre Millies Mutter in der Küche telefonieren. Sie steht mit dem Rücken zu mir, und gut erzogen, wie ich bin, unterbreche ich sie nicht. Ich bleibe in der Tür stehen, lehne mich kurz an und merke, wie ich plötzlich das Stella Artois aus den Poren schwitze.

Ich schließe die Augen und spüre Lucys Hand in meinem Gesicht, während sie mich rasiert. Ich öffne sie wieder, als das Telefonat einen schärferen Ton annimmt.

»Mutter, das hat damit nichts zu tun. Er hat einfach einen schlechten Charakter. Ende, aus.« Es herrscht kurz Stille, bevor Millies Mutter (wie war noch ihr Name?) erneut herausplatzt: »Nein, er ist boshaft. Er ist ungehobelt. Ein Fiesling. Er macht wegen jeder Kleinigkeit Theater. Er spielt nicht mit den anderen Kindern. Und wenn, dann will er nur Killerspiele spielen.«

Oscar. Sie redet über Oscar. Endlich raffe ich mich auf und mache mich bemerkbar. Ich will nicht noch mehr hören. Ich huste. Millies Mutter (Charlotte? Ich glaube, so gut wie alle Elternvertretermütter heißen Charlotte) wirbelt herum, ihr Gesicht erstarrt zu einer rot anlaufenden Grimasse. Sie ist völlig fertig. Vor Scham schiebt sie sich die geballte Faust in den Mund. Wir tauschen einen Blick, aber keiner von uns bringt ein Wort heraus. Ich zeige nach oben. Sie nickt.

Ich drehe mich um und gehe zur Treppe. Das hat man nun von seinen guten Manieren. Wäre ich doch bloß gar nicht erst zu ihr gegangen, dann hätten wir jetzt nicht diese peinliche Situation. Wie soll man so etwas wieder geradebiegen? Wie soll ich auf dem Schulhof Höflichkeiten mit jemandem austauschen, der der Meinung ist, mein kleiner Bruder habe eine Persönlichkeitsstörung? Ich darf das denken – sie nicht.

Als ich oben ankomme, erklärt Oscar den anderen, wie man ein Laserschwert hält.

»Nein. Doch nicht so, Millie, bist du blöd? Mann, kapierst du denn gar nichts? So macht man das.«

Vielleicht habe ich den genauen Wortlaut nicht richtig mitbekommen, aber ich bin sicher, dass er ungefähr das meinte. Er klingt boshaft. Er klingt ungehobelt. Wie ein Fiesling.

Ich nehme die letzte Stufe, trete auf den Axminsterteppich und kann gerade noch feststellen, dass auch hier die Wände mit den Kritzeleien der Prinzessin des Hauses behängt sind, da stehe ich auch schon im Kinderzimmer.

»Oscar«, sage ich, »sei nett.« Sofort bricht Oscar in lautloses Schluchzen aus.

»Meine Güte. Warum musst du immer gleich losheulen? Was würde Mum dazu sagen?«

Das ist natürlich ziemlich billig. Ich sehe runter

zu den kleinen Mädchen, die mit unbewegter Miene dasitzen. Millie ergreift das Wort: »Wir haben doch nur gespielt. Gott. Anstrengend.« Wie eine Prinzessin in einer amerikanischen Teeniekomödie.

Ich nehme Oscar auf den Arm, er schnieft an meiner Schulter. Millies Mutter (Julia? Fiona? Felicity? Nein, Charlotte. Ganz bestimmt Charlotte) hüpft unten vor der Treppe herum und ringt die Hände. Ich bin gespannt, ob sie auf demütig macht oder auf trotzig. Viel mehr bleibt ihr nicht übrig. Sie entscheidet sich für trotzig, aber auf überraschende, originelle Weise.

»Der Kater«, stammelt sie. »Ich meinte den Kater. Ich hasse diesen Kater. Nick hat ihn aus dem Tierheim. Ein echtes Monster.« Ja, klar.

Ich komme die Treppe runter, Oscars feuchten Rotz auf der Schulter, und denke, wie einfach es wäre, wenn ich ihr die Show abnehmen würde. Wir könnten kurz kichern und die ganze Geschichte als Comedy-Nummer abtun. Ein kleiner einstudierter Sketch zur Belustigung der *Walking-Bus*-Mütter. Wahrscheinlich würden sie mich dann akzeptieren. Herrje, was würden wir uns kringeln. »Der Kater«, würden sie rufen und mit den lackierten Händen vor ihren glatten, unverwüstlichen Gesichtern herumwedeln. »Und du dachtest … oh, nein …« Ach, so etwas Komisches.

Nur, dass ich da nicht mitmache.

»Schwachsinn«, sage ich. Die Panik steht ihr ins Gesicht geschrieben. Gut so. »Außerdem hat Nick eine Affäre, aber das wissen Sie ja, oder?«

Ich habe keine Ahnung, woher das kam. Aber jetzt, wo ich es gesagt habe, merke ich, dass es ganz offensichtlich stimmt. Dieses Lächeln in den Augenwinkeln, dieser geleckte Charme. Dieses silberne schwedische Traumauto. Wie sollte er da nicht fremdgehen? Warum besorgen sich Männer mittleren Alters so einen Schlitten, wenn nicht, um jüngere Frauen damit rumzukriegen? Das klappt vielleicht nicht immer, aber es ist immer der Grund, ihre Hoffnung. Der zermürbte Ausdruck, der kurz über ihr Gesicht huscht, verrät mir, dass sie es weiß. Dass sie es schon längst gewusst hat.

Ich laufe an ihr vorbei durch den Galerieflur nach draußen. Ich nicke Nick zu, der singend sein Auto einseift. Arme Sau. Ich glaube kaum, dass Oscar sich in Zukunft besonders häufig mit Millie verabreden wird.

Ich rufe Lucy an und hinterlasse eine idiotische Nachricht auf ihrer Mailbox. Ich verhaspele mich total. Eigentlich will ich vergnügt und locker wirken, klinge aber wie der letzte Volldepp. Ich drücke die 1, um die Nachricht neu aufzunehmen, mache es aber nur noch schlimmer und hinterlasse letzten Endes gar nichts. Dann überlege ich es mir anders und versuche es ein drittes Mal. Diesmal ist es noch schlimmer. Lucy ruft nicht zurück. Ich schicke ihr eine SMS. Sie schreibt nicht zurück.

Nach drei Tagen höre ich auf, mich zu rasieren.

Ich starte wieder total durch bei *Empire*. Es ist wie ein Fieber. Ein Rausch. Als würde man von einer höheren Macht beherrscht. Ich lege Sümpfe trocken und rode Wälder. Ich unterwerfe den Amazonenstamm, der seit Jahrtausenden die Grenzgebiete unsicher macht. Meine Städte sind alle wie Dubai – nur sauberer, glänzender, größer und solventer. Jede hat ein eigenes U-Bahn-Netz, und alle sind durch Hochgeschwindigkeitszüge oder Magnetschwebebahnen miteinander verbunden. Mein Fußballverband trägt die Kontinentalmeisterschaften aus, die Durchschnittsgröße meiner Einwohner beträgt inzwischen 1,85 m. Wir sind so groß und schön wie die Massai. Mir geht es nur noch um Wachstum. Ich bin China, Indien, Brasilien. Ich bin die USA zu Beginn des 20. Jahrhunderts.

Die Massen strömen in Scharen in mein Land, finden Arbeit, ein Zuhause und Befreiung darin, Teil von Billys Traum zu sein. Für jeden ist Platz, vor allem, seitdem ich sowohl die Wüsten im Norden als auch die Sumpfgegenden im Süden erschließe. Erst kommen die Wissenschaftler, dann die Arbeiter und ehe man es sich versieht, schießen Siedlungen und Farmen aus dem Ödland. Es ist wie Zauberei. Ich bin Feuer und Flamme.

Während ich auf den Bildschirm starre, malt Oscar Dinosaurier oder spielt mit Lego. Manchmal schaut er mir über die Schulter, um zu sehen, was ich mache, und murmelt dann irgendwas Anerkennendes. Es ist so lieb von ihm, wie er versucht, mich aufzumuntern. Ich glaube allerdings nicht, dass er versteht, was los ist. Vielleicht gebe ich ihm demnächst ein eigenes Dorf. Mal sehen, wie er sich macht. Aber nicht unbedingt jetzt.

Irgendwann kommt Lucy mich im Museum besuchen. Wir gehen in der Mittagspause ins Caffè Nero, sie besteht darauf, mir ein Panini zu kaufen, und schließlich rückt sie mit den schlechten Nachrichten raus, war ja nicht anders zu erwarten.

»Wie ich sehe, lässt du den Bart wieder wachsen«, sagt sie.

»Ich hab ihn schon mal geopfert«, antworte ich. »Kommt nicht wieder vor.«

Lucy zögert.

»Milan ist die Liebe meines Lebens, weißt du?«

Ja, ich weiß.

»Er sieht gut aus, er ist lustig, und er hat Talent.«

Ja, ich weiß.

»Ich wünschte nur, er hätte nicht so ein Problem mit seiner Ehrlichkeit.«

Aber das ist nun mal das Problem, wenn jemand gut aussieht, lustig ist und Talent hat, stimmt's? Das ist das Risiko, das man eingeht. Mittelmaß ist sicherer, viel einfacher zu kontrollieren. Wäre er Mittelmaß, würde er wahrscheinlich kaum eine Puppenspielerin mit Klitorispiercing vögeln.

Aber wie sich herausstellt, habe ich das völlig falsch verstanden, sie meint es nämlich ganz anders. Lucys Problem ist, dass Milan zu ehrlich ist.

»Ich wünschte, er müsste es mir nicht jedes Mal erzählen. Das ist so egoistisch. Wenn er es dann gestanden hat, kann ich zusehen, wie ich damit klarkomme. Dann ist es mein Problem. Er kann vögeln, wen er will, aber es mir zu erzählen ist nicht fair. Das darf er nicht. Es ist gegen die Regeln.« Ich muss lachen.

»Und hast du ihm von mir erzählt?«

Sie sieht mir in die Augen, aber ich halte ihrem Blick nicht stand. Mit diesen grünen Hexenaugen wäre sie vor ein paar Jahrhunderten definitiv verbrannt worden.

»Ja«, sagt sie.

»Und?«

»Er hat mir ins Gesicht geschlagen. Zweimal.« Sie beobachtet, wie ich reagiere. Ich weiß nicht, was sie von mir erwartet. Soll ich ihn jetzt vielleicht k.o. schlagen? Soll ich das Schwein zum Duell herausfordern? Was? Sie seufzt. »Na ja, nicht ganz. Er hat erst mal gar nichts gesagt. Dann hat er ein bisschen Gitarre gespielt. Und dann war wieder alles okay.«

»Oh.«

»Oh, genau. Männer«, sagt sie. »Männer sind das Letzte.«

Sie sieht mich wieder ernst an. Ich habe das Gefühl, gerade irgendeinen Test zu vergeigen. Als würde ich zum ersten Mal den Prüfungszettel sehen, und nichts von dem, was ich gelernt habe, kommt dran. Die Fragen sind noch nicht mal auf Englisch. Eher Klingonisch oder so. Sie seufzt wieder.

»Das Ding ist: Wir sind Seelenverwandte.«

Ich betrachte ihr Gesicht. Es sieht nicht so aus, als würde sie lächeln. Es sieht auch nicht so aus, als würde sie das ironisch oder sardonisch meinen oder wie man das nennt.

»Ich mag dich«, sagt sie. »Das weißt du. Aber …« Sie spreizt ratlos die Hände.

Mary Goddard kämpft bis zum Tod. Sie tritt, schreit, beißt, kratzt. Sie flucht. Sie betet. Sie weint. Nichts davon ändert irgendetwas. Sie brüllt, man werde sie rächen. Ein dicker Mann schlägt mit einem Stock gegen ihr Bein. Ihr Gesicht ist bleich, ihr Haar rot, wild und verfilzt. Ihr billiger Hut rollt auf dem Marktplatz in den Matsch. Niemand hebt ihn auf. Ihre Brüste heben und senken sich. Ihre vollen Lippen weiten sich zu einem Fluch, der Unterrock fliegt hoch, als sie zum Tritt ausholt. Ein Stück weißes Fleisch von ihrem Schenkel ist zu sehen. Ein lüsterner, gut angezogener, sorgfältig frisierter Typ leckt sich die Lippen. Neben ihm presst seine Frau stirnrunzelnd die Lippen aufeinander.

Mary Goddard ist zwölf, aber der Maler hat sie älter gemalt, die Brüste, die Lippen, die Haut. Er wusste wahrscheinlich, warum.

Als sie endlich gebändigt ist, sie ihr die Arme hinterm Rücken zusammengebunden und sie an den Beinen gepackt haben, tragen sie das zappelnde Mädchen zu einem Karren, auf dem ein Mann mit einem ernsten, aber freundlichen Gesicht steht, die Hand auf die Schulter eines Jungen gelegt. Anders als Mary ist der Junge still und lässt den Kopf hängen. Das ist Joe Goddard, dem das Theater, das seine Schwester veranstaltet, offenbar peinlich ist. Joe Goddard ist zehn.

Eine Menschenmenge hat sich versammelt. Manche lachen und trinken, andere machen ein düsteres Gesicht. Ein dünner Mann rezitiert aus der Bibel. Ein Soldat im roten Mantel stützt sich mit ausdruckloser Miene auf seine Muskete. Ein anderer hat dem Geschehen den Rücken zugewandt und hält seinem Pferd einen Eimer hin.

Die Armee soll im Falle eines Tumultes für Ordnung sorgen. Das ist völlig unnötig. Das Volk ist nur neugierig, von Wut keine Spur. Diese Menschen sind in träger Feiertagslaune. Ein Kinderspiel für die Kavallerie. Und wahrscheinlich sind die beiden anderen Soldaten, die lächelnd neben der Pumpe plaudern, einfach erleichtert darüber. Worüber sprechen sie wohl? Über Mädchen? Pferderennen? Boxkämpfe? Die unverschämten Preiserhöhungen für Bier und Brot?

Es ist das Jahr 1800, und so will es das Gesetz: Joe und Mary Goddard werden gehängt, weil sie Bücher im Wert von £30 aus Henry Bowkers Laden an der Crown Street gestohlen haben. Mr Bowker ist selbst anwesend. Gut gekleidet, die fleischigen Hände hinterm Rücken verschränkt, steht er in einer Gruppe mit seiner Frau, die ein Baby auf der Hüfte trägt. Das Baby nuckelt an einem Zwieback, während die anderen drei Kinder, acht, sechs und drei Jahre alt, auf das Treiben ein paar Schritte entfernt starren. Sie tragen ihre Sonntagskleider. Dies ist ein wichtiger Tag. Ein lehrreicher Tag.

Das Bild ist anscheinend nichts Besonderes. Von Kunsthistorikern als mittelmäßiges Werk eines mittelmäßigen Malers übergangen. Von Wikipedia abgetan als »unglaubwürdige Georgianische Szene in trüben Farben«.

Mike sieht, wie ich versunken davorstehe. »So

muss man mit Verbrechern umgehen.« Er lacht. »Ich wette, danach ist die Kriminalitätsrate ordentlich gesunken.«

Ich erkläre ihm, dass fünf Jahre nach diesem Ereignis der Henker, seine Frau, der Richter, der Hauptmann der Kavallerie und Mr Bowker, der Buchhändler, alle auf unterschiedliche Weise zu Tode gekommen sind, sei es durch einen Schlaganfall oder durch Selbstmord. Der Maler, Edmund Torrington, ein Mitglied der Royal Academy, wurde lediglich verrückt und verbrachte die letzten zehn Jahre in St. Luke's. Das alles erzähle ich Mike, der daraufhin zu meinem Erstaunen Yeats zitiert, und zwar falsch.

»Denn auf der Welt gibt es mehr Wunder, als je ein Kind verstand.«

»Was er wohl damit sagen wollte?«, frage ich später, als ich Jen von unserem Gespräch berichte. »Abgesehen davon heißt es ›Denn auf der Welt gibt es mehr Tränen, als je ein Kind verstand.‹ Es heißt nicht Wunder, sondern Tränen.«

Es ist wieder Samstag, und wir fahren zum Krematorium, um die Urne mit Mums Asche abzuholen. Nur, dass das nicht so einfach ist, weil der Naziaufseher £39.99 als Auslösegebühr haben will und ich kein Bargeld habe und er keine Kreditkarten akzeptiert. »Sie können ihr aber gern einen Besuch abstatten.« Was sehr großzügig von ihm ist, deswegen schlage ich ihm auch nicht in seine fette Paragrafenhengstfresse, wie ich es eigentlich sollte, und stelle mich stattdessen mit Oscar in einer Art Abstellkammer vor Mums Urne. Wir schweigen ein wenig, bis Oscar anfängt, mit der Urne zu reden. Ich sage, er soll still sein, aber er ignoriert mich.

Oscar brabbelt Mums Asche etwas von seinen Erfolgen mit seinem Flugzeug vor (zweithöchste Wolke). Er redet auf den kleinen Topf ein, bei dem ich im Übrigen an Russell Poulter denken muss, der in Inverness verblutet ist, er redet auf ihn ein, als würde er wirklich antworten, und einerseits halte ich es nicht aus, ihm zuzuhören, andererseits schaffe ich es auch nicht, ihn da wegzureißen. Und plötzlich sehe ich nichts mehr, weil ich Tränen in den Augen habe, und in dem Moment ruft Toni an, und als ich ihr mit belegter Stimme erzähle, was Oscar gerade macht, sagt sie, sie will sich mit uns beim Indoorspielplatz treffen und dass sie uns zum Mittagessen einlädt.

Der Indoorspielplatz ist ein ehemaliger Flugzeughangar am Rande der Stadt, wo die alte London Road in die A12 übergeht. Vor dem Krieg wurden hier Luftschiffe gebaut. Die britische Version des Zeppelins, von dem die Krauts so begeistert waren. Ein riesiges Gelände. Von der 50ern bis in die späten 80er fanden hier geheime Experimente mit Triebwerken, Windwiderstand, Lasern und weiß der Himmel was statt. Und dann stand es leer. Eine Höhle voller unheimlicher Schatten.

Früher strahlte dieser Ort die Erhabenheit einer Ruine aus. Die Ehrfurcht vor einer vergessenen Religion. Das Gefühl, dass, obwohl die alten Götter verschwunden sind, ein Teil ihrer Macht und ihres

Zaubers geblieben ist. Es war ein Ort, an dem man immer stiller wurde, je näher man kam, aus Respekt vor den Mysterien des Krieges, der Wissenschaft und dieser großen Maschinen.

Und dann zog vor ein paar Jahren der Spaß ein, in all seinen bunten Farben, seiner Schrillheit und seinem LOL!-Gekreische. Der Hangar wurde durch Hüpfgeräte aller Art geschändet – nicht nur Hüpfburgen, auch Hüpfpiratenschiffe, Hüpfraketen und Hüpfmassagesalons.

Okay, das nicht. Aber es gibt eine ganze aufblasbare Stadt. Außerdem Klettergerüste, Bällchenbäder, Seile, Schaukeln, Rutschen und Tierfiguren. Alles in grellen Farben und aus Weichplastik. Und arbeiten tun dort schlecht gelaunte pickelige Jugendliche, die in gestreiften Jacken, weißen Hosen und Strohhüten rumlaufen müssen. Und immer hört man irgendwo ein Kind heulen.

Als Erstes gibt mir Toni ein Stück Papier.

»Der ist von Dean«, sagt sie.

Ich stecke ihn kommentarlos ein. Sie seufzt, sagt aber nichts dazu.

Ehrlich gesagt ist Oscar inzwischen schon zu alt für so was. Und das weiß er auch. Aber als ich verspreche, mit ihm auf die Todesrutsche zu gehen, ist er trotzdem begeistert. Ich habe ein paar Mal gesehen, dass Väter das machen, ich selbst war mit Oscar aber noch nie da drauf. Die Todesrutsche ist ein mehr oder weniger vertikales Stück Plastik, das von der Decke der Halle bis zu einem circa einen Meter hohen Stapel gelber Matten reicht. Es sieht gleichzeitig beängstigend und lächerlich aus, keine besonders gute Kombination.

Von da oben kann man das Sozialleben dieser Soft-Play-Welt aus der Vogelperspektive beobachten.

Von hier aus sieht man auch, was kleine Kinder für Herdentiere sind. Rudel von schnatternden Knöchelbeißern stürmen von einem Bereich zum nächsten. Wie Stare, die sich um Würmer streiten. Derweilen sitzen die Erwachsenen in Plastikstühle gequetscht über ihren Zeitungen, während neben ihnen der Kaffee kalt wird. Hin und wieder schauen sie hoch und suchen wie ein Kavallerist im Western den Horizont nach einem Zeichen ihrer Kinder ab. Nur um sicherzugehen, dass, wer immer da gerade weint, nicht ihre Ruby oder Pearl oder ihr Harry oder Stanley ist.

Was hat die Leute dazu gebracht, ihre Kinder so zu nennen wie im Zweiten Weltkrieg? Und was sagt das über sie selbst aus? Was genau hassen sie so an der modernen Welt? Welchen Trost ziehen sie daraus, die vergangene Epoche vor dem Weltkrieg heraufzubeschwören? Die Einzigen, die sich wirklich auf die Gegenwart einlassen können, sind Teeniemütter, für die Kinderkriegen bedeutet, alle Möglichkeiten ihrer Fantasie auszuschöpfen, die sie sonst niemals bekommen hätten. Die Chance, in einer Welt kreativ zu sein, die von ihnen erwartet, dass sie einfach die Schnauze halten und in der Nachtschicht bei Netto arbeiten.

Von hier oben sehe ich die kahlen Stellen auf den Köpfen der Erstväter mittleren Alters, wie sie aus ihrem *Guardian* hochblicken und Ausschau nach ihren Henrys und Reggies halten, während die gepiercten Prolls aus den Wohnghettos nach Jamelia, Keira und Beckham rufen.

Von unserem Aussichtspunkt können wir bis nach Food City gucken. Das ist quasi der Knotenpunkt, wo sie alle möglichen Ketten versammelt haben, die einen Abklatsch verschiedenster internationaler Küchen anbieten. Food City, Indoorspielplatz, Southwood. Gibt es irgendwo auf der Welt eine deprimierendere Adresse? Und dann fällt mir Hessenthalers Nachricht ein.

Während sich die Kinder ungeduldig an mir vorbeidrängeln, um sich kopfüber die Rutsche hinunterzustürzen, fummle ich den zerknüllten Zettel aus meiner Hosentasche und falte ihn auseinander. Als Oscar, ebenfalls ungeduldig, an mir zerrt, verliere ich das Gleichgewicht, und wir purzeln Hals über Kopf nach unten. Was bedeutet, dass ich den Zettel in einem zappelnden Haufen von Kindern lese, die um mich herum wie Lemminge auf die Matten fallen. Nicht unbedingt ideal.

Es hätte mich nicht gewundert, wenn die Nachricht aus ausgerissenen Zeitungsschlagzeilen zusammengesetzt gewesen wäre, wie bei den Lösegeldforderungen in Zeichentrickfilmen. Wenn es sich irgendwie ähnlich bedrohlich angefühlt hätte. Aber am Ende ist sie doch ganz normal geschrieben. Er hat eine sehr ordentliche Handschrift. Fast wie ein Mädchen.

Billy
Du scheinst fest entschlossen, es kompliziert zu machen. Ich frage mich allmählich, was ich tun muss, um dir zu verdeutlichen, wie ernst ich es meine. Bisher war ich geduldig, aber ich kann nicht länger darauf warten, dass du Vernunft annimmst. Ich rate dir, mich nicht zu unterschätzen. Ich werde das Richtige für meinen Sohn tun, ob es dir gefällt oder nicht. Ich gebe nicht auf. Vergiss das nicht.
Dean Hessenthaler

»Wichser«, sage ich laut vor mich hin, was etwas unglücklich ist, weil der atemlose Knirps neben mir mich entsetzt ansieht, und ein anderes Kind – seine Schwester? – brüllt: »Mum! Der Mann hier hat Romeo Wichser genannt!« Es kostet mich ein paar Minuten geschickten Verhandelns, bevor Oscar und ich schwitzend zurück an unseren Tisch dürfen, wo eine Kellnerin gerade unser Essen vor Toni abstellt. Pizzas, deren Farbe, Form und Konsistenz an ein in der Mikrowelle erhitztes Frisbee erinnern, dazu radioaktivblaue Getränke, genau das, worauf ich stehe.

Toni fängt an, mir eine Predigt zu halten, ich solle doch so fair sein und Dean eine Chance geben, und um sie abzuwürgen, frage ich Oscar, wie ich ein besserer Vormund sein könnte, und er macht sein konzentriertes Gesicht, als er über die Frage nachdenkt, sie sich durch den Kopf gehen lässt, genauso systematisch, wie er seine pappige Pizza mampft, während ihm lange Fäden Käse aus dem Mund und lange

Fäden Rotz aus der Nase hängen. Er sieht wirklich schlimm aus, das kann man nicht anders sagen.

»Na ja«, erklärt unser kleiner Philosoph schließlich. »Du könntest mich vielleicht früher ins Bett bringen. Du solltest mich nicht so viele Pommes und Fastfood essen lassen und auch nicht so viele Filme ab zwölf oder fünfzehn sehen lassen. Und du solltest eine Putzfrau besorgen.«

Mein Gott. Jetzt fängt er auch schon damit an. Warum meint eigentlich jeder, mir sagen zu können, was ich zu tun habe? »Vielleicht solltest du mal ein wenig Verantwortung für dich selbst übernehmen, Großer«, erwidere ich.

Er sieht mich streng an. »Billy, ich bin sechs.«

Ja, ja, ja. Im Viktorianischen Zeitalter sind die Kinder mit sechs den Schornstein hochgeklettert. Im Kongo ziehen die Kinder mit sechs in den Krieg.

Die Spaßlogik hat auch vor den Klos nicht haltgemacht. Die Wände sind mit Mr-Men-Figuren und Blumen bemalt. In denselben Farben wie die Getränke, ein aberwitzig chemisches Orange und Blau. Und alles ist kindgerecht. Die Pissbecken hängen knapp über dem Fußboden. Was natürlich dazu führt, dass der Boden feucht von schlecht gezielter Erwachsenenpisse ist. Die Kabinen sind halb so breit wie normal, und es erfordert eine Art yogische Akrobatik, sich beim Scheißen so tief hinzuhocken. Ich muss an Mrs Bingley denken. Vielleicht sieht ihr Badezimmer auch so aus.

Ich stehe vor dem Urinal, pinkle, denke an nichts

und versuche lediglich, aus dieser Höhe den Keramikblumentopf zu treffen, als ich hinter mir jemand reden höre.

»Sie hätte mir einfach den Computer geben sollen. Warum hat sie ihn mir nicht einfach gegeben? Dann wäre alles okay gewesen.«

Ich schaue über meine Schulter, das Herz schlägt mir bis zum Hals, ich habe einen bitteren Geschmack im Mund.

Aidan Jebb steht neben dem Händetrockner. Ich bin nah genug dran, um seine Sommersprossen zu sehen, die toten Lutschbonbonaugen. Aber ich pinkle noch, ich kann mich nicht bewegen. Ich neige den Kopf nach vorn, bis meine Stirn die kalten neongrünen Porzellankacheln berührt. Nur ganz kurz.

Als ich mich umdrehe, ist er weg. Ich stürme aus der Toilette, aber es fehlt jede Spur von ihm. Er ist abgetaucht in die Welt des Spaßes. Der Spaß hat ihn sozusagen verschluckt.

Ich suche überall nach ihm, ohne Erfolg, bis irgendwann mein Handy klingelt. Es ist Toni, sie ist außer sich.

»Wo steckst du, verdammt? Was machst du denn?«

Ich will ihr gerade erzählen, dass Aidan Jebb da ist und wir vielleicht die Polizei rufen sollten, vielleicht können sie das Gebäude absperren und er wäre gefangen. Vielleicht hätten wir Glück, und er würde sich nicht ergeben, dann könnten sie ihn erschießen. Das alles will ich ihr sagen, aber ich komme gar nicht dazu, weil sie schon aufgelegt hat.

Als ich wieder an den Tisch komme, weiß ich,

dass Aidan uns entwischt ist, ich bin total genervt von Toni und werde es ihr auch sagen. Sie sitzt neben Oscar und schneidet ihm die Pizza durch.

Sie schaut hoch, als ich mich setze. »Er hat geweint, Billy. Er wusste nicht, wo du warst. Er hat sich Sorgen gemacht. Du warst eine Ewigkeit weg.«

Ich sehe sie mir genauer an. Sie sieht gut aus. Jetzt nicht total top, aber auf dem richtigen Weg. Schlanker, definierter, als würde sie Sport machen.

Ich versuche, freundlich zu klingen. »Du siehst gut aus, Toni. Hast du Frankie schon verlassen?« Sie wird rot, antwortet aber nicht. »Hast du in letzter Zeit zufällig Dean getroffen?« Sie dreht den Kopf weg und blickt in Richtung Food City.

»Ist dir klar, dass wir das Haus verkaufen müssen?«

»Na ja, du findest schon was Neues. Mit deinem Lehrergehalt und einer festen Stelle dürfte das doch kein Problem sein.«

Sie holt tief Luft. »Suzannes Haus, Billy. Ich meine Suzannes Haus.«

»Unser Haus«, sage ich. »Oscars und meins.«

Und dann seufzt sie wieder und spricht über ihre Rolle als Testamentsvollstreckerin, über Schulden, und dass Mum nicht ordentlich versichert gewesen sei. Ein bisschen Geld sei da, aber eben nicht genug, um für alles aufzukommen. Und so weiter und so fort.

»Dein kleiner Museumsjob ist ja auch nicht für immer, oder? Und dann gehst du zur Uni, und Oscar …«

»Was ist mit Oscar, Toni?« Ich weiß, ich sollte das nicht fragen. Ich sollte es einfach ignorieren. Es liegt etwas Bedrohliches in meiner Stimme. Sie blickt auf ihre Hände und schluckt.

»Er braucht ein Zuhause, Billy. Ein richtiges Zuhause.«

8

Endlich tut sich was. Eine gelangweilte Polizistenstimme ruft an und sagt, es stünden neue Entwicklungen an, ich solle die Augen aufhalten. Wie sich herausstellt, hat Aidan Jebb seinen offiziellen Titel als *Jugendlicher, dessen Name aus rechtlichen Gründen nicht genannt werden darf,* verloren. Ein Richter hat beschlossen, dass sein Name veröffentlicht werden darf, man dürfe ihn nur nicht verunglimpfen, die Jagd kann also beginnen. Jeder weiß jetzt, wer er ist. Nicht nur hier in seiner Heimatstadt, seinem Revier, sondern landesweit. Zwischen Vögeln, die in Schweden vom Himmel fallen, und einem Zehnjährigen, der in Arkansas seine Mutter erschießt, richtet die Welt ihren Blick eine Weile auf uns. Wir sind ein lokales Phänomen, das vom Mainstream aufgegriffen wird. Ein Überraschungserfolg.

Und so kommt Mum ins Fernsehen. Lächelnd, elegant und professionell. Sie ist Teil einer Story. Eine Sensation. Ein Star. Mum und Aidan Jebb sind jetzt eine Art Promipaar.

Kriminalbeamte erklären mit strenger Miene, wie ernst die Gerichte Justizbehinderung nähmen. Irgendjemand müsse schließlich wissen, wo Aidan sich aufhalte. Wir würden seine Lage nur verschlimmern, wenn wir ihn versteckten. Die Berichte enden mit einer direkten Ansprache in die Kamera. Das Ganze wirkt inszeniert. Die Polizisten sehen aus wie Schauspieler. Es sieht aus wie Fernsehen. Aber es könnte schlimmer sein. Die Polizisten könnten auch aussehen wie Polizisten, und das Ganze könnte aussehen wie echt.

Belohnungen werden ausgesetzt. Die *Gazette* bietet einen Tausender für Informationen, die zur Festnahme und Verurteilung des Hauptverdächtigen führen, und wird schon bald darauf von einer überregionalen Tageszeitung überboten, die das Zehnfache verspricht. Toni tritt völlig aufgelöst in den Nachrichten auf und bricht während ihres Appells an Jebb, er solle sich doch bitte stellen, zusammen. Ich stehe hinter ihr und versuche, mich zu konzentrieren und nicht zu blinzeln, während mir das Studiolicht das Gesicht verbrennt.

Sehr schön. Gut gemacht, Toni. Ich hätte das nicht gekonnt. Ich könnte nicht vor den Kameras weinen. Aber jemand musste es tun. Hut ab.

Oscar und ich bleiben die meiste Zeit zu Hause. An manchen Tagen geht er nicht zur Schule. Und ich gehe nicht zur Arbeit. Dann essen wir Schokolade. Wir gucken Filme. Wir sitzen im Dunkeln, spielen Schiffeversenken oder Schnipp Schnapp. Oder er sieht zu, wie ich *Empire* spiele, und macht Vorschläge, welche Farbe meine Züge und Bibliotheken auf Rädern haben könnten. Ich bin inzwischen eine Großmacht, mein Volk hat Zeit, in den Urlaub zu fahren und Bücher zu lesen. Die Leute haben es noch nie so gut gehabt. Ich halte eine Rede, in der ich sie darauf hinweise.

Wir lassen uns Essen vom Lieferservice bringen. Chinesisch, Indisch, Pizza, niemand will Geld von uns. Das Essen in der Tiefkühltruhe rühren wir nach wie vor nicht an. Wir bauen Höhlen aus den Sofakissen. Wenn wir kein Essen bestellt haben, ignorieren wir die Türklingel. Die Post stapelt sich. Ein kleiner Haufen Scheiße auf einem Stuhl im Flur. Gute Nachrichten kommen nie mit der Post. Wir treffen niemanden. Wir sprechen mit niemandem.

Wenn Oscar einschläft, bringe ich ihn ins Bett, gehe wieder nach unten und gucke Pornos, echte Pornos, und masturbiere bis zur Erschöpfung. Danach fühle ich mich dann schlecht und schäme mich und nehme mir jedes Mal fest vor, dass es das letzte Mal war.

Wenn ich aus dem Haus gehe – um Klopapier oder Zeitschriften zu kaufen –, sehe ich ständig überall Aidan Jebb. Eins weiß ich, sollte ich nochmals Gelegenheit zur Rache bekommen, lasse ich sie nicht verstreichen. Ich verfolge unterernährte Vogelscheuchen, brülle Kapuzen tragende Siebtklässler auf Fahrrädern an und bekomme jedes Mal Herzklopfen, wenn ich einen Jugendlichen in Jogginghose sehe. Bei näherer Betrachtung ist es dann doch nur wieder irgendein Idiot in Sportklamotten mit Tennisballfrisur und blutleerer Visage. Aber niemand kommt mir dumm. Niemand fängt Streit mit mir an.

»Sorry, Mann«, sage ich dann. »Hab dich verwechselt.« Und sie nicken und zucken mit den Schultern. Schon okay, scheinen sie zu sagen, wir verstehen das. Alles in Ordnung. Selbst in einer größeren Gruppe, selbst wenn sie angetrunken oder stoned oder so sind, niemand legt sich mit mir an, nicht mal dumme Sprüche muss ich mir anhören.

Man sieht jetzt Graffitis an den Mauern, *Verpfeift Aidan Jebb* steht da. Überall in der Stadt. Sogar auf dem Wandbild beim Co-op. In all den Jahren sind da natürlich auch noch diverse andere Graffitis entstanden. Am besten gefällt mir ein Spruch, der über ein Bild von einer jungen Asiatin mit Kinderwagen gesprayt wurde. *Nigger sind schwul*, steht da. Zwei Formen von Diskriminierung höchst effizient zu einem surrealen Paket gebündelt. Sehr southwoodmäßig. Sehr hip.

Bisher hat noch niemand Anspruch auf die Belohnung erhoben, aber im Fernsehen heißt es, es sei nur eine Frage der Zeit.

In Gedanken gehe ich immer wieder seine Worte durch.

»Sie hätte ihn mir einfach geben sollen. Dann wäre alles okay gewesen.« Ich stelle mir Aidans wehleidiges Gewimmer vor, sein elendes, ausgemergeltes Gesicht. Er hat recht. Ich denke über Grabinschriften nach. *Hier liegt Suzanne Smith: Sie starb bei dem Versuch, ihr Lenovo Dreampad zu verteidigen.* Wie überflüssig. Da sind Aidan und ich vollkommen einer Meinung. Was zum Teufel sollte das? Nichts auf der Welt kann so wichtig sein.

Ricky ruft an. »Hast du von Alfie gehört, Mann? Er wurde zusammengeschlagen.« Also gehe ich an einem der nächsten Mittage Alfie im Krankenhaus besuchen.

Das ist das dritte Mal, dass ich in dieses Krankenhaus gehe, seit es gebaut wurde, und ich hasse es. Ich hasse das sterile Weiß, das Piepen, Rauschen und Surren. Das erste Mal war, als Toni und ich Mum besuchten und man uns danach entscheiden ließ, dass die Maschinen abgestellt werden sollten. Es wurde so getan, als hätten wir eine Wahl, hatten wir aber nicht. Das war uns allen klar. Ich weiß noch, wie ich einen letzten Blick auf Mum warf, inmitten all der farblich gekennzeichneten Kabel, und dachte, dass das Bett aussah wie ein Motor und Mum die Batterie war, und dass ihr Gemisch aus Blut, Fleisch und Gasen die Maschine am Laufen hielt und nicht andersrum. Ich bekam eine Gänsehaut.

Das nächste Mal, als ich Mum im Krankenhaus besuchen kam, war sie tot.

Von allen topmodern ausgerüsteten Abteilungen im Krankenhaus ist die Leichenhalle wahrscheinlich die mit der meisten Hightech. Die, die sich am meisten nach Science Fiction anfühlt. Türen gleiten geräuschlos vor einem auf, in einer Endlosschleife läuft Ambientmusik. Der Pförtner, der mich in die Totenstation brachte, trug eine Simpsons-Krawatte. Als er merkte, dass ich sie anstarrte, entschuldigte er sich. »Ich arbeite normalerweise auf der Kinderstation«, erklärte er. Ich erwiderte, dass mache nichts, den Toten sei das bestimmt scheißegal. Daraufhin sah er mich an, als sei ich nicht ganz dicht. »Ich lasse Sie fünf Minuten allein, okay?« Aber es war eigentlich keine Frage.

Die Räume, in denen die Toten liegen, sind dezent beleuchtet und minimal möbliert, fühlen sich aber nicht nackt an. Eher wie ein Kokon. Ein Gehäuse, das die Menschen auf eine lange Reise in eine ferne Galaxie mitnimmt. Oder wie ein Zimmer in einer vom Bauhaus inspirierten Edelhotelkette. Mum sah aus, als sei sie dort zu Hause. Es war nicht klar, ob sie lächelte oder die Stirn runzelte, irgendetwas dazwischen vielleicht. Als hätte sie sich noch nicht entschieden, was sie von der Einrichtung hielt.

Ich betrachtete sie von Nahem. Im Grunde sah sie ganz gut aus. Ausgeruht. Als würde sie sich mal richtig ausschlafen.

Es war ruhig dort unten, aber nicht völlig still. Wie in jedem modernen Gebäude brummte und rauschte es, ein digitaler See, der an ein Online-Ufer plätschert. Und natürlich läuft auch hier Musik. Klingt ein bisschen wie Walgesang. Ambientgewichse. Mum hätte es gehasst.

Ein Spezialist hatte sie zurechtgemacht. Das Haar hatte jemand frisiert, der wusste, was sie wollte. Ich küsste sie auf die Wange.

Ich hatte das noch nie gemacht, sie geküsst, während sie schlief. Aber allmählich gab es nichts mehr, was ich mit meiner Zeit hätte anfangen können, und ich hatte immer noch zwei Minuten. Außerdem wollte ich spüren, wie sie sich anfühlte.

Es fühlte sich an, als würde sie noch leben. Da sieht man mal, wozu moderne Klimaanlagen in der Lage sind.

Als ich mich wieder aufrichtete, wartete ich darauf, dass sie die Nase kraus zog, die Augen öffnete und mich fragte, was ich hier machte und ob ich schon den Geschirrspüler ausgeräumt hätte.

Alfie liegt ganz oben. Im Penthouse sozusagen. Er hat einen Blick über die ganze Stadt. Außerdem hat er sich mit seinem Bettnachbarn angefreundet, der schläft, als ich hereinkomme. Alfie flüstert.

»Der Typ ist cool.« Ich werfe einen Blick zur Seite und sehe einen sabbernden Opa. »Nee, echt. Er war im Krieg. Ist bombardiert worden und so ’n Scheiß. Er war in Dünkirchen. Der Typ ist vierundneunzig, Mann. Vierundneunzig. Und das Beste ist, er heißt Alfie. Abgefahren, oder?«

»Und was hat er?«

»Er ist vierundneunzig, das hat er. Er fällt dauernd hin und knallt sich den Kopf auf.«

Alfie – unser Alfie – ist okay. In mancher Hinsicht sogar mehr als okay. Ich habe ihn seit Ewigkeiten nicht so aufgedreht erlebt. Ein paar Tage ohne Gras haben ihm offenbar ganz gut getan. Er hat sogar ein bisschen Farbe im Gesicht, also jetzt nicht nur die blauen Flecken. Ein bisschen sieht er aus wie früher, wie der kleine Ladendieb, der noch zur Grundschule ging.

Er ist nicht richtig schwer verletzt. Sie behalten ihn nur zur Beobachtung da, weil er Blut gepinkelt hat, als seine Eltern ihn gebracht haben. Bevor er mir erzählen kann, was passiert ist, denke ich, es wird das Übliche sein – irgendein Aggro-Wichser regt sich über Alfies Eyeliner auf, Alfie riskiert eine dicke Lippe. Der Aggro-Wichser haut ihm eine rein. Das ist schon ein paar Mal so gewesen, obwohl er bisher noch nie im Krankenhaus gelandet ist. Aber diesmal scheint der Fall etwas anders zu liegen.

»Niemand hat etwas gesagt. Nichts. Nada. Die Typen haben mich nicht mal Schwuchtel oder so genannt. Sie sind einfach auf mich losgegangen. Aber was komisch war« – er senkt die Stimme –, »es kam mir vor, als wäre es ein Job. Routine. Als hätte ich gerade auf der Liste gestanden.« Er sinkt in die Kissen zurück und schüttelt resigniert den Kopf. »Mein Freund, die Welt ist verrückt geworden.«

»Merkwürdig«, sage ich. Aber es ist nicht merkwürdig. Es ist Dean. Es muss Dean sein.

Toni unternimmt heute etwas mit Oscar. Sie gehen schwimmen und dann in den Park.

»Bewegung und frische Luft«, sagt sie. Oscar macht ein böses Gesicht, aber in Wirklichkeit freut er sich. Mum ist immer mit ihm in den Park gegangen, oder zum Schwimmen, oder zum Judo, oder zum Street Dance. Was immer es gerade im Sportclub gab. »Leute, die dicke Kinder haben, sollte man ins Gefängnis stecken. Das ist Missbrauch.« Das war ihr Motto. Sie war der Meinung, Kinder seien wie Hunde und bräuchten zweimal am Tag ordentlich Auslauf, und ich schätze, sie hatte recht. Wir haben in letzter Zeit viel zu viel vor der Glotze gesessen, Oscar und ich. Wir sollten öfter mal ein bisschen rumrennen.

Als sie weg sind, rufe ich Lucy an, sie kommt nach der Arbeit vorbei, und wir fangen noch im Flur an, uns zu küssen. Wie wild. Ihre Jacke fällt zu Boden, und schon kleben wir an der Wand. Ihr Oberteil ist hochgeschoben, meine Lippen finden einen Nippel, ihre Hand fährt in meinen Schritt. Ich lasse meine Hand unter ihren Rock gleiten und spüre ihre Hitze, sie stöhnt mir ins Ohr und dann schiebt sie mich weg und lächelt. Ihr Gesicht ist nur Zentimeter von meinem entfernt, ihr Atem geht stoßweise.

»Ich wette, du dachtest, du kriegst mich jetzt rum.« Sie grinst, nimmt mich an der Hand und geht mit mir in die Küche, um Tee zu kochen. Eine Kanne. Zwei Beutel PG Tips und einer Earl Grey.

»Wir können nicht miteinander schlafen, nur weil deine Mutter tot ist.« Sie lächelt wieder. Ich suche nach Keksen. Irgendwo müssen noch ein paar Jammie Dodgers sein. »Glaubst du, ich mache dich absichtlich heiß, um dich dann abblitzen zu lassen?«, fragt sie.

»Na ja, irgendwie schon«, sage ich. »Aber ich steh auch ein bisschen drauf.«

Sie lacht, und dann setzen wir uns und trinken Tee, und ich erzähle ihr von Aidan Jebb, und dass ich ihn überall zu sehen glaube. Sie nickt nur. Sie sagt nicht viel. Ich erzähle ihr, was Toni gesagt hat, dass wir das Haus verkaufen müssen und so.

»Wie wär's mit einem Untermieter?«

Ich denke schweigend darüber nach.

»Willst du mich wieder verarschen?«

»Ich weiß nicht.«

Sie beißt sich auf die Lippe. Sie wirkt kurz beunruhigt, aber dann hellt sich ihre Miene auf und sie sagt, sie würde gern ein bisschen Ordnung im Haus schaffen, vielleicht sogar ein paar Wände streichen. Ich schaue mich in der Küche um und sehe sie durch Lucys Augen. Der Mülleimer ist randvoll, überall stapeln sich Teller. Die undefinierbaren beigen Flecken auf dem Fußboden. Die Essensreste in den Aluminiumbehältern, lauter leere silberne Särge. Rings um die Spüle herum alte Teebeutel. Die Flecken an den Wänden, wie kleine Pazifikinseln. Die Flaschen und Dosen. Wohin das Auge sieht: Müll.

»Wir könnten gleich anfangen.«

»Wirklich?«

»Klar. Ich würde so was gern mal in die Hand nehmen. Bei uns macht ja Milan immer alles.«

Klar.

»Wie geht's dem alten Milano?«

»Gut. Wahrscheinlich vögelt er gerade mit einer anderen. Aber zumindest erzählt er es mir nicht mehr.«

»Immerhin ein Fortschritt.«

»Oder? Er will, dass wir heiraten.« Sie lacht.

»Und, werdet ihr?«

»Ich weiß nicht. Vielleicht.«

Eines Nachmittags war Rosie völlig neben der Spur. Sie war total breit, und als sie irgendwann verkündete, Leanne Gladstone habe es nicht anders verdient gehabt, schlug Titus ihr die Zähne aus. Er haute ihr den Kopf gegen das Waschbecken, bis da, wo vorher die Zähne saßen, nur noch ein blutiges rotes Loch war. Am nächsten Tag gab er Rosie fünfzig Mäuse und teilte ihr mit, er sei dann mal weg.

»Ich kann dich nicht mehr gebrauchen, Mädchen, verstehst du? Du bist für niemanden mehr von Nutzen.« Als er ging, schüttelte er Aidan die Hand. Aidan wusste nicht, was er tun oder sagen sollte. Titus sah ihn einen Moment lang an.

»Jetzt bist du der Mann im Haus«, sagte er und lachte.

Titus hatte eine neue Theorie. Jeder, glaubte er, war gerade mal zwei Freier von der Gosse entfernt. Nicht nur Nutten. Jeder. Banker. Minister. Richter. Polizeichefs. Klempner. Dealer. Alle waren sie zwei Lohntüten vom Leben auf der Straße entfernt. Das war ihm nach Jahren der Beobachtung irgendwann aufgegangen – Prostituierte legten gerade so viel Geld zurück, wie ihnen zwei Freier brachten. Und Prostituierte waren ein genauso gutes Barometer für die Weltwirtschaft wie alles andere. Wenn man sich ein bisschen auf der Straße umschaut, muss man weder Nachrichten sehen noch Zeitung lesen.

Wir sind alle gerade mal zwei Freier vom Untergang entfernt, mein Freund. Titus Cooke hatte große Worte schon immer gemocht. *Un-ter-gang.* Er ließ sich die Silben einzeln auf der Zunge zergehen.

Jetzt waren nur noch Rosie und Aidan da und niemand, der die Dinge in die Hand nahm. Titus hatte ihnen eindeutig zu verstehen gegeben, dass er nicht behelligt werden wollte. *Du bist reiner Ballast, Mädchen. Find dich damit ab.* Es war niemand da, der sich um sie kümmerte. Und wie gesagt, Titus wollte auf keinen Fall, dass sie sich an ihn wandten. Einmal versuchte Rosie, ihn anzurufen, und brüllte auf der

Straße auf seine Mailbox, bis die Nachbarn die Polizei riefen.

Das war ein echtes Tief. Titus hätte »Schlechtwetterperiode« dazu gesagt. Es regnete Rechnungen, Bußgelder und Vorladungen. Streitereien, Kopfschmerzen, Leute, die zu den Fenstern hochriefen. Rosie lag im Bett und schickte Aidan los, Alkohol kaufen und Briefchen für einen Zehner. Aidan konnte nicht verantworten, dass seine Mutter zu Hause auf Entzug war. Er wollte nicht, dass sie sich einnässte und noch mehr Chaos veranstaltete.

Aidan nahm sämtliche Gefallen in Anspruch, die man ihm schuldete. Allen Kredit, den er hatte. Und er arbeitete hart, um sie beide über die Runden zu bringen. Beim Pfandleiher ging er ein und aus. Handys, Fahrräder, Videorekorder. Einmal kam er mit einem Kaminaufsatz an. Ein Kaminaufsatz brachte dreimal so viel wie ein Handy.

Er war inzwischen zu groß, um noch durch Badezimmerfenster oder Oberlichter zu klettern. Oft war er unsicher und traute sich nicht, vom Dach auf eine Garage zu springen. Und so war er auf einmal den rostigen Trägern ausgeliefert, mit denen die Regenrinnen an der Wand befestigt waren. Seine zunehmende Unsportlichkeit und sein langsameres Denken setzten ihm zu. Es war einfach alles zu hart. Als Titus ging, verschwand mit ihm ein Großteil der Gang. Aidan war vom Hof verbannt worden, und es schien niemandem angebracht, noch weiter mit ihm rumzuhängen.

Es machte ihn wütend, wenn er darüber nachdachte, wie leicht seine Mutter sich das Leben machte. Als Rockstar hatte sie ihm auch nicht unbedingt gefallen, aber er war gern mit Titus zusammen gewesen. Und er war gern mit den Hunden ausgegangen. Diese geballte Kraft in seiner Hand. Er war eine Macht. Ein Superheld. Der König der Welt. Diese Hunde, Cassius und Cocoa, waren wie lebende Glocks. Hundertzwanzig Kilo muskelbepackter Terror, die er von der Leine lassen konnte, wann immer die Situation es erforderte. Im Grunde wann immer er wollte. Mit diesen Hunden war er Gott. Ohne sie war er nur Aidan.

Und jetzt lag Rosie stöhnend und winselnd im Bett und nässte sich ein. Sie zitterte, kratzte sich und sah den ganzen Tag fern. Sie war faul. Es gab kein anderes Wort dafür. Es war eine Schande. Er hätte ihr am liebsten ins Gesicht geschlagen. Und dann eines Tages wollte er es nicht mehr nur, sondern tat es auch. Immer wieder schlug er sie, und sie weinte, und er schämte sich und wurde immer wütender. Und in seiner Scham und seiner Wut hätte er sie am liebsten umgebracht, aber er tat es nicht.

Er ließ sie weinend in ihrem Bett liegen, wo sich die selbstmitleidigen Tränen mit den anderen Flüssigkeiten vermischten – dem Blut, dem Sperma, der Pisse und Scheiße, dem Speichel, dem Alkohol, der Kotze und weiß der Himmel was noch. Es war eine Schande. Und so machte Aidan sich auf den Weg zum Amtsgericht, ein guter Ort, um die richtigen Leute zu treffen, und später saß er dann stundenlang in einem Zimmer mit Mr Happy, der so hieß, weil er niemals lächelte, und ohne auch nur ein Wort zu wechseln, ließen sie die Crackpfeife, das Gras und die Flasche hin und her gehen.

Und als alles alle, alles weggeraucht und ausgetrunken war, versuchten sie aufzustehen. Aidan musste lachen, als er merkte, wie die Schwerkraft ihn nach unten zog. Mr Happy nicht, aber als sie endlich beide standen, klatschte er trotzdem mit ihm ein.

Dann stiegen sie durch den engen Flur über Rechnungen, Mahnbescheide, Flugblätter und Make-up-Kataloge hinaus auf die Straße, wo Aidan wieder lachen musste, diesmal über den Wind, der doch tatsächlich die Dreistigkeit besaß, ihn wegpusten zu wollen. Und Mr Happy krächzte: »Bis später.«

Und dann lief Aidan über den Parkplatz der Royal Insurance und sah eine Frau, die ein bisschen aussah wie seine Mutter früher. Sie stand vor dem Kofferraum ihres Golf GTI und hielt etwas in der Hand. Etwas, das man gut verkaufen konnte. *Kein Problem, einmal kräftig ziehen, ab zum Pfandleiher und der Job ist erledigt*, dachte sich Aidan.

Also kam er von hinten an und griff nach ihrer Laptoptasche, aber die blöde Schlampe wollte sie nicht loslassen. Und er zog, und sie zog und brüllte, und dann ließ er los, und sie fiel hin und schlug mit dem Kopf auf, und er rannte weg. Mitten durch den Verkehr, Autos wichen ihm aus, hupten, Leute brüllten, und dann den schmalen Gang entlang bis in das Institut, wo man kochen, tischlern, Haare schneiden und Musiktechnologie und all so was lernen kann, und wo man sich schnell verlaufen kann.

Als Aidan nach Hause kam, brauchte er dringend Schlaf. Die letzten Tage waren hart gewesen. Er legte sich hin und schloss die Augen, aber er hörte immer wieder das dumpfe Geräusch, als der Kopf der Frau auf den Asphalt geknallt war. Er brauchte etwas, um es auszublenden. So konnte er unmöglich einschlafen.

Aidan Jebb griff nach seiner Tasche. Alle seine Sachen waren da drin. Er schüttete sie aus. Irgendwo zwischen den Socken, Unterhosen, T-Shirts und Jogginghosen war eine alte CD. Eine selbst gebrannte Kopie einer Aufnahme aus der Schule. Von ihrem Grundschulchor. Das dritte Stück, Aidan, wie er »Here, There and Everywhere« sang, fast ganz allein. Der restliche Chor summte nur ein bisschen im Hintergrund mit. Aidan hörte es bis zu Ende an und dann noch mal von vorn. Danach fühlte er sich zwar nicht besser, eher schlechter sogar, aber genau das brauchte er. Es fühlte sich richtig an. *I want her everywhere/and if she's beside me I will never care* … Vielleicht war es noch nicht zu spät. Für eine Karriere als klassischer Sänger oder für irgendwelche Castingshows schon, aber vielleicht konnte er noch irgendwas neu anfangen. Musiktechnologie am Institut. Irgendwas.

Aidan machte die CD aus. Er nahm ein Stück Papier und einen Stift und stellte eine Liste mit allen Leuten auf, denen er noch Geld schuldete. Danach fühlte er sich besser, obwohl er sich eigentlich hätte schlechter fühlen müssen. Er saß zwar in der Scheiße, fühlte sich aber trotzdem besser. Er ging in die Küche. *Meine Güte, wie es hier aussah*. Aidan verstand nicht, warum sie ein solches Leben führten. Er sah im Kühlschrank nach, dann in den Regalen. Nichts. Aidan schlug mit der Faust gegen die Wand und brüllte. Ein wortloser Schrei.

Rosie erschien in der Tür, ihr Gesicht war geschwollen und blutunterlaufen. Bei ihrem Anblick wurde Aidan übel. Nicht nur wegen des Gesichts, auch wegen des durchsichtigen Nachthemds, durch das er ihre Brüste sehen konnte und den dunklen Schatten von ihrem Schamhaar. *Was war nur los mit ihr?* Sie sagte nichts, zog einfach den Kopf ein, als wollte sie sich entschuldigen, und ging wieder. Aidan spürte, wie er anfing, zu schwitzen und zu zittern, er zog sich ins dunkle Wohnzimmer zurück und legte sich auf das kaputte Sofa. Er schloss die Augen.

Aidan dachte an Leanne. Einmal hatte sie ihn geküsst. Kein richtiger Kuss. Eher wie eine Schwester, auf die Wange. Sie hatte gut gerochen. Nach Seife. Nicht nach Parfüm oder so, nur Seife, so wie die in der Grundschule. Aidan versuchte, sich zu erinnern, wie lange das her war. Wie lange, bevor Titus' Lexus gestohlen wurde.

Lucy ist da, sie redet über Farben. »Radicchio«, sagt sie. »Und Arsen.«

»Was?«

»Für die Wände.«

Sie reicht mir einen Prospekt. Farrow & Ball. Radicchio ist ein tiefes, volles Rot. Wie Blut. Arsen ist grau. Blut und Gift. Warum nicht?

»Okay«, sage ich. »Lass uns alles rot anmalen.«

Oscar hat seine eigenen Vorstellungen. »Kann ich mein Zimmer so wie das von Jakob haben?«

»Welcher Jakob?«

Er seufzt, ein Seufzen, das allen Überdruss dieser Welt enthält und das mir sagt: Mein Gott, manchmal bin ich aber auch blöd. »Na, Jakob. Der aus dem Buch.«

»Nicht jetzt, Jakob?«

»Ja.«

Nicht jetzt, Jakob ist ein Bilderbuch, in dem ein Kind um die Aufmerksamkeit seiner Eltern kämpft und dauernd den Satz »Nicht jetzt, Jakob« zu hören bekommt. Irgendwann geht der Junge in den Garten und wird von einem Monster gefressen. Als das Monster sich auf die Eltern stürzen will, wird es mit demselben Satz abgespeist, die Eltern haben nämlich gar nicht mitbekommen, dass eine hungrige wilde Bestie Jakobs Platz eingenommen hat. Das Monster bekommt Jakobs Abendessen – vor dem Fernseher natürlich – und wird in Jakobs Zimmer schlafen gelegt. Zum Schluss sitzt es von Jakobs Spielsachen umgeben im Bett und brummt verwirrt: »Aber ich bin doch ein Monster.« Jakobs Mutter macht das Licht aus und spricht dann die Pointe aus, die natürlich lautet: »Nicht jetzt, Jakob.« Ein herzzerreißendes kleines Lehrstück über die Gefahren, die einem drohen, wenn man sein Kind vernachlässigt. Wenn das kein seelischer Missbrauch ist. Dieser plumpe Subtext hat Oscar offenbar angesprochen.

Das Problem ist, Jakobs Zimmer in dem Buch ist eine groteske Mischung aus leuchtend grünen Wänden, türkisen Teppichen und Bildern von Raumschiffen. Es würde schlimm aussehen.

»Kann ich mein Zimmer so haben, Billy?« Er hat das Buch gefunden und zeigt mir die Seite.

»Natürlich, Oscar. Du kannst dein Zimmer haben, wie du willst.«

Toni ruft an, sie klingt nervös. Erst kommt eine Menge Small Talk. Nachdem wir besprochen haben, wie es Oscar geht und wie es mir geht, sprechen wir über das Haus, über ihre Arbeit, über das Museum, und ich warte. Ich warte. Ich bin ganz ruhig, ganz neutral. Ich bin höflich. Ich bin weder sarkastisch noch spöttisch, flapsig oder wütend. Ich bin praktisch ein Heiliger. Das ist allerdings harte Arbeit. Und ich warte immer noch.

Irgendwann rückt sie damit raus. »Ich habe Frankie verlassen.«

Ich warte weiter. Sie wartet auch. Sie gibt als Erste nach. »Was denkst du?«

Was ich denke? Ich denke, dass Frankie ein Idiot ist, aber ich empfinde plötzlich Mitleid mit ihm. Er wird nicht gut alleine klarkommen.

»Ich denke, das geht mich nichts an. Wie fühlst du dich?«

»Beschwingt. Und ängstlich. Wir waren elf Jahre zusammen.«

»Wie geht es ihm?«, frage ich.

Sie verstummt. Es entsteht eine längere Pause. »Er weint die ganze Zeit.«

»Wo wohnst du?« Wieder eine Pause.

»Bei einem Freund.«

»Von der Arbeit?«

»Nein. Spielt das eine Rolle?« Sie klingt gereizt.

»Wahrscheinlich nicht.« Ich frage sie, ob sie bei uns wohnen will.

»Bei euch zu Hause? Mit Suzies ganzen Sachen? Das schaffe ich noch nicht.« Ich spüre durchs Telefon, wie sie zittert. »Mein Gott, es ist alles nicht einfach, was, Billy?«

Nein, ist es nicht. Ich bin ihr allerdings einen Schritt voraus. Ich kann hier leben, im Haus meiner toten Mutter. Ich kann sogar hier schlafen. Nicht gut. Und auch nicht lange. Aber es geht.

Mums Bankkarte funktioniert nicht mehr. Ich wusste, dass das irgendwann passieren würde, aber ich hab es irgendwie geschafft, es einerseits zu wissen, und mich andererseits auf das Geld zu verlassen. Erstaunlich, dass so etwas funktioniert. Jetzt haben wir also nur noch mein Gehalt und mein Postsparbuch. Und Oscars Sparschwein. Richtig viel Geld ist das nicht.

Einen ganzen Abend lang rechne ich herum und denke mir einen Plan aus, wie wir überleben sollen. Vor allem bezahle ich keine Rechnungen mehr. Jeder weiß, dass es eine Ewigkeit dauert, bis sie einem Strom und Gas und so abstellen. Die großen Unternehmen müssen sich mit jeder Menge juristischen Kram herumschlagen, bevor sie einem den Hahn abdrehen können. Die Schreiben von den Kreditkartengesellschaften ignoriere ich eh schon.

Und wenn ich vor Gericht muss, halte ich einfach Oscar auf der Anklagebank hoch. Wenn er sein blasses Oliver-Twist-Gesicht aufsetzt, schickt uns bestimmt kein Richter auf die Straße. Irgendwie klappt das schon. Wie immer.

Außerdem gibt es immer Menschen, die schlimmer dran sind. In *Leben! Tod! Kreuzworträtsel!* lese ich von zwei Schwestern, 16 und 19, die an Mukoviszidose gestorben sind, am selben Tag.

»Ich war nur froh, dass meine Engel zusammen in den Himmel gekommen sind«, sagte ihre Mutter, Christine, 38, aus Corby, Northants. Christine, 38, aus Corby, hat natürlich den Vorteil, dass sie an Engel und den Himmel und das alles glaubt. Aber selbst wenn ich ihr Glaubenssystem teilen würde, hätte mich eine andere Zeitschrift, die mir im Krankenhaus in die Hände fiel, letzten Endes doch davon geheilt.

Es war kurz bevor Mum starb, wir saßen bei ihr im Krankenzimmer. Oscar spielte leise mit seinen Plastikrittern, und Mum tat logischerweise so ziemlich gar nichts. Ich nahm mir eine Zeitschrift, die ein anderer Besucher dagelassen hatte. *Best Friend.*

Best Friend hat alles, was andere *Leben!-Tod!-Kreuzworträtsel!*-Zeitschriften auch haben. Nur dass es um Hunde geht. Es gibt herzerwärmende Geschichten von Hunden, die außergewöhnliche Unfälle überlebt haben, lustige Bilder von Welpen mit Mützen, Ratgeberseiten und eine Seite eines Hundespiritisten namens Paul.

Ein typischer Brief, den Paul beantworten muss,

geht so: Ein Leser, JG aus Ayrshire, schreibt, er habe starke Schuldgefühle, weil er seinen drei Jahre alten Jagdhund – mit dem leider unpassenden Namen Lucky – habe einschläfern lassen. Der unglückliche Lucky hatte lange gebraucht, um sich von einem Kreuzbandriss zu erholen, und sich dann gleich das andere Bein verletzt. Als ihm zwei weitere kostspielige Monate Käfigruhe verordnet wurden, ließ JG Lucky einschläfern. Immerhin sei er ja »sowieso schon sehr krank« gewesen. Warum, wollte JG wissen, fühlte er sich jetzt so schuldig? Schließlich hatte er schon andere Hunde einschläfern lassen und keine grauen Haare deswegen bekommen.

Zum Glück für JG sorgt Paul für sofortigen Seelenfrieden. Paul kann Absolution erteilen. Paul sagt nicht: »Du fühlst dich schuldig, weil du ein brutaler Drecksack bist, der seine eigenen Bedürfnisse über die Verantwortung für seine Tiere stellt.« Nein, Paul beruhigt JG, der junge Lucky würde im Jenseits hinter kleinen Häschen hertollen. Er habe, sagt Paul, sein wahres, freies Ich gefunden, und dass JG selbst diese Freiheit auch in sein Herz lassen solle. So wie Paul es darstellt, verdient JG eine Belohnung dafür, Lucky von den Fesseln seines tristen irdischen Daseins erlöst zu haben. Lucky hatte im Grunde Glück, einen so mitfühlenden Besitzer zu haben.

Paul scheint handfeste Beweise dafür zu haben, dass alles, was wir über den Himmel gehört haben, wahr ist. Für Hunde jedenfalls.

Wenn man Paul so hört, warten auf jeden eingeschläferten Straßenköter zweiundsiebzig jungfräuliche Hündinnen. Und genau deswegen glaube ich nicht an ein Leben nach dem Tod. Wenn Mum nicht unter der Erde verrottet, sondern im Jenseits mit Elvis picknicken geht, dann ist Lucky auch da und pinkelt gegen die Laternenpfähle. Und nicht nur Lucky – jede Wespe, jede Fliege, jedes was weiß ich, jeder Syphiliserreger, der jemals existiert hat, erfreut sich ewiger Seligkeit. Lucky ist tot, Mum ist tot, und wir anderen werden ihnen schon bald folgen. Man muss nur mal Zeitung lesen. Schon gehört? In Schweden sind neulich 5000 Amseln vom strahlend blauen Himmel gefallen. Der ganze beschissene Planet geht zugrunde.

Milan ist auf einem Theaterfestival in Glasgow, also kommt Lucy jetzt jeden Abend zum Renovieren vorbei. Wir küssen uns nicht, wir fassen uns nicht an, aber sie weiß bestimmt, dass ich es gern würde. Erst mal lasse ich sie reden. Sie erzählt mir, wie schrecklich ihre Achtklässler sind und wie entzückend die Sechstklässler und dass die Eltern sich jeder Verantwortung entziehen und von den Schulen erwarten, dass sie den Kindern nicht nur den ganzen Unterrichtsstoff vermitteln, sondern sie auch noch zu anständigen Bürgern erziehen.

»Viele von denen können sich noch nicht mal die Schuhe zubinden. Mit elf.«

Und dann schimpft sie über den Verfall der Sitten, und eigentlich fehlt nur noch, dass sie die Wiedereinführung der Wehrpflicht und der Prügelstrafe fordert.

»Du klingst wie Mike«, sage ich. »Vielleicht solltest du zu den Torys gehen. Ich glaube nicht, dass die schon Leute aus der Gothicszene auf der Ministerbank sitzen haben.«

Sie lächelt, wenn auch nur dünn.

»Man muss aufpassen, dass man kein Faschist wird, wenn man an der Schule arbeitet. Am Anfang ist man total aufgeschlossen und will den Kindern helfen, aber irgendwann hat man so viel Scheiße eingesteckt, dass man sich schon die Todesstrafe wünscht, wenn jemand ein Buch aus der Bibliothek verschandelt.« Sie hält inne. »Und sie sind so abgestumpft. Nicht mal für die eigene Zukunft bringen sie Interesse auf.«

Ich erinnere mich an einen Familienausflug. Mum, Oscar und ich auf einer Demo gegen die Erhöhung der Studiengebühren. Mum hat alles organisiert. Sie hat uns Tickets für den Bus der Rot-Grün-Koalition reserviert. Sie hat Sandwiches dabei und eine Thermoskanne mit heißem schwarzen Johannisbeersaft, und sie hat mit Oscar ein Plakat gemalt. Darauf steht »In Hogwarts hätte es das nicht gegeben«. Die Leute lachen darüber, wobei es eine insgesamt etwas zu feurige Diskussion darüber in Gang setzt, wie Hogwarts eigentlich finanziert wird, ob es die Kriterien der Gemeinnützigkeit erfüllt und ob es durch eine Zauberer-Gesamtschule ersetzt werden sollte, bei der die Aufnahme durch Losverfahren erfolgt anstatt durch das derzeitige undurchsichtige Zulassungsverfahren, das absolut unakzeptabel sei.

»Gibt es Hogwarts denn wirklich?«, fragt Oscar verwirrt.

Dies entfacht wiederum eine hitzige Debatte über das Wesen der Realität, die von Southwood bis nach Ongar andauert, wo die Menschen es allmählich aufregend finden, dass wir uns der großen bösen Stadt nähern. Southwood ist achtzig Kilometer von London entfernt, aber die meisten von uns waren noch nie da.

Mein Schild musste zu Hause bleiben. Mum meint, es sei nicht geistreich genug. Ich antworte, ich fände nicht, dass es bei einer Demonstration darum ginge, geistreich zu sein, sondern dass das Schild gut zu sehen sein und etwas bewegen müsse. Mum sagt, sie sei hier die Expertin und nicht ich, aber wenn ich Oscar meinen Slogan erklären könne, dürfe ich es mitnehmen. Also bleibt das Transparent zu Hause. Darauf steht: »Hört auf, den Torys in den Arsch zu kriechen!« Eine simple, aber klare Botschaft, vielleicht aber zu kompliziert, um sie einem Grundschulkind in allen Nuancen verständlich zu machen. In den nächsten Jahren werden sich bestimmt noch andere Einsatzmöglichkeiten ergeben, da bin ganz sicher.

Oscar steht auf politischen Aktivismus, schon immer. Wir sind gerade mal fünf Minuten aus dem Bus raus, und er ist gleich im Bilde. Ich beobachte ihn, wie er sich umschaut und alles aufsaugt, und schon nach kurzer Zeit ist er so weit, sich den ersten zaghaften Sprechchören anschließen zu können. »Sie sparen ein. Wir sagen Nein«, brüllt er. Er ist mit Abstand am lautesten und wirkt auch sonst am engagiertesten. Die Studenten um ihn herum kichern, aber als sie seine bösen Blicke ernten, singen sie beschämt doppelt so laut wie vorher. »Sie sparen ein. Wir sagen Nein.« Nach kurzer Zeit singt der ganze Zug lauthals mit, und Oscar läuft vor Stolz rosa an. »Gute Arbeit, Kamerad. Die Linke braucht junges Blut«, sagt ein alter Genosse, der neben uns läuft. Oscar lächelt.

Auch Mum ist in ihrem Element. Sie stimmt Sprechchöre an, fängt mit jedem ein Gespräch an, vom sozialistischen Arbeiter neben uns bis hin zu den Oberschülern, die zum ersten Mal dabei sind, und den Polizisten, die uns begleiten. Nur manchmal untergräbt sie ihren Radikalismus mit Ausrufen wie »Oh, da vorne ist ein toller Second-Hand-Laden«, während wir in Shoreditch durch irgendeine kleine Seitenstraße laufen. Sie merkt sich die Namen ihrer Gesprächspartner und tauscht nach kurzer Zeit mit anderen Veteranen Erinnerungen an die Proteste gegen die Kopfsteuer, Anti-Apartheid-Demos und den Bergarbeiterstreik aus.

»Beim Bergarbeiterstreik? Bist du sicher, Mum? Da musst du sechs gewesen sein.«

»Ich war vierzehn, Herr Sozialhistoriker. Das war meine Punkrockzeit. Mein Woodstock. Ein prägender Moment. Danach wollte ich die Welt verändern.«

»In dem du Eventmanagerin wurdest.«

»Ja, gut, es hat eine Weile gedauert, bis ich begriffen habe, dass man mehr erreicht, wenn man glücklich ist, als wenn man nur pflichtbewusst handelt. Und selbstständig zu sein macht mich glücklich. Für meine eigene kleine Welt verantwortlich zu sein, tut mir gut. Ich will immer noch etwas dafür tun, dass es den Menschen besser geht.«

»Auch eine gut organisierte Messe dient dem Wohle der Menschheit.«

»Genau.«

Wir beschließen, nicht mit dem Rot-Grünen-Bus nach Southwood zurückzufahren, sondern unseren Aktionstag mit einer Portion Spaghetti bei Bella Pasta und einem Besuch der Musicalversion von *Die Eisenbahnkinder* abzurunden. Und dann übernachten wir in einer Familiensuite im pompösen neuen St. Pancras Hotel.

»Jede Revolution sollte mit einem Abendessen und einer guten Show enden«, sagt Mum.

Während Lucy die Wände streicht, koche ich Tee. Earl Grey und normale Teebeutel in derselben Kanne. Ich gebe ihr Wein zu trinken, in der Hoffnung, dass sie davon betrunken wird. Ich kaufe Kekse. Ich wärme Lasagne und Aufläufe aus der Tiefkühltruhe auf. Ich erledige sämtliche langweiligen Aufgaben. Ich bin quasi ihr Sklave. Manchmal scheuere und schleife ich die Wände ab, während sie auf dem Fußboden sitzt und Arbeiten korrigiert, über ihre Schüler stöhnt und mich darauf hinweist, wo ich ein Stück übersehen habe. Und natürlich will ich sie nach wie vor ins Bett kriegen. Natürlich hoffe ich, dass sie mich noch mal ihre Blinddarmnarbe und auch den Rest ihres Körpers sehen lässt – aber selbst wenn wir uns nur unterhalten, ist dies vielleicht die schönste Zeit meines Lebens.

Und auch Oscar gegenüber ist sie der reine Sonnenschein. Sie bastelt Raumschiffschablonen und überlässt ihm die Sprühdose, um den authentischen *Nicht jetzt, Jakob*-Look hinzukriegen. Sie spielt Verstecken mit ihm und denkt sich Spiele mit seinen Stofftieren aus. Sie sieht sich MI High mit ihm an. Das ist eine Abenteuerserie, in der jugendliche Agenten gegen die Mächte der Finsternis kämpfen, was natürlich ein bisschen lustig ist. Oscar nimmt das sehr ernst, und Lucy nimmt ihn sehr ernst, und danach sprechen sie über die Feinheiten der Episode.

Sie zeigt ihm, wie man Landkarten liest, und erklärt ihm Steigungsregen, Altwasser und Migration, übt also mit einem aufgeschlossenen Erstklässler Geografie für Achtklässler.

»Wenn Oscar das kapiert, dann können das ja wohl auch Achtklässler kapieren«, sagt sie.

Im Museum haben sich alle an Lyndon Bowers gewöhnt. Er ist hilfsbereit und kommt sowohl mit den Rasenmäherfans als auch mit den Grundschülern klar, unseren beiden Hauptbesuchergruppen. Abgesehen davon verrichtet er sämtliche noch so niederen Tätigkeiten, ohne sich zu beschweren, oft sogar aus eigenem Antrieb. Er arbeitet weitaus härter als alle anderen. Er vergeudet seine Zeit nicht damit, zu stöhnen, dass alles den Bach runterginge (Mike), Wortsuchrätsel zu lösen (Jen) oder Löcher in die Luft zu starren (ich). In gewisser Hinsicht hat er sich selbst schon zu einer Art Sozialgeschichtsexperten entwickelt, indem er sich äußerst gewissenhaft durch die

Sammlung von *Horrible-Histories*-Büchern in unserem Souvenirshop gearbeitet hat. Jedenfalls weiß er inzwischen wahrscheinlich mindestens genauso gut Bescheid wie ich.

Mir ist er bisher aus dem Weg gegangen – vor allem, weil ich ihn ignoriere –, trotzdem kommt es überraschend, als er ankündigt, uns zu verlassen. Wir sammeln schnell Geld für ein Abschiedsgeschenk. Jen und ich steuern jeweils einen Fünfer bei und Mike einen Zehner. Wir zerbrechen uns den Kopf, was wir ihm kaufen können. Als hausinterner Teenager bin ich natürlich der Fachmann, aber ich vermute, dass Lyndons und mein Geschmack sich nicht unbedingt überschneiden.

Letzten Endes entscheiden wir uns für ein paar Souvenirs aus unserem Shop – ich gäbe einiges dafür, den aufbügelbaren Southwood-Museum-Sticker auf seinem Lieblingsbaseballcap zu sehen – und stecken das Geld in einen Umschlag, zusammen mit einer Purple-Ronnie-Karte, die Jen ausgesucht hat.

Lyndon ist richtig gerührt. Ich schwöre, ihm kommen die Tränen. Er umarmt Jen und Mike und nach kurzem Zögern auch mich. Ich spüre seine Muskeln unter der Jacke. Ich schließe die Augen. Er riecht nach Kinderschaumbad. Wie das Zeug, das ich Oscar manchmal kaufe. Er riecht nach Mr Bubble.

Er hat uns eine Schachtel Schokopralinen mitgebracht. Während wir hineingreifen, zeige ich auf den Umschlag, aus dem die Scheine rausgucken. »Zwanzig Pfund. Das sollte für ein paar Flaschen White Lightning reichen«, sage ich, und auf einmal ist es ganz still, und ich fürchte, ich habe die Stimmung versaut. Ihnen die eiskalte, stinkende Realität über den Kopf geschüttet. Aber Lyndon grinst nur und nickt.

Er hält keine richtige Rede, aber immerhin sagt er: »Mir gefällt's hier. Ihr seid echt okay. Ich hab 'ne Menge gelernt.« Und er verspricht, uns besuchen zu kommen.

Wir gehen zusammen aus dem Museum, er und ich, was bisher noch nicht vorgekommen ist, und als wir ans Tor kommen, bleibt er unschlüssig stehen. Ich denke, er kann mich ja nicht noch mal umarmen wollen, aber im selben Augenblick scheint er sich einen Ruck zu geben.

»Billy«, sagt er, »ich weiß, wo er ist.«

»Wer?«, frage ich, obwohl ich es natürlich weiß. Ich spüre einen harten Eisklumpen unter den Rippen.

»Jebb. Er ist nicht mehr in Southwood, aber ich weiß, wo er ist.«

Er sieht mich nicht an, er hält den Blick fest auf seine Turnschuhe gerichtet.

»Schon mal dran gedacht, zur Polizei zu gehen?«

Jetzt sieht er mich an. Ja, klar, gerade ich, sagt mir sein Blick, und ich habe das Gefühl, mich entschuldigen zu müssen. »Ach so, nee, sorry, dumm von mir.« Er kramt ein Stück Papier hervor und hält es mir hin. Wenn ich es nehme, muss ich etwas unternehmen. Dann muss ich handeln. Ich schließe die Augen. Lyndon verliert die Geduld. Er beugt sich vor und stopft mir den Zettel tief in die Tasche. Er sieht zu unserem Kirchturm hoch.

»Weißt du, bevor ich hier angefangen habe, ist mir der Laden nie aufgefallen. Ich bin bestimmt tausend Mal hier vorbeigelaufen. Das Ding steht hier seit Jahrhunderten und wird noch Jahrhunderte hier stehen, nachdem wir alle tot sind, aber ich hab's einfach nie gesehen. Echt komisch.«

Das ist das Längste, was er je zu mir gesagt hat. Sein Ansprechpartner war eher Mike. Es hat mich immer ein bisschen geärgert, wie sie über Fußball geredet haben, wie Lyndon genickt und beipflichtend gebrummt hat, wenn Mike sich über die alten Tage ausgelassen hat – das goldene Zeitalter, als es noch erlaubt war, Kriminellen etwas unterzuschieben, um sie dingfest zu machen.

»Ein anständiger Gangster betrachtete das als Berufsrisiko, das war nun mal das Leben, für das er sich entschieden hatte. Es war Teil des Jobs. Nicht so wie heute. Heute kommen sie einem dauernd mit Menschenrechten und dem ganzen Scheiß.«

Mir ging es immer tierisch auf die Eier, mir das anhören zu müssen, aber nachdem er in Lyndon einen neuen Zuhörer gefunden hatte, habe ich festgestellt, dass ich irgendwie eifersüchtig wurde. Ich hab's überlebt – so fertig bin ich nun auch wieder nicht –, aber trotzdem, ein bisschen auf den Schlips getreten habe ich mich schon gefühlt.

Lyndon sagt: »Pass auf dich auf.« Dann dreht er sich um, zieht die Schultern hoch und trudelt ab. Ich lehne mich gegen das Geländer und sehe ihn im Freitagabendverkehr verschwinden. Ich schließe die Augen und spüre Regen im Gesicht. Ich könnte dieses fragwürdige Stück Papier einfach wegschmeißen. Ich könnte es zusammenknüllen und auf die Straße werfen. Ein Fetzen Müll mehr, der durch die Innenstadt fliegt. Ich würde sozusagen loslassen. Mich von einem schlechten Gefühl befreien. Es wäre sicher heilsam. Eine Art Therapie.

9

Ich frage Lucy, wie sie mit Milan zusammengekommen ist und was sie an ihm gut fand. Das ist natürlich total bescheuert. Ungefähr so, als hätte man Zahnschmerzen und würde mit einem spitzen Gegenstand in den Nerv stechen, damit es wehtut.

Sie lächelt und sagt: »Wie? Du meinst, abgesehen davon, dass er extrem sexy ist, eine Million Instrumente spielt und ein richtig talentierter Künstler ist?« Sie hält kurz inne. »Und extrem sexy ist. Oder sagte ich das schon?«

»Kann sein, dass du so was erwähnt hast.«

Dann wird sie ernst. »Ich weiß nicht, ob ich mit dir darüber sprechen kann. Wie erwachsen fühlst du dich?«

»Wie erwachsen kann man sich fühlen?«, frage ich.

Sie lacht. »Und was bedeutet das schon?« Und dann sagt sie: »Während meiner ganzen Schulzeit hatte ich nie das Gefühl, ich selbst zu sein. Ich hatte nie das Gefühl, dass mich jemand versteht, weißt du, was ich meine?« Natürlich weiß ich das. Das geht jedem so.

Insgeheim bin ich enttäuscht von ihr, aber sie merkt es nicht.

»Als ich zur Uni kam, hab ich mich verändert. Neue Frisur, Tattoos und so. Ich hatte andere Freunde. War in keinem Sportverein mehr. Nicht mal Tischtennis. Ich hab angefangen zu rauchen. Ich hatte Leute, mit denen ich trinken und Drogen nehmen konnte.« Sie macht eine Pause. Fummelt an ihren Haaren herum, schiebt den Kugelschreiber zurecht, der sie zusammenhält. »Aber ich war immer noch dieselbe. Ich hatte immer noch das Gefühl, dass mich niemand richtig versteht.«

Tja, das kommt, weil es jedem so geht.

»Und eines Tages stehe ich mit ein paar Freunden in Nottingham in einem Pub, The Bell. Es ist nachmittags, aber wir sind alle schon stockbesoffen, weil … weil wir Studenten sind. Weil wir es können. Und dann fällt mir Milan auf, wie er zu mir rüberguckt. Es ist schwer, jemanden wie Milan zu übersehen, er ist groß und sieht gut aus, und dann diese Augen.«

Gott, wie ich diesen Kerl verachte.

»Aber ich denke gar nicht weiter an ihn. Er interessiert mich nicht mal. Ich stehe auf einen anderen, einen Dozenten genau genommen.« Sie denkt kurz über diesen anderen nach, den Dozenten. Offenbar wundert sie sich gerade über sich selbst. Anscheinend hatte sie ihn komplett vergessen und ist jetzt erstaunt, dass er nach all dieser Zeit wieder in ihren Gedanken auftaucht. »Wie auch immer, ich gehe aufs Klo, und als ich wieder rauskomme, steht Milan draußen. Als hätte er mich beobachtet und darauf gewartet, dass ich pinkeln muss.«

»Klingt unheimlich«, sage ich. »Klingt nach Stalking.«

»Du bist so leicht zu durchschauen, Billy Smith«,

erwidert sie und lächelt. »Jedenfalls stellt er sich vor mich und meint« – an dieser Stelle beugt Lucy sich vor, starrt mir in die Augen und raunt –: »Knie dich hin.« Ich spüre, wie mein Herz kurz zuckt.

»Was?«

»Das hat er gesagt – *Knie dich hin* – einfach so.«

»Was hast du gemacht?«, frage ich, obwohl ich die Antwort kenne.

»Ich habe mich vor ihm hingekniet. Direkt vor den Klos im The Bell. Ich wusste nicht, was ich sonst hätte tun sollen. Er sah auf mich runter, und nach einer Weile sagte er, ich solle zu meinem Tisch zurückgehen, meine Sachen holen und ihn draußen treffen. Er meinte, ich hätte genau zwei Minuten, dann wäre er weg. Er würde langsam bis hundertzwanzig zählen. Dann ging er raus.«

An der Stelle hätte sie aufhören können, aber nein, ich muss mir den Rest auch noch anhören. Wie sie mit dem Taxi zu ihm gefahren sind und sie bezahlt hat. Wie er gesagt hat, sie solle sich ausziehen. Wie er sie gefesselt hat. Wie er ihr mit monotoner Stimme genau beschrieben hat, was er mit ihr vorhatte. Wie er ihr erklärt hat, dass er sie mit dem Gürtel schlagen und sie vögeln würde, und dass sie weinen würde, und dass er sich dabei sehr, sehr gut fühlen würde.

»Aber als es dann so weit war, als er mich geschlagen hat und so, war er komischerweise eher sanft. Als wäre das Ganze eine Art Performance, eine Show. Ich fühlte mich bei ihm sicherer als bei irgendeinem Mann davor. Er gab mir alle möglichen Namen und erklärte mir, was ich fühlen sollte und dass ich schreien und ihn anflehen sollte, aufzuhören und so. Aber es kam mir vor, als wäre es ein Drehbuch. Eine Anleitung, wie ich mich zu verhalten hatte. Es war ernst, aber gleichzeitig ein Spiel. Eigentlich hätte er viel brutaler sein können. Im Grunde hätte ich es mir fast gewünscht. Es war wie ein Ritual, genau. Als hätte er das aus irgendeinem geheimen Buch. Es war auf jeden Fall Sex, hatte aber irgendwie auch etwas Religiöses. Wie eine Zeremonie. Weißt du, was ich meine?«

»Und du hättest jederzeit aufhören können?«

»Na ja, ich hätte anfangen können zu lachen, dann hätte er wahrscheinlich ziemlich schnell aufgehört, nehme ich an. Das ist meistens so bei Jungs, habe ich festgestellt. Aber ich wollte nicht, dass er aufhört. Es hat mir gefallen.«

Ich sage zu ihr, wenn sie wolle, könnte ich das auch alles mit ihr machen. S&M und so. Würde ich sogar gern. Ich sage das, als wäre es ein Witz, aber ich meine es ernst, und das weiß sie auch. Sie lächelt, sieht aber ein bisschen traurig dabei aus.

»Billy, wenn ich dir erklären soll, wie man dominant ist, dann geht das ein bisschen am Zweck vorbei, meinst du nicht?«

Das Haus ist mehr oder weniger fertig, als die Jugendamt-Stasi hereinplatzt, mit zuckenden Nasen wie Spürhunde, die perverse satanische Praktiken aufdecken sollen, unter anderem mit, keine Ahnung, Jungfrauenblut und Ziegen. Die mir zugeteilten Betreuer heißen Zara und Penny. Keine von beiden hat ihren Nachnamen genannt, alles Teil der Illusion, wir seien Freunde und wollten ja alle nur das Beste für das Kind. Wir sind praktisch eine Einheit und arbeiten gemeinsam an einem Projekt.

Wir wissen natürlich vorher nicht, dass sie kommen. Während ich also Lucy am Freitag noch vorwerfe, hinter ihrer heidnischen Kriegsbemalung stecke eine ausgeprägte protestantische Arbeitsmoral, spreche ich drei Tage später stille Dankgebete für ihre Entschlossenheit, die Verschönerung der Oaks Avenue zu Ende zu bringen, bevor Milan von seiner Spritztour nach Schottland zurück ist. Hätten Zara und Jenny das Haus gesehen, bevor Lucy es sich vorgenommen hat, wäre Oscar mit Sicherheit innerhalb kürzester Zeit in irgendeiner staatlich finanzierten Hundehütte gelandet. So aber glänzt alles keimfrei sauber. Man könnte kannibalische Riten auf dem Küchenfußboden abhalten, ohne jede Ansteckungsgefahr. Und natürlich quellen sowohl Kühlschrank als auch Tiefkühltruhe vor gesundem Essen über und werden es auch weiterhin bis in alle Ewigkeit. Zara und Penny heben diesen Umstand lobend hervor, obwohl keine von beiden so aussieht, als machten sie sich persönlich viel aus gesundem Essen. Penny ist ein schwabbeliger Fleischberg und Zara eine ausgemergelte Vogelscheuche. Als ich klein war, hat Mum mir *James und der Riesenpfirsich* vorgelesen. Zara und Penny sind im Grunde Tante Schwamm und Tante Zinke. Jünger vielleicht, dafür aber ohne deren spielerischen Charme.

Oscar spielt ebenfalls perfekt mit. Er liest, spielt, lächelt und zeigt stolz seine Schultasche vor wie ein ganz normales CBeebies-Kind. Ich an ihrer Stelle wäre längst misstrauisch geworden, aber Leute, die in sozialen Berufen arbeiten, sind meistens nicht besonders clever. Sonst würden sie woanders arbeiten.

Das ist ein unlösbares Paradox, an dem schon die größten Staatsdenker gescheitert sind. Sozialarbeit ist ein so schwieriger Beruf, dass man die cleversten Leute dafür bräuchte, aber weil er so schwierig ist, hat kein auch nur annähernd cleverer Mensch Lust dazu. Nur die Dummen und die Depressiven sind dazu bereit.

Sozialarbeiter sind die Torhüter des öffentlichen Dienstes – am Ende erinnert man sich nur an das, was sie falsch gemacht haben. Es muss nur einer ein Schreiben verlieren, eine Akte verlegen, auf eine raffinierte elterliche Lüge hereinfallen und schon wird er in der Presse an den Pranger gestellt und fortgejagt wie ein Babymörder. Kein Wunder, dass die Leute beim Sozialamt verbittert sind und weniger Plan haben als der durchschnittliche Netto-Kassierer. Das Erstaunliche ist, dass die Stadt immer noch Freiwillige findet, die den Job machen wollen.

Der andere Punkt ist: Sozialarbeiter müssen hinter ihrem professionellen, fadenscheinigen Grinsen die übelsten Fantasien haben. Überall sehen sie kriminelle Gedanken und Perversion. In dieser Gegend von Essex hat die Hexenjagd Tradition – im Museum gibt es ein oder zwei Exponate, die darauf hinweisen –, und Zara und Penny sind Teil dieser Tradition.

Oscar und ich schlagen ein, als sie gehen. Wir haben es hinter uns. Als sie beide wieder heil in ihrem stadteigenen beigen Punto sitzen, halte ich mir den Zeigefinger wie ein Hitlerbärtchen vor, laufe im Stechschritt durch das radicchio- und arsenfarbene Wohnzimmer und brumme: »Wo haben sie den seelischen Missbrrrauch verrrsteckt? Wirrr wissen, dass errr irrrgendwo hierrr sein muss.«

Oscar kichert. Für ihn ergibt das keinen Sinn, aber über einen komischen Kraut-Akzent und einen albernen Gang kann man immer lachen, egal, wie alt man ist. Und nachdem er gebadet hat, stelle ich den Trockner auf vierfache Maximalexplosion, und dann fliegt er mit einem Salto durch die Luft und landet kreischend auf dem Bett.

Auf dem Schulhof bin ich jetzt ein Geächteter. Sämtliche Super-Elternvertretermütter wissen, dass ich Charlottes Ehe zerstört habe. Sie musste etwas unternehmen. Sie musste ihren Mann zur Rede stellen. Und jetzt ist er ausgezogen, und sie führen einen traurigen Guerillakrieg um Geld, Sorgerecht, das Haus und den ganzen Scheiß. Ich habe einen unauslöschlichen hässlichen Fleck auf der hübschen weißen Bluse ihres Lebens hinterlassen.

Seht mal, sage ich in Gedanken zu ihnen, wenn ich nicht gewesen wäre, hätte es jemand anderes getan. Wenn er seiner Affäre den Laufpass gegeben hätte, hätte sie vielleicht seine SMS und E-Mails an Charlotte weitergeleitet. Vielleicht hätte sie ihr auch Fotos und Telefonsexaufnahmen geschickt.

Oder sie wäre schwanger geworden: ein gerissenes Kondom, eine vergessene Pille, eine hastige Nummer auf der Treppe, bevor das Pessar eingesetzt wurde.

Oder Charlotte hätte sie in flagranti erwischen können. Nick, der vor Schreck die Augen aufreißt, als sie die Schlafzimmertür aufstößt, das nichts ahnende Mädchen auf den fleißigen Knien, wie sie alles gibt und denkt, sein schweres Atmen künde vom nahenden Höhepunkt statt von dem Schock, dass seine Frau ihn erwischt hat.

Vielleicht wäre es auch etwas nicht ganz so Dramatisches gewesen. Eine versehentlich geöffnete Kreditkartenabrechnung, eine Hotelrechnung, ein betrogener Ehemann, der Nick mit der Faust ins Gesicht schlägt. Irgendwann kommt alles raus. Wie Mike sagt, wenn er über seine Zeit bei der Met Police spricht: »Nichts bleibt für immer verborgen.«

Das könnte doch jetzt eine goldene Zeit für Charlotte sein. Ein Traumszenario. Die Ehe ist am Ende, und sie ist moralisch klar im Recht. Noch ein oder zwei Jahre, und sie hätte womöglich Lady Chatterley gespielt und sich einen Vorstadt-Mellors geangelt, und dann wären sie auf dem Schulhof alle auf Nicks Seite gewesen.

Mich legst du nicht rein, Charlotte. Der zwanzigjährige Fensterputzer. Der überraschend kräftig gebaute Prinz in der Amateur-Pantomimegruppe. Der Vater, dem du in der Bibliothek zugenickt hast, der mit den traurigen Augen, dem du es einfach angesehen hast, dass er nicht abgeneigt wäre, wenn du nicht verheiratet wärst und er auch nicht … Alles Lunten, die nur darauf warten, gezündet zu werden. So, wie es jetzt aussieht, bist du eindeutig im Recht. Du bist eine betrogene Ehefrau mit allen Vorteilen, die so etwas mit sich bringt. Das muss gefeiert werden. Nutze es aus. Warum die feindseligen Blick auf dem Schulhof? Warum den Überbringer der Nachricht anklagen? Nicht, dass ihn das sonderlich kümmern würde.

Mrs Bingley ist dagegen sehr nett. Sie klingt fast entschuldigend, aber vielleicht bilde ich mir das auch ein. Ihre Armbänder klimpern jedenfalls vergnügt, und ihre Stimme schließt sich dem an. Von Ausschluss keine Rede. Von seelischem Missbrauch keine Rede. Kein Wort über eine selbstunsicher-vermeidende Persönlichkeitsstörung. Stattdessen werden Oscars Bemühungen, die Sonne zu erreichen, hoch gelobt, selbst wenn er es noch nicht ganz dorthin geschafft hat. Vielleicht ist es das, was er daraus lernen soll: ein wirklich guter Mensch zu sein und sich *angemessen* zu verhalten, ist eine lebenslange Aufgabe, und das Ziel erreicht man im Grunde nie. Wir arbeiten bis in alle Ewigkeit daran, innere Größe zu erlangen, und in diesem hoffnungslosen Streben liegt die eigentliche Tugend. Klingt ziemlich nach Klosterschule. Allerdings auch ganz schön deprimierend.

Aber es geht bergauf. Wie es aussieht, hat Oscar in letzter Zeit niemandem mehr gedroht, ihn auszuweiden. Er bekommt sogar eine Rolle im diesjährigen Weihnachtsstück, einer surrealen Interpretation der Weihnachtsgeschichte mit dem Titel *Der griesgrämige Schneemann*. Die Geschichte handelt im Wesentlichen davon, dass ein Schneemann, berüchtigt für seine Misanthropie, zur Geburt Jesu nach Bethlehem gerufen wird. Trotz der Hitze und seiner deutlich begrenzten Mobilität macht er sich auf den Weg und ist schließlich beim Anblick unseres kleinen Erlösers vor Freude derart überwältigt, dass er seine Griesgrämigkeit für immer und ewig ablegt. Amen. Irre, oder? Oscar ist ein Hirte, ein absolut ehrenwerter Gastauftritt. Millie wurde, wie ich sehe, als Weihnachtspudding besetzt, was, zusammen mit der bevorstehenden, schmerzlichen Scheidung ihrer Eltern, eher früher als später zu einer schweren Magersucht führen wird.

Milan ist zurück, also sehe ich Lucy eine Weile nicht. Ich schicke ihr ein oder zwei Mal eine SMS. *Wie geht's*, frage ich. Sekunden später piept mein Handy, und mein Herz fängt an zu rasen. *Gut*, schreibt sie. Kein Kuss und nichts. Es geht ihr gut. Das ist alles.

Ich kann immer noch schlecht einschlafen und tröste mich mit Alkohol und Pornos. Aber mit der Pornografie im Internet ist es allmählich so wie mit der Musik auf meinem Handy. Es nutzt sich ab. Es wird langweilig. Ich glaube, bald habe ich alles gesehen, was umsonst und nicht zu abwegig ist. Und manchmal schweifen meine Gedanken auch einfach ab. Direkt vor meiner Nase kann eine Hardcore-Amateur-Orgie ablaufen, und ich denke an die Schweinegrippe oder daran, ob die Müllabfuhr morgen das Plastik oder den Restmüll abholt.

Trotzdem gebe ich nicht auf und durchforste weiter mit dem Schwanz in der Hand das Netz nach etwas Aufregendem, etwas, das mich garantiert anturnt. Und am Ende sind es meistens Mädchen, die sich küssen. Nichts mit lecken, Dildos, Milch saugen oder fesseln. Einfach zwei ganz normale Mädchen, die angezogen sind und sich küssen. So was kann ich wirklich niemandem erzählen. Aber wenn ich das sehe, komme ich, und danach schlafe ich manchmal ein und manchmal muss ich noch mal vorne anfangen. Trinken. Mädchen, die sich küssen. Ein verzweifelter Orgasmus und endlich, endlich unruhige Träume, bis es Morgen ist und Oscar vollgepinkelt zu mir ins Bett kriecht. Das hat er immer noch nicht im Griff.

Eines Nachts hole ich das zusammengeknüllte Stück Papier raus, das Lyndon mir in die Tasche gesteckt hat. Ich streiche es glatt und hoffe ein bisschen, Lyndons Handschrift nicht lesen zu können. Es ist eine Adresse am Stadtrand von London, leicht zu merken. Ich schmeiße den Zettel weg. Nicht in den Müll, ich werfe ihn einfach aus der Tür. Als ich sie öffne, rechne ich fast damit, ihn auf der anderen Straßenseite herumlungern zu sehen, so wie neulich. Wäre das nicht schräg? Ich lasse seine Adresse in der nächtlichen Brise ins Niemandsland fliegen, und er steht da und sieht mir dabei zu.

Aber er ist nicht da. Niemand ist da.

Die Nacht ist kalt und regnerisch, und alle schlafen. In den Häusern der Oaks Avenue brennt kein Licht. Nur die Straßenlaternen wachen über die Hecken, die Familienlimousinen und Doppelhaushälften. Ich frage mich, ob die Adresse überhaupt stimmen kann, zumal ich Aidan mehrmals hier in

Southwood gesehen habe – beim Indoorspielplatz, in der Oaks Avenue, direkt gegenüber – wie bitte will er das machen?

Mir dröhnt der Kopf, wenn ich darüber nachdenke, also gehe ich wieder hinein, trinke noch etwas und gehe davon aus, dass ich die Adresse morgen vielleicht vergessen habe.

Habe ich aber nicht.

Der Brief kommt an einem Samstag. Ein dicker brauner Umschlag mit Stempeln: Wichtig, Vertraulich. Erst ignoriere ich ihn, weil ich davon ausgehe, dass es nur wieder irgendein Scheiß vom Gericht ist wegen Gas und Strom und so.

Aber er liegt ganz oben auf dem Stapel im Flur und strahlt eine bösartige Energie aus. Wie ein Tumor, der mich auffrisst. Letzten Endes sage ich mir, hey, vielleicht ist es gar nichts Offizielles, vielleicht ist es nur Infokram von der Uni. Ist es wahrscheinlich auch. Irgendwas über Vorlesungen, Veggie-Burger zum halben Preis und Studentenermäßigungen für die Spielautomaten am Pier. Also gebe ich mir einen Ruck und mache ihn auf.

Es ist nichts dergleichen. Natürlich nicht. Es ist doch ein Tumor. Ein Haufen Zeug vom Familiengericht, der im Wesentlichen besagt, dass Toni das Sorgerecht für Oscar will. Unter anderem steht da, dass das Sozialamt ihren Antrag befürwortet, basierend auf dem Bericht der Sozialarbeiter, die mit dem Fall betraut waren und dazu sämtliche für Oscars Wohlergehen zuständige Parteien befragt haben, unter anderem auch die Schule. Und Dean Hessenthaler, dieses Schwein, der bisher vielleicht ungefähr eine Minute lang für Oscars Wohlergehen zuständig war. Mrs Bingleys Herzlichkeit beim letzten Mal war also keine Reue: Sie hatte nur ein schlechtes Gewissen, und sie hat sich geschämt. Genau wie Zara und Penny, die lächelnd und nickend hier abgezogen sind und dabei genau wussten, dass sie mich in die Pfanne hauen würden.

Ich rufe Toni an und erreiche nur die Mailbox. Ich rufe beim Sozialamt an, obwohl ich weiß, dass niemand da ist, aber ich muss irgendetwas tun. Ich hinterlasse eine beleidigende Nachricht auf dem Anrufbeantworter, bis mir bewusst wird, dass ich ihnen damit nur weitere Munition liefere, die vor Gericht mit Sicherheit gegen mich verwendet wird, also entschuldige ich mich und lege auf, obwohl ich weiß, dass der Schaden nicht mehr zu beheben ist.

Ich rufe Lucy an, wieder nur die Mailbox.

Ich rufe Alfie an. Er zeigt sich verständnisvoll. Aber er wählt seine Worte so bedächtig wie jemand, der durch ein Minenfeld geht, und ich hab das Gefühl, er ist in Wirklichkeit auf ihrer Seite. Alfie denkt, dass Oscar es bei Toni besser hat. Ich versuche ihm zu erklären, was für ein Wichser Dean ist, aber ich merke, wie ich mich verzettele und Alfie allmählich das Interesse verliert. Ich höre praktisch sein Achselzucken durch die Leitung. Er ist mir keine Hilfe.

Ich fahre mit Oscar in die Stadt und kaufe ihm neue Strümpfe und Unterhosen und bei JJB ein

England-Trikot, weil es runtergesetzt ist. Oscar selbst ist unsicher. Er ist hin- und hergerissen.

»Ich glaube nicht, dass Mum mich das tragen lassen würde.« Er kräuselt die Stirn. Aber ich sehe ihm an, dass er es trotzdem will.

»Mum ist nicht hier, oder?«, sage ich und bereue es im selben Moment. Ich lade ihn auf eine Pizza und ein Eis ein.

Jemand hat sein Schweigen gebrochen. Jemand hat sich das Graffiti zu Herzen genommen. Jemand hat Aidan Jebb verpfiffen. Wie die Polizei vorausgesehen hat. Und dieser Jemand war seine Mutter. Die Erste, die sich gemeldet und Anspruch auf die öffentlich ausgelobte Belohnung erhoben hat, war Rosie. Und kaum war der erste Anruf eingegangen, öffneten sich die Schleusen. Die Hotline war völlig überlastet, dauernd klingelte das Telefon, weil eine Flut von Kumpeln, ehemaligen Gangmitgliedern, Drogen- und sonstigen Bekanntschaften auf einmal das dringende Bedürfnis verspürte, ihrer Bürgerpflicht nachzukommen. Eine Zeit lang ging es zu wie bei *Children in Need*.

Aber Aidan war nicht doof. Er war bereits untergetaucht. Ohne ein Wort, ohne irgendwas, er war einfach weg. Er schnappte sich einen Rucksack und die Handtasche seiner Mutter, und als Rosie in sein Zimmer kam, fand sie im CD-Player seine CD und ließ sie immer wieder laufen. Die alte Beatlesnummer. *If she's beside me/I will never care* … Und sie weinte und dachte an den Tag, an dem er das Lied live vorgesungen hatte. Sein leuchtendes Gesicht. Seine schiefen Zähne, wenn er lächelte. Wie er gewunken und den Daumen hochgehalten hatte, als der Chor sich schlurfend hinter ihm aufstellte. Wie ein kleiner McCartney.

Er war nicht nervös gewesen. Rosie schon. Rosie hatte sich fast in die Hose gemacht, obwohl sie zur Beruhigung ein paar Kronenberg getrunken hatte. Sie hatten sich ein bisschen eingesummt, und dann hatte er einfach den Mund aufgemacht, und es war pure Magie herausgekommen. Danach grinste er nur und setzte sich auf seinen Platz, als wäre nichts gewesen. Als wäre er nur pinkeln oder so gewesen. Und Rosie war sauer, weil er all ihre Komplimente nur mit einem Schulterzucken entgegennahm, und als sie ihn fragte, wie er mit ihr feiern wolle, sagte er: »Können wir nach Hause gehen und fernsehen, Mum? Nur du und ich?« Was er nicht ernst meinen konnte, weil er doch genau wusste, dass Titus vorbeikommen und mitfeiern wollte, oder?

Rosie war eine beschissene Mutter gewesen, das wusste sie, und für Aidan war es zu spät. Aber wenn sie vielleicht noch eins … Und dann weinte sie wieder, und sie hätte nicht sagen können, ob um sich selbst oder um Aidan oder um Titus oder um all die Kinder, die sie nicht bekommen hatte oder die sie hätte bekommen können oder die sie vielleicht noch bekommen würde, oder darum, wie es auf dieser beschissenen Welt aussah. Aidan hatte zwei Pfund gewogen. Wäre er doch gestorben, wie Callum. Wäre er doch gestorben.

Ich nehme Oscar ein paar Tage aus der Schule. Ich will weder Mrs Bingley noch den Schulhof sehen. Ich versuche, Toni zu erwischen, aber sie weicht mir aus, also schicke ich Dean ein paar E-Mails. Ich muss irgendetwas tun, und ich weiß, dass Toni sie lesen wird, deswegen sage ich ganz offen, was ich von ihr und Dean und ihren hinterhältigen Machenschaften halte, und ich gebe ihnen klar zu verstehen, dass sie weder Oscar bekommen werden noch Mums Geld, um das auch noch mal in aller Deutlichkeit zu sagen. Und dann mache ich mich auf den Weg zu Mr Waddington.

Mr Waddington sieht noch müder aus als beim letzten Mal. Er erklärt, er sei kein Spezialist für Familienrecht, werde mir aber nichtsdestotrotz einen kostenlosen professionellen Rat geben. Er holt tief Luft, fährt sich mit der Hand über den Kopf und streicht die langen dünnen Strähnen zurück. Mr Waddington ist wahrscheinlich der einzige Mensch in ganz Großbritannien, der noch einen echten Bobby-Charlton-Comb-Over trägt. Es sieht lächerlich aus, passt aber zum Image des soliden Kleinstadtanwalts. Und zu seinem Outfit. Mr Waddington trägt einen maßgeschneiderten dunkelblauen Fischgräten-Dreiteiler, vielleicht gehört die Frisur also dazu. Vielleicht ist der Stil auch gut fürs Geschäft und wurde von einem Imageberater zusammengestellt, der damit den Eindruck erwecken wollte: Hallo, ich bin langweilig, fantasielos, alte Schule, vertrauenswürdig.

Mr Waddington sieht mich an und sagt: »Ich denke, das Gericht wird mit überwiegender Wahrscheinlichkeit deiner Tante das Obhutsrecht zusprechen und dass in Anbetracht dessen deinen Interessen – und denen deines Bruders – am besten gedient wäre, wenn du zu einer außergerichtlichen Übereinkunft mit ihr kämest.«

Ich nehme sein Büro auseinander.

Irgendetwas an der wohlüberlegten, bedächtigen Modulation seiner Stimme und an der Art, wie seine grauen Augen hinter der Brille blinzeln, bringt mich zum Ausrasten. Auf einmal sehe ich rot und fege sämtliche Papiere und Bücher von seinem Schreibtisch. Als Nächstes trete ich die Glasscheibe aus der krummbeinigen viktorianischen Vitrine an der Wand und zertrümmere die Zierteller, die darin stehen.

Das Ganze dauert nur ein paar Sekunden, und da Mr Waddington mich nicht aufhält, fange ich an, die Bücher aus den Regalen zu reißen und sie auf den Fußboden zu schmeißen, aber dann stürmt seine Sekretärin herein und fängt an zu kreischen, woraufhin ein paar andere Anwälte angelaufen kommen und irgendein Typ mich zu Boden wirft und mit seinem ganzen Gewicht runterdrückt. Er atmet schwer und riecht nach bitterem Industriekaffee, und plötzlich kann ich nicht mehr, aber offenbar hat Mr Waddington etwas gesagt, denn der Typ lässt mich los, und ich stehe auf und komme mir vor wie ein Idiot. Alle rücken von mir ab, aber sie beobachten mich misstrauisch, nur für den Fall, dass ich wieder durchdrehe. Mr Waddington legt mir die Hand auf die Schulter und lässt sie dort liegen. Ich will sie abschütteln, lasse es aber sein. Irgendwas an seinen sanften grauen Augen hält mich davon ab.

»Billy«, sagt er. »Ruf mich an, wenn du mit jemandem reden musst, okay? Oder wenn du glaubst, dass ich dir helfen kann.« Seine Stimme ist so grau und sanft wie seine Augen und klingt immer noch professionell und neutral. Er steckt ein Kärtchen in meine Hemdtasche.

Alle sehen schweigend zu, wie ich mich umdrehe und aus dem Büro gehe. Draußen halte ich das Gesicht in den unvermeidlichen Regen und brülle so laut ich kann in den Himmel: »Fuckfuckfuckfuck.« Dem Himmel ist das egal. Wie viele bescheuerte Auftritte dieser Art hat er schon erlebt? Milliarden über Milliarden. Der Himmel kennt das alles schon und findet es langweilig.

Lucy kommt vorbei. Sie hat einen neuen Look. Sie hat sich die Haare abgeschnitten. Der Kugelschreiber ist weg. Und sie hat sie braun gefärbt. Sie trägt Sechziger-Jahre-Girlgroup-Jeans und ein dunkles Jeanshemd, das mit ihrer milchig weißen Haut kontrastiert. Sie sieht unglaublich gesund aus. Zum Reinbeißen.

Ihre Augen weiten sich, als sie mich sieht.

»Himmel, Billy«, sagt sie. »Du siehst schlimm aus.«

Ich zucke mit den Achseln. »Alles okay. Steht dir gut, die kurzen Haare.«

»Tja, ein bisschen Abwechslung und so, du weißt schon«, antwortet sie. »Ich koche uns eine Suppe.« Sie rennt kurz los, kauft Gemüse, kocht Suppe und besteht danach darauf, Oscar ins Bett zu bringen. Sie holt ein Buch von A. A. Milne hervor, und es zerreißt mir das Herz, als sie ihm von James James Morrison Morrison Weatherby George Dupree vorliest, dem Jungen, dessen Mutter verschwindet, weil sie ohne ihn ›ans Ende der Stadt‹ geht.

Ich höre Oscar kichern, aber heutzutage würde mit Sicherheit kein Kinderbuchautor so leichtfertig über solche Themen schreiben. Inzwischen ist ja wohl allgemein bekannt, dass Christopher Robin seelisch missbraucht wurde. Dass er auf ewig bei Tigger, Pu und dem blöden Ferkel im Wald der blauen Blumen seiner Kindheit bleiben musste und nie erwachsen werden durfte. Er war Teil der Fantasiewelt eines ganzen Landes, in deren Keller ihn die Leser seines Vaters gefangen hielten. Ein Nationalheiligtum wider Willen, für immer sechs, im Schlepptau den stupsnasigen, sommersprossigen Schatten seiner selbst, bis ans Ende seiner Tage. Außerdem würde er nie Sex haben können, weil Tigger und Pu immer zuguckten.

Sein Vater war nicht schuld daran. Niemand war schuld daran. Aber Missbrauch war es trotzdem.

Lucy lässt mir ein Bad einlaufen und seift mich von oben bis unten ab, wobei sie meinem Rücken genauso viel Aufmerksamkeit widmet wie meinem steinharten Schwanz.

Als ich rauskomme, trocknet sie mich ab, legt mich mit dem Bauch nach unten aufs Bett und massiert mich, und als ich denke, dass ich es nicht mehr aushalte, dass ich jeden Augenblick explodiere, dreht sie mich um und nimmt mich in den Mund, und ich weiß nicht, ob es lange dauert oder nicht, irgendwann komme ich jedenfalls in ihr. Und als ich fertig bin, lacht sie und wischt sich mit dem Handrücken einen Faden Sperma vom Kinn.

Und dann sagt sie: »Ich mach uns einen Tee, okay?«, und als sie zurückkommt, schlafe ich schon fast. Ich öffne die Augen und frage: »Was bitte war das gerade, Lucy? Ein Mitleidsfick?«

Sie zieht einen Schmollmund, aber dann merke ich, wie sie sich entschließt, nicht sauer zu sein, und sie lächelt und zeigt mir wieder ihre Zähne.

»Eher ein wohlwollender Blowjob. Das ist ein großer Unterschied.«

»Trotzdem hast du es nur aus Nettigkeit getan.«

»*Nur* ist falsch«, sagt sie. »Du musst mal eins kapieren, Billy Smith: Nettsein ist okay. Nettsein ist etwas Gutes.«

10

Ein Mann tritt in die weitläufige Eingangshalle seines Tudorhauses in einem Dorf namens Barton-in-the-Beans in Leicestershire. Verrückter Name, verrückter Ort. Es ist die stillste und dunkelste Stunde des Tages, kurz vor drei Uhr morgens, aber er ist nicht der Einzige, der wach ist. Oben in ihrer Dachkammer sitzt seine Tochter, sein einziges Kind, Teagan, und skypt mit ihren Freundinnen, und es geht die ganze Zeit OMG, hat er nicht, hast du nicht, LOL und Smiley und so weiter. Es ist so still, dass der Mann sie auf der Tastatur herumhacken hört.

Er sieht zur Überwachungskamera hoch. Er lächelt nicht, er winkt nicht, sondern starrt nur nach oben. Seufzend sieht er sich in der Halle um. Seit drei Jahren gehört ihm das Haus, er hat ein Vermögen hineingesteckt. Es steht seit 1639 hier und hat Bürgerkriege, Weltkriege, Seuchen und Hungersnöte erlebt. Er hat es vor dem Verfall gerettet, inzwischen sind alle Zimmer mit Bad ausgestattet. Es war sogar schon in einem Schöner-Wohnen-Magazin. Kein *Leben! Tod! Kreuzworträtsel!*, aber das kommt auch noch.

Der Mann fährt sich mit der verschwitzten Hand durch das graue Haar. Er sieht gut aus, wie allgemein behauptet wird. Ein paar überschüssige Kilo, aber großzügig, ein guter Nachbar. Und lustig. Gerade heute noch war er auf einem Barbecue und in

Topform, hat Geschichten erzählt, gelacht, Witze gemacht. Er hat einen Kasten Bier mitgebracht. Bestes Lagerbier, nicht der Mist, den es da sonst immer gibt.

Der Mann heißt David Fairweather, er hat den popeligen Handwerkerbetrieb seines Vaters übernommen und zum größten Bauunternehmen in diesem Teil von Leicestershire ausgebaut. Er arbeitet hart, treibt Sport und genießt das Leben. Er verliert nicht gern. Im Tennisclub wirft er seinen Schläger durch die Gegend, betrügt, schnauft, keucht und flucht. Die meisten anderen Mitglieder finden das lustig.

David Fairweather nimmt sein Gewehr, das er auch bei den Jagdgesellschaften auf seinem Landgut benutzt – er ist ein Mann mit Ambitionen –, und geht die blanke Steintreppe hoch. Durch den mit Teppich ausgelegten Flur. Dann noch eine Wendeltreppe hoch zu dem großen ausgebauten Dachboden, wo Teagan sitzt und sich mit ihrer Freundin Olivia Horsfall ☺ ☺ ☺ austauscht. Livvy Horsfall hat ihr gerade gestanden, dass sie es an diesem Abend zum ersten Mal gemacht hat, mit Ian Baker. Teagan findet das cool. Ian Baker ist sexy.

David Fairweather, 44, bleibt vor ihrem Zimmer stehen und betrachtet ein letztes Mal das Schild, das an ihrem Türknauf hängt. Es stammt aus einem Prager Hotel, eine Zeichnung von einem schlafenden Baby, darunter stehen die Wörter *Prosim, Nerušte!* Und Teagan hat in bezaubernder Schulmädchen-Kursivschrift dazu geschrieben: *AKA Hau ab!!!!!!!*

Das Schild ist ein Mitbringsel von einer Tschechien-Reise mit dem Landesjugendorchester. Teagan spielt Klarinette. Sie spielt gut. Wenn sie ordentlich übt, könnte sie nächstes Jahr in Stufe acht kommen.

Das Schild dreht sich leicht. Von irgendwo zieht es, aber das ist okay – alte Häuser brauchen ein bisschen Belüftung.

David Fairweather legt die Hand auf den Türknauf. Teagan Fairweather, 15, kann gerade noch *OMG! Paps Alarm* tippen, bevor ihr Vater mit einem Schritt im Zimmer ist und ihr beide Kugeln in die Brust feuert, als sie sich nach ihm umdreht. Teagan wird vom Stuhl gerissen und gegen die Wand geschleudert und schlägt dabei den PC vom Tisch. Ein paar Kilometer entfernt sitzt Livvy und lächelt. Sie tippt *T du steckst so was von in der Scheiße. Du kriegst eine Woche Hausarrest.* Teagan ist tot, bevor sie auf den Boden fällt. Hoffen wir jedenfalls.

Niemand hört die Schüsse. Im Umkreis von zwei Kilometern steht kein anderes Haus. Ruth Fairweather, Davids Sandkastenliebe und seit zwanzig Jahren seine Frau, ist zu Hause, aber sie wurde vor mehr als einer Stunde im Schlaf erwürgt.

David weiß, was er jetzt zu tun hat. Er muss Teagans Pferde Muffin und Sheldon erschießen. Er muss alles mit Benzin übergießen und einen Traktor quer auf dem Weg zum Haus parken. Er muss die Türen verbarrikadieren. Er muss seine Hunde Barley und McGrew erschießen. Er muss an diversen Stellen Feuer legen. Und zuallerletzt muss er wieder nach oben auf den Dachboden gehen und sich neben Teagan hinlegen, und dann muss er warten.

Und während ich das lese, sehe ich es genau vor mir. Ein Katastrophenfilm, der in meinem Kopf abläuft. Ich sehe, wie die Farbe verschrumpelt, die Wände schwarz werden, die Scheiben wie Sektbläschen in winzige Scherben zerspringen. Die Körper zu Asche und Staub werden. Wäre auch eine Möglichkeit für mich. Ein Plan B.

Für *Leben! Tod! Kreuzworträtsel!* scheint so eine Feuersbrunst eine ganz normale Reaktion zu sein, wenn es so aussieht, als würde man alles verlieren. Vielleicht sogar die normalste. Wenn ich es nicht haben kann, dann soll es auch niemand anderes haben. Ein loderndes Fuck You an die Welt. David Fairweather schuldete dem Finanzamt eine halbe Million. Okay, wenn die Schweine es haben wollen, sollen sie es haben.

Jede Woche lese ich von ermordeten Liebhabern, vergasten Babys und Häusern, die sich in zeremonielle Scheiterhaufen verwandeln, nur weil ein großer Junge sein Spielzeug teilen sollte. Niemand teilt sein Spielzeug gern mit anderen. Das britische Empire hat sich an seine Kolonien geklammert, Hitler hat *Risiko* mit echten Ländern und echten Menschen gespielt und, als er verlor, das Spielfeld umgeworfen. Goebbels hat seine Kinder wie kleine Blaumeisen nebeneinander aufgebahrt. Das ist Schulhof-Einmaleins. Da steckt kein großes psychologisches Geheimnis hinter.

Verglichen damit wäre es relativ harmlos, wenn ich Oscar auf diese Weise mit mir nähme. Dieser Drang, lieber alles um einen herum in Schutt und

Asche zu legen, als das zu verlieren, was man liebt. Ich kann das verstehen. Sehr gut sogar. Im Grunde wird niemand – vor allem kein Mann – jemals erwachsen. Das ist die Botschaft von *Leben! Tod! Kreuzworträtsel!*.

Mittags gehe ich kurz einen Burger essen – das ist genau das, was ich jetzt brauche – Big King Double Whopper, Bacon Double Cheeseburger, Tex-Mex Onion Rings, das ganze Zeug. Und alles in XL. Der erste Bissen ist wie ein Rausch, danach wird es dann irgendwann eklig, aber ich halte durch. Ich bleibe beharrlich. Beharrlichkeit ist bekanntlich das A und O.

Mum hat immer einen Typen namens Calvin Coolidge zitiert. Ich kann sie noch hören, wie sie mir stundenlang seine Sprüche vorkaute und mich dabei mit einem lachenden Auge fixierte.

»Nichts auf der Welt kann Beharrlichkeit ersetzen. Talent nicht; nichts ist weiter verbreitet als erfolglose Männer mit Talent. Genialität nicht; das verkannte Genie ist ja fast sprichwörtlich. Bildung nicht; diese Welt ist voll von gebildeten Versagern. Beharrlichkeit und Entschlossenheit allein sind ausschlaggebend. Der Slogan ›Bleib dran‹ hat stets die Probleme der Menschheit gelöst und wird sie auch weiterhin lösen.« Ja, ja.

Aber ich stimme ihr zu. Es war Beharrlichkeit, mit der ich immer wieder Gras geraucht habe, obwohl ich nach den ersten Zügen das Gefühl hatte, kotzen zu müssen. Es war Beharrlichkeit, mit der ich immer wieder Stella getrunken habe, obwohl ich beim ersten Mal fand, dass es wie WC-Reiniger schmeckte. Und heutzutage bleib ich eben bei Burger King dran und kaue mich jeden Mittag durch den Plastikkäse und das seltsam süßlich warme Fleisch. Knabbere an den Spezial-Fritten und werde immer süchtiger. Ab elf Uhr morgens lechze ich förmlich nach fettreichem, salzreichem Hacksteak mit allem Drum und Dran.

Hin und wieder variiere ich meinen Speiseplan. Es muss nicht immer Burger King sein, manchmal gehe ich auch zu KFC oder auch zu Kev's Kabin, dem kleinen Imbiss an der Bushaltestelle, wo man ein Trucker-Frühstück für £3.40 bekommt. Man muss die Kleinunternehmer unterstützen, wo man kann.

Und in Kev's Kabin treffe ich dann auch Frankie, Tonis Ex. Anfangs ist er noch gut drauf und begrüßt mich, als wären wir die dicksten Kumpel. Der freundschaftliche Schlag auf den Arm ist allerdings etwas zu hart. Das Lachen etwas zu laut. Er wuschelt mir durchs Haar, als wäre ich sechs.

»Hi, Frankie«, sage ich. »Wie geht's dir?«

»Ging mir nie besser, mein Lieber, ging mir nie besser.«

Dann fängt er an zu weinen. Ich sehe mich um und merke, wie auf einmal alle in ihren Tee oder in ihren *Daily Star* starren und dass jeder es mitbekommen hat. Plötzlich ist es absolut still. Ich höre, wie ein Kind geohrfeigt wird, nachdem es gesagt hat: »Mami, warum weint der Mann?«

Wie sich herausstellt, meint Frankie mit »nie besser« total beschissen. Toni und er sind nicht mehr zusammen. Er kann weder schlafen noch essen. Ich werfe einen Blick auf seinen Teller, auf dem die Überreste eines englischen Frühstücks liegen. Er folgt meinem Blick. »Ich hab seit einer Ewigkeit nichts gegessen. Und wenn, dann nur irgendwelchen Müll.« Er sagt, er könne es nicht verstehen, er hätte gedacht, sie würden für immer zusammenbleiben. Dass er so viel von Toni gehalten habe und dass er alles für sie tun würde.

Und ich denke, ja, sicher, alles, solange es dir keine Unannehmlichkeiten gemacht hat. Alles, außer, dafür zu sorgen, dass sie sich wohlfühlt, alles, außer ihr ein Kind zu machen, alles, außer ihr vor anderen Komplimente zu machen. Alles, außer aufzuräumen, nicht die ganze Zeit Fernsehen zu gucken oder zu trinken. Alles außer irgendetwas Richtigem. Aber was hättest du tun sollen? Du konntest ja nicht plötzlich aufhören, Frankie zu sein, oder?

Er sieht wirklich schlecht aus. Die Zähne sind gelb, das Gesicht bleich und durchscheinend, und er hat dunkle Ringe unter den Augen. Schatten, die seine Falten nicht verbergen. Er scheint noch mehr Haare verloren zu haben. Er hat graue Stoppeln im Gesicht. Und Eigelb am Kragen. Er macht keinen guten Eindruck.

Ich versuche, Verständnis zu zeigen.

»Und Dean ist auch ein ganz schöner Wichser, was?«, sage ich.

Er sieht mich verstört an. »Wer?«

Oh, Scheiße. Er weiß es nicht. Ich starre in meinen Becher. Eine winzige Fliege zappelt darin. Sie kämpft beharrlich. Sie bleibt dran. Schließlich gibt sie auf und stirbt. Ich sage nichts mehr dazu. Muss ich auch nicht.

»Dean Hessenthaler? Suzannes Ex?« Er sackt auf seinem Stuhl zusammen. »Dean Hessenthaler. Mein Gott.« Er sah ja schon vorher total niedergeschlagen aus, aber jetzt scheint er ein ganzes Leidensuniversum entdeckt zu haben.

»Bist du sicher?«, fragt er schließlich.

»Nicht richtig«, sage ich. »Könnte aber sein. Tut mir leid, Mann.«

Er sammelt sich. »Tja, was soll's. Hauptsache, du lügst mich nicht an, das ist alles. Hauptsache, du verarschst mich jetzt nicht.« Ich sehe von meinem Becher hoch und blicke in seine Augen. Er hasst mich. Er hasst mich, weil ich ihn weinen gesehen habe. Er hasst mich, weil ich weiß, wie schwach er ist und wie sehr er leidet. Er hasst mich so wie alle Opfer die Zeugen ihres Elends hassen.

Frankie schnäuzt sich in die Serviette. Er gibt sich Mühe, ein wenig Würde zu bewahren. Er versucht es verzweifelt. Fast gelingt es ihm.

»Hast du gestern das Spiel gesehen?«

»Nein«, sage ich. »Wer hat gewonnen?« Sein Gesicht fällt wieder zusammen. Er weiß es nicht. Er kann sich nicht erinnern.

Mittagspause im Sozialhistorischen Museum. Ich sitze an der Kasse, während Jenny und Mike zusammen etwas essen gehen. Das machen sie in letzter

Zeit immer öfter. Also kann ich mich ganz allein um eine Gruppe von Grundschülern kümmern. Sie stellen tausend Fragen. Allmählich habe ich das Gefühl, dass die Schulen alles tun, um den Kindern die Freude am Lernen zu nehmen. Die Kinder in Oscars Alter sind alle total wissbegierig. Sie wollen unbedingt wissen, warum es Wale gibt und all so was. Warum die Sonne da steht, wo sie steht. Ganz zu schweigen davon, wer den Rasenmäher erfunden hat, was ich Ihnen natürlich beantworten kann.

Wenn sie elf sind, hebt noch ungefähr die Hälfte der Kinder die Hand, in der Hoffnung, sich einen Smiley-Sticker ans Sweatshirt hängen zu dürfen, während die andere Hälfte mit traditionellem Handwerk wie Joints-Bauen oder Beruhigungsmittel-Schnupfen beschäftigt ist. Mit sechzehn gibt es dann eine Elitetruppe von Mamis Lieblingen, die Dressurreiten und Oboe lernen, während die Mehrheit ihre Wut und ihre Langeweile herunterschluckt und davon träumt, an der Highschool Amok zu laufen. Einige von ihnen überfallen irgendwann alte Omis, die auf dem Postamt ihre Rente abholen.

Während ich so vor mich hin sinniere, hätte ich ihn fast übersehen. Aidan Jebb, der wie ein durchgeknallter Heiliger zwischen den neugierigen, fröhlichen Kindern dasteht und mich aus den arsenfarbenen Augen in seinem arsenfarbenen Gesicht anglotzt. Er riecht nach Ungeziefer. Ich glaube, ich kann ihn sogar schmecken. Auf jeden Fall spüre ich ein ranziges Brennen im Mund, so dass ich würgen muss.

Mein Magen verkrampft sich. Ich muss mich daran erinnern, Luft zu holen.

Ich reiße mich zusammen und komme langsam von meinem Barhocker hoch. Ich habe keinen Plan. Wahrscheinlich werde ich mich auf meinen Instinkt verlassen müssen. Auf einmal sagt eine Stimme: »Wie teuer sind die?« Ich blicke hinunter. Ein mondgesichtiges Mädchen – rundes Gesicht, runde Augen, runde Brille, ein Mund wie ein kleiner Reifen – hält mir einen unserer besonderen aufbügelbaren Sticker entgegen. »Kannst du haben«, sage ich, aber als ich wieder hochsehe, ist es zu spät, Aidan ist schon weg. Was bleibt, ist ein leichtes Frösteln und ein mattes Blubbern im Bauch.

Das Mädchen macht sich wieder bemerkbar. »Oh Mann, vielen, vielen Dank!«, sagt sie, als wäre sie einer von den Fünf Freunden oder so. Ihre Stimme klingt genauso rund wie ihre Brille. Und dann sagt sie: »Oje, geht es Ihnen nicht gut? Sie sehen aus, als hätten sie gerade an etwas ganz, ganz Schreckliches gedacht.«

»Ich frage mich, was er will«, sage ich, und irgendwie klingt das wohl merkwürdig, jedenfalls dreht sich das kleine Mädchen mit dem runden Gesicht um, läuft zu ihrer Lehrerin und verbringt den Rest ihres Besuchs Daumen nuckelnd an ihrer Hand. Ich verbringe den Rest des Tages in blutrünstigen Fantasien und bin so wenig zu gebrauchen, dass Mike mich geradezu anfleht, nach Hause zu gehen.

Es musste ja irgendwann passieren. Ich werde im Norden angegriffen. Irgendein neidischer Scheißer, der angepisst ist von seinem Leben als Callcentertrottel im Zentrum von Lahore oder wo auch immer, will ein Stück von meinem *Empire*-Kuchen. Na gut, soll er ruhig, ich bin bereit. Ich habe eine flexible Verteidigung aufgebaut. Und Reservetruppen in der Hinterhand. Meine besten Generäle, meine fanatischsten, loyalsten Soldaten, sie alle lechzen nach Ehre und Ruhm und sind bereit, für ihren Führer zu sterben. Die Typen sind wie die SS, nur nicht ganz so feinfühlig. Weniger an Small Talk und Umgangsformen interessiert. Unsere Taktik heißt Shock and Awe. Wenn der Kerl hundert Bomben auf mich abwirft, werfe ich tausend auf ihn ab. Wenn er tausend wirft, werfe ich eine Million. Der kleine Slumdog wird diesen Tag verfluchen. Noch bevor die Woche zu Ende geht, fressen seine Leute Dreck, da kann er Gift drauf nehmen. Soll er doch kommen.

Mike trauert Lyndon nach. Er sagt nichts, aber er ist noch mürrischer und streitlustiger als sonst. Geradezu jähzornig. Er beschwert sich dauernd über alles, im Gegensatz zu vorher, als er sich nur meistens über vieles beschwerte. Er fängt wegen jeder Kleinigkeit Streit mit unseren Vorgesetzten an. Alle Angestellten erhalten eine E-Mail von der Geschäftsführung, mit der Bitte, in diesen finanziell schwierigen Zeiten doch bitte die angespannte Haushaltslage zu berücksichtigen. Vielleicht könnten wir, wenn wir ein Meeting haben, unsere eigenen Haferkekse mitbringen. Ich finde das lustig. Jen auch. Mike findet es nicht lustig. Er findet, das sei ein Skandal. Eine verdammte Frechheit.

»Der Kerl, der diese E-Mail geschrieben hat, verdient £90.000 im Jahr. Das ist ein ganz schöner Haufen Haferkekse. Die Kommunalsteuer ist in den letzten drei Jahren um elf Prozent gestiegen. Elf Prozent! Aber bei uns kommt die Müllabfuhr nur noch alle zwei Wochen. Das ist doch ein Witz.«

Und während er früher nur ein bisschen gejammert hätte, und wir hätten gelacht und das Ganze vergessen, muss er jetzt natürlich bei der Geschäftsführung anrufen und dem Herrn mal ordentlich die Meinung sagen. Jen macht sich Sorgen. »Die schmeißen ihn noch raus«, sagt sie. Da mache ich mir keine so großen Sorgen. Wer mit Mike redet, weiß, dass er es mit einem Mann zu tun hat, der seine Rechte kennt und es mit jedem Disziplinargericht aufnehmen kann. Nein, ich mache mir eher Sorgen, dass er sich einen Herzinfarkt zuzieht, einen Schlaganfall, eine Embolie. Irgendwas mit Herz-Kreislauf jedenfalls.

Am Tag nach der Kekse-Mail bekommen wir Besuch von der Kulturdezernentin. Das kommt selten vor. Normalerweise lässt man uns in Ruhe unseren Kram machen. Das haben wir wahrscheinlich Mikes frisch erwachter Streitlust zu verdanken, nehme ich an, und jetzt hat uns plötzlich jemand auf dem Schirm. Wir stehen auf einer To-do-Liste. Auf einem Geschäftsentwicklungsplan.

Anna Mabbutt ist eine lebhafte Fünfunddreißigjährige mit widerspenstiger Frisur, die ganz begeistert von unserem Museum zu sein scheint.

»Das ist ja toll hier«, sagt sie. »Wie ein wohlbehütetes kleines Geheimnis. Wir sollten definitiv mehr daraus machen. Was für eine Juwel.« Sie gratuliert uns, wie gut in Schuss alles sei. Ich führe sie herum, und sie schaudert vor Entzücken über die Wikingerhaut und schnappt nach Luft, als ich ihr die Geschichte von Mary und Joe Goddard erzähle. Sie ist begeistert von der Gruft und den Hexenjägerpuppen und fasziniert von unserem Rasenmäher. »Und ihr verkauft immer noch diese Aufbügelbilder!«, ruft sie, als wir unseren kleinen Souvenirshop besichtigen. »Die habe ich früher gesammelt. Dieses Museum ist wirklich ganz, ganz toll.«

Und sie schüttelt ihre freche, lockige Mähne und stippt ihren Haferkeks in den koffeinfreien Fair-Trade-Kaffee, den sie von uns bekommen hat.

Mike holt die Kekse raus, als ginge es um eine Opfergabe. »Die habe ich von zu Hause mitgebracht, wissen Sie«, sagt er. Aber Anna lässt sich nicht aus der Fassung bringen. Sie lacht nur wieder und sagt: »Habt ihr die E-Mail auch bekommen? Irrwitzig, oder?«

Und dann fragt sie plötzlich ganz geschäftsmäßig: »Wie viele Besucher habt ihr im Jahr? Grob geschätzt. Also so in Tausend.«

Wir sehen uns alle an, weil wir keine Ahnung haben, nicht mal annähernd, aber so viele werden es nicht sein. Nicht mal annähernd auch nur Tausend.

Anna sagt: »Kein Problem. Kann ich auch später im Büro nachsehen.« Und dann fängt sie wieder an, ein Loblied auf unseren »fantastischen kleinen Schatz« zu singen, der ja »ein solches Potenzial« habe. Wir sind alle überzeugt, dass ihre Begeisterung zu nichts Gutem führen wird.

Es ist Abend, und Oscar und ich chillen ein bisschen, wir gucken vor dem Schlafengehen noch ein bisschen *Fluch der Karibik*, als es plötzlich laut an der Wohnungstür klopft. Die Klingel ist seit Wochen kaputt, und wenn der Fernseher oder Musik läuft, müssen unsere Besucher relativ laut klopfen, um gehört zu werden, aber das hier ist wirklich zu heftig. Oscar sieht mich an, und ich lächele und sage: »Hey, mach dir keine Sorgen. Wenn wir lange genug warten, verschwinden sie von allein.«

Ich hab so eine Ahnung, wer das sein könnte. Ich hatte inzwischen British Gas am Telefon, Npower, den Bezirksrat, American Express und HSBC. Die Leute rufen aus Indien, aus Belfast und Gott weiß woher an, wegen ein paar unbezahlten Rechnungen in einem kleinen Kaff in Essex, Tausende von Meilen entfernt. Man darf solchen Leuten sowieso kein Geld geben. Das ist das Erste, was man auf dem Schulhof lernt. Wenn du den Größeren gleich am Anfang dein Brötchengeld gibst, wirst du dir nie selbst was kaufen können. Aber Oscar und ich, wir brauchen unsere Brötchen. Unsere kleinen Freuden.

Die Angelsachsen wussten das. Sie haben versucht, sich von den Wikingern loszukaufen, und mussten am

Ende ihre Haut an die Kirchentür nageln, damit sie sie in Ruhe ließen.

Zu wem auch immer der Geldeintreiber vor unserer Tür gehört, er hat sich Calvin Coolidges Rat zu Herzen genommen und bleibt beharrlich. Er klopft und klopft und klopft. Wie damals bei *Macbeth*. Und auch der Gasmann, oder wer immer das ist, wird hier niemanden aus dem Schlaf holen.

»Klopf Duncan aus dem Schlaf! O könntest du's«, flüstere ich, woraufhin mich Oscar ansieht, als sei ich verrückt. Kein Wunder. Bin ich wahrscheinlich auch ein bisschen.

»Wer ist Duncan?«, fragt er und sagt dann mit seiner Tapferer-Junge-Stimme: »Vielleicht sollten wir doch die Tür aufmachen, Billy.«

Aber das erledigt sich schon von selbst, denn im selben Moment höre ich das Geräusch von splitterndem Holz. Jetzt müssen wir uns doch etwas einfallen lassen.

»Nach oben, Oscar, sofort«, sage ich, er flitzt hoch, und ich jage runter in den Flur und komme gerade rechtzeitig, um mit anzusehen, wie die Tür mit einem Knall aufspringt und vor mir eine winzige Frau steht, schätzungsweise Mitte zwanzig, und mich hinter ihrer Schutzbrille anblinzelt.

»Was machen Sie da?«, fange ich an, und die junge Frau hält eine kleine Plastikhülle hoch.

»British Gas«, sagt sie. Sie macht ihre Sache gut, sie klingt tough und alles, aber mir ist natürlich klar, dass auch sie ihre Tapferes-Mädchen-Stimme aufgesetzt hat. »Wir haben Ihnen einen Brief geschickt. Diverse

Briefe.« Sie holt kurz Luft. »Ich muss Ihnen das Gas abstellen.«

Da wir sowieso beide schauspielern, setze ich meine wütende Ich-kenne-meine-Rechte-Stimme auf und sage: »Gar nichts werden Sie. Dafür brauchen Sie einen Gerichtsbeschluss. Also verpissen Sie sich, bevor ich die Polizei rufe. Einfach hier aufzutauchen und den Leuten Angst einzujagen. Da oben schläft ein kleines Kind, wissen Sie das?«

Das Mädchen schluckt. Ihr langer, weißer Hals bewegt sich wie eine seltsame Wolkenformation. Eine Art Rauchsignal.

»Ich habe eine richterliche Anordnung, Mr Smith. Wir haben sämtliche zumutbaren Möglichkeiten ausgeschöpft, um mit Ihnen in Kontakt zu treten. Und ich muss Sie darüber aufklären, dass, wenn Sie versuchen, mir den Zutritt zu verwehren, ich selbst die Polizei rufen werde.« Sie klingt nicht wirklich überzeugt davon. Eher ein bisschen kläglich. Ausgezeichnet. Wunderbar.

»Macht Ihnen Ihr Job etwa Spaß?«, frage ich und laufe an ihr vorbei die Einfahrt hinunter auf die Oaks Avenue. Ich spüre ihren Blick in meinem Rücken. Soweit ich es beurteilen kann, geht sie nicht ins Haus und fängt auch nicht an, Türgriffe abzuschrauben und Rohre anzusägen oder was diese Gangster sonst so tun.

Auf der Straße fange ich an zu schreien. Richtig rumzubrüllen.

»HIER IST EINE FRAU, DIE MIR DAS GAS ABSTELLEN WILL.« Das habe ich aus einem Merkblatt für Sozialhilfeempfänger gelernt, das wir im Museum liegen haben. Man muss an die Öffentlichkeit gehen und ordentlich Wirbel machen. Offenbar funktioniert das auch, jedenfalls höre ich hinter mir jemanden panisch angestolpert kommen.

»Das können Sie nicht machen«, zischt sie.

»WAS KANN ICH NICHT MACHEN, MISS?«, brülle ich. »DER WELT ERZÄHLEN, DASS DIE BEHÖRDEN MIR UND MEINEM SECHSJÄHRIGEN BRUDER DIE HEIZUNG ABSTELLEN WOLLEN UND WIR KEINE MÖGLICHKEIT MEHR HABEN ZU KOCHEN, UND DAS MITTEN IM WINTER, WO WEIHNACHTEN VOR DER TÜR STEHT?«

»Wir haben Ihnen geschrieben.« Sie ist auch ein bisschen lauter geworden, aber sie wird bei diesem Spiel den Kürzeren ziehen, und das weiß sie auch. Ich glaube kaum, dass sie in der Schule in der Theatergruppe war, wobei ich sie mir gut als Inspizientin vorstellen könnte, sie hat genau die nötige nervöse Dringlichkeit.

Wir sind in einer englischen Vorstadt, es gibt also keine Anzeichen dafür, dass irgendjemand uns gehört hat. Unser Publikum beschränkt sich auf blinde Hecken und schlafende Autos. In einer der härteren Wohngegenden hätten wir längst einen Lynchmob auf der Straße. Dazu wird es hier nicht kommen, aber das weiß sie nicht. Ich frage mich, ob Aidan Jebb uns gerade zusieht. Irgendwie habe ich das Gefühl. Der kleine Feigling. Ich werde noch lauter. Vielleicht kann ich ihn aufscheuchen.

»ICH KANN ES NICHT FASSEN«, lege ich wieder los, so laut, dass es mir regelrecht den Hals aufreißt.

»Schluss jetzt«, sagt sie. Sie sieht aus, als wollte sie noch etwas sagen, tut es aber nicht. Sie öffnet den Mund und schließt ihn wieder, wie ein großer dummer Fisch.

Inzwischen ist Oscar dazugekommen und klammert sich an mein Bein. Ich überlege, wie er wohl auf sie wirkt, und denke, wie zerbrechlich er aussieht, wie dünn, obwohl ich zufällig weiß, dass er zäh wie altes Schuhleder ist. Aber im Moment kommt uns das natürlich zugute. Die alte Oliver-Twist-Nummer. Nach einer Weile sagt sie: »Mr Smith, wenn Sie Schwierigkeiten haben, Ihre Rechnung zu bezahlen, kann ich Ihnen die Nummer unserer Hotline geben, dort wird man Ihnen Lösungsvorschläge anbieten. Die Nummer ist kostenlos, Sie werden also keine …« Sie hält wieder inne. Ihre Stimme klingt matt und unsicher, das tapfere Mädchen ist verschwunden. Sie geht in die Hocke, um auf einer Ebene mit Oscar zu sein.

»Wie heißt du?«, flüstert sie, aber Oscar klammert sich nur noch stärker an mein Bein. Mit einem Seufzer kommt sie wieder hoch. »Mr Smith«, setzt sie erneut an, wird aber von lautem Geschrei unterbrochen. Diesmal aber nicht von mir.

»He! Hallo!« Es ist Mr Khan von nebenan, der mit dem Scheckbuch in der Hand angelaufen kommt. Er ist außer Atem. »Wie viel schulden sie Ihnen?«

»Mr Khan, bitte. Das ist wirklich nicht nötig.«

»Papperlapapp, Billy.« Er klingt entschlossen.

»Nein, wirklich. Ich rufe da an und kläre das.«

Er sieht mich nicht an und hält den Blick auf das Gasmädchen gerichtet. »Wie viel?«

Das Gasmädchen wird verlegen. »Äh, £457,39 für Gas und Strom«, sagt sie schließlich.

»Ich stelle Ihnen einen Scheck über £550 aus«, sagt er. »Dann sind sie im Plus.«

»Ich darf keine Schecks annehmen«, erklärt das Gasmädchen traurig. »Ich hätte allerdings ein Kartenlesegerät im Wagen.«

»Okay«, sagt Mr Khan, und sie laufen zu ihrem kleinen rosa Lieferwagen, der ungefähr zwanzig Meter weiter parkt, jedenfalls außer Sichtweite, falls ich aus dem Fenster gesehen hätte, als das Klopfen losging. Eine leicht durchschaubare Taktik, um Hauseigentümer zu überrumpeln. Das hat sie bei irgendeiner Schulung gelernt. Diese Schweine arbeiten mit den miesesten Tricks.

Ich weiß nicht, ob ich hinterhergehen oder bleiben soll, wo ich bin, letzten Endes entscheide ich mich dafür, Oscar zurück ins Haus und ins Bett zu bringen. Ich frage mich, was ich wegen der kaputten Tür machen soll. So ein Schlüsseldienst kostet ein Vermögen, oder?

Mr Khan ist zurück.

»Danke, Mann«, sage ich. »Wäre aber echt nicht nötig gewesen.«

Er winkt ab. »Ich habe außerdem den Schlüsseldienst angerufen. Ich habe gesagt, dass es ein Notfall ist, aber er meint, er könnte trotzdem erst morgen kommen.« Das ist bei Weitem der längste Satz, den Mr Khan je an mich gerichtet hat. Ein einsamer Weltrekord. Er schüttelt den Kopf, als mache es ihn traurig, in einem Land zu leben, in dem ein Schlüsseldienst ganze zwölf Stunden lang die Arbeit niederlegt.

»Und Billy?«

»Ja, Mr Khan?«

»Umar, bitte. Billy, deine Mutter war …« Er bricht ab. Fängt noch mal an. »Sie war …« Er bricht wieder ab. Breitet die Arme aus, die Handflächen nach oben. Ihm fehlen die Worte. Ich muss ihm zu Hilfe kommen. »Ja, Mr Khan, das stimmt. Ganz und gar. Ich höre das oft.«

Er lächelt. Dann sagt er: »Versuch, dein Leben in den Griff zu bekommen, Billy. Oscar zuliebe.« Dann trottet er zurück zu Mrs Khan und seinem perfekten Rasen. Mein Leben in den Griff bekommen? Was meint er damit? Mir geht es gut. Uns geht es gut.

Der Typ, der am nächsten Morgen kommt, um die Tür zu reparieren, ist eine unerträglich gut gelaunte Stimmungskanone. Redselig. Neugierig. Freundlich. Er will wissen, wie ich über den Premierminister denke, über die Einwanderungsdebatte und insgesamt so über die Welt heutzutage. Und natürlich spart er auch nicht daran, mir seine eigenen Gedanken dazu mitzuteilen. Ich halte es nicht aus. Ich mache ihm einen Tee und erkläre ihm, dass ich mich für die Arbeit fertig machen muss. Als ich gehe, quatscht er Oscar voll. Der hat offenbar kein Problem damit. Beide nicht. Während ich sie fröhlich plaudern höre, werfe ich einen Blick in den Spiegel und überlege, ob ich mich rasieren soll. Der Bart ist schon wieder relativ dicht und juckt ein bisschen. Letztendlich lass ich ihn dran.

Als er fertig ist, höre ich, wie er ein paar Mal die Tür öffnet und wieder schließt, um Oscar zu zeigen, was für ein guter Handwerker er ist, und dann ruft er ein vergnügtes Wiedersehen die Treppe hoch.

Als ich runterkomme, sagt Oscar: »Das war ein netter Mann.«

Ich stimme ihm so energisch wie irgend möglich zu, also nicht allzu sehr, um ehrlich zu sein. Woraufhin Oscar sagt: »Das hat er mir dagelassen. Falls wir ihn noch mal brauchen.« Er hält mir eine Visitenkarte hin. Ich stecke sie ein. Erst später, als ich bei KFC in meiner Hosentasche nach Geld krame, hole ich sie raus und werfe einen Blick drauf.

Es ist ein ganz gewöhnliches dünnes Kärtchen. Times New Roman in 12 Punkt schwarz auf weiß. Nichts Ausgefallenes. Kein Schnickschnack. Nur eine Telefonnummer und der Name seiner Firma. *Total Security Solutions*.

Der fröhliche Schlüsseldienstmensch arbeitet für Dean. Dean ist Kleinunternehmer. Einer mehr, der sich in den Untiefen des Dienstleistungssektors tummelt. Ich muss lachen. Und ich dachte, er sei groß ins Armumdreh- und Beinbrechgeschäft eingestiegen.

Es gibt keine Zweifel mehr. Aidan Jebb ist nicht in London. Er ist hier in Southwood, und er verfolgt mich. Ich sehe ihn ständig überall, immer am Rande meines Gesichtsfeldes. Fast, aber eben nicht ganz außer Sichtweite. Jetzt bin ich sicher, dass er es ist. Ich bilde mir das nicht ein.

Wenn ich aus dem Museum komme, lungert er vor Primark oder Next herum, oder vor dem blöden H&M.

Wenn ich mit Oscar in den Park gehe, steht er bei der kleinen Bühne oder beim Café. Oder er wartet in der Oaks Avenue und beobachtet uns.

Er trägt immer dieselben Klamotten. Die, die er auch auf dem Klo im Indoorspielplatz anhatte. Und er hält immer den Kopf nach vorn gebeugt und starrt auf den Boden. Wenn er merkt, dass ich ihn ansehe – dass ich auf ihn aufmerksam geworden bin –, richtet er sich auf und schwirrt ab. Er scheint es nicht eilig zu haben, aber schnell ist er trotzdem. Eben ist er noch hier, und im nächsten Moment ist er weg, bevor ich die Bullen oder irgendjemanden holen kann.

Ich rufe bei der Polizei an und erzähle ihnen von meinem Stalker. Sie schicken mir einen Beamten vorbei.

Der Mann ist ehrlich gesagt ziemlich plump. Polizeiwachtmeister Harding. Korpulent und langsam. Ich kann mir vorstellen, wie er in der Schule war. Ein unauffälliges Kind, nicht allzu clever, das sich durch die Lehrbücher arbeitet, seine Hausaufgaben macht und immer tut, was man ihm sagt. Gewissenhaft, aber dumm. Gut zu gebrauchen als Verteidiger in der Schulfußballmannschaft. Einer, an dem man nicht vorbeikommt und der den Ball schön weit nach vorne schießen kann. Der überall eine Drei bekommt, und alle sind zufrieden. Wahrscheinlich hat er einen Schrebergarten.

Er notiert sich alles, was ich zu erzählen habe, und sagt dann: »Vielen Dank für die Informationen, Billy. Ich werde sie in unsere Akten aufnehmen.« Wieso nennst du mich Billy? Warum nicht Mr Smith? Das frage ich mich.

Dann fängt er an herumzudrucksen. »Ich muss allerdings sagen, all unsere Informationen deuten darauf hin, dass Mr Jebb sich nicht mehr in Southwood aufhält, sondern sich wahrscheinlich in eines der großen Ballungsgebiete abgesetzt hat, oder sogar ins Ausland.« Ach so, aber *Jebb* ist ein Mr, denke ich.

»Ich sagte doch, dass er mich verfolgt. Manchmal steht er nachts draußen auf der Straße. Er belästigt mich.«

»Du hast dich doch schon mal geirrt, nicht wahr, Billy?«

»Er ist es.«

Polizeiwachtmeister Harding seufzt. Herrgott, wie viele Seufzer kann ein Kind ertragen?

»Hat er dich denn angesprochen? Ich meine abgesehen von dem Mal im Indoorspielplatz?«

»Das nicht. Hab ich doch gesagt. Er steht nur da und starrt zu mir rüber.«

Polizeiwachtmeister Harding nickt und steckt sein Notizbuch weg. »Wir halten die Augen offen, und ruf uns an, wenn er noch mal auftaucht.« Er sieht sich im Wohnzimmer um. »Pass auf dich auf, Billy«, sagt er.

Mike kommt von einem Telefonat mit Anna Mabbutt. Er ist alles andere als begeistert. »Wir sollen ein Event ausrichten«, berichtet er. Mike mag keine Events. Sie stören unsere kleine Idylle. »Ein junger deutscher Künstler. Arbeitet mit der Ikonografie englischer Dorfkirchen. Nicht, dass man das erkennen würde, zumal seine Arbeiten rein abstrakt sind.« Jen und ich tauschen ein Lächeln aus, weil Mike das Wort Ikonografie so locker ausspricht.

Wie sich herausstellt, hat Hartmut Muhl eine Ausstellung im Rathaus, und Anna Mabbutt möchte, dass er im Sozialhistorischen Museum einen Vortrag hält.

Mike macht ein mürrisches Gesicht. »Sie will uns stärker ins Licht der Öffentlichkeit rücken. Sie will, dass wir das Beste aus uns machen. Die Leute sollen wissen, dass wir ihre Edutainment-Bedürfnisse erfüllen.«

Das ist natürlich totaler Quatsch. Niemand arbeitet in einem Museum, weil er ins Licht der Öffentlichkeit will. Niemand ist interessiert, das Beste aus sich zu machen. Ein lächerlicher Gedanke. Und wer bitte hat Edutainment-Bedürfnisse?

In der Woche vor der Anhörung vor dem Familiengericht ruft Toni an, um etwas klarzustellen. »Es geht nicht nur um Oscar, Billy. Es geht auch darum, dass ich dir helfen will. Ich verstehe nicht, warum du dich so verhältst.«

»Ich verhalte mich überhaupt nicht.«

»Hör zu, Billy. Im September gehst du zur Uni.

Das ist noch neun Monate hin. Du wirst Oscar ja nicht mitnehmen, oder? Hast du da schon mal drüber nachgedacht?«

»Warum kann Oscar nicht mit nach Brighton?«

»Ich bitte dich, Billy.«

»Er kommt mit nach Brighton. Auf jeden Fall.« Und plötzlich sehe ich uns auf Rollerskates am Hafen. An den Spielautomaten am Pier. Mit dem Mountainboard in den South Downs. Das wird bestimmt toll. Die Studenten werden ihn lieben.

»Was ist mit der Schule? Wo wollt ihr wohnen?«

»Soweit ich weiß, gibt es in Brighton sowohl Schulen als auch Wohnhäuser.«

»Du weißt, was ich meine.«

»Ich bin mir nicht sicher, Toni. Was meinst du?« Ich höre, wie sie Luft holt. Ich stelle mir vor, wie sie zu Dean rübersieht und den Kopf schüttelt. Wahrscheinlich massiert er ihr gerade die Füße oder irgend so was Widerliches. *Er stellt sich quer. Er macht Schwierigkeiten.*

»Du kannst Oscar doch immer noch sehen«, sagt sie schließlich. »Wann immer du willst. Niemand will ihn dir wegnehmen. Er braucht nur ein Zuhause, wo er saubere Sachen hat. Wo ihn jemand rechtzeitig zur Schule bringt. Dafür sorgt, dass er vernünftig isst. Ihn zu einer anständigen Uhrzeit ins Bett bringt. Ihm bei den Schularbeiten hilft. Jemand muss sich um ihn kümmern. Und um dich auch.«

»Warum ziehst du dann nicht zu uns?«

»Was?« Ich höre die Panik in ihrer Stimme.

»Das Haus ist frisch gestrichen. Ist toll geworden.

Du solltest dir mal angucken, was ich alles gemacht habe. Es ist sehr modern. Radicchio und Arsen. Du könntest Mums Zimmer haben. Wir könnten uns mit dem Abendessen abwechseln. Du hättest genug Platz zum Arbeiten. Und die Rechnungen würden wir uns teilen.«

»Billy, ich muss dir etwas sagen. Ich bin mit Dean zusammen.«

Ich bleibe ganz ruhig. »Hat er ihn schon reingesteckt?«

»Sei nicht geschmacklos.«

»Ich bin nicht geschmacklos. Ich vögele nicht mit dem verrückten Exfreund meiner Schwester. Dem Vater meines Neffen. Hat er ihn schon reingesteckt?«

Aber ich glaube nicht, dass sie noch mitbekommen hat, dass ich die Frage wiederholt habe. Das Telefon brummt nur noch. Ich wähle 14713 und rufe sie zurück.

»Ich hab neulich Frankie getroffen«, sage ich, bevor sie wieder auflegen kann. »Ihm scheint es nicht gut zu gehen.«

»Du hast Frankie nie gemocht.«

»Jetzt schon. Wo ich weiß, was er durchmacht.«

»Warum musst du dauernd Streit anfangen, Billy? Du warst immer so ein netter Junge.«

»Wir sehen uns vor Gericht, Toni«, sage ich.

Steve Mantel kommt ins Museum. So besoffen habe ich ihn noch nie erlebt. Er torkelt und tänzelt trunken durchs ganze Haus. Den alten Walzer der Betrunkenen, eins zwei drei. Zwei wilde Schlenker nach vorn gefolgt von einem schwankenden zurück, bis man denkt, der Tänzer müsse jeden Augenblick auf dem Arsch landen, aber irgendwie reißt er sich doch noch mal nach vorn, und das Ganze geht vor vorne los. Exzellentes Edutainment, aber Mike hat ganz klare Ansichten, wenn es darum geht, dass jemand sich im Museum übergeben könnte, also packt er ihn am Arm, und ich, wie üblich, packe ihn am anderen.

Mantel leistet pro forma ein bisschen Widerstand, aber nicht sehr überzeugend. Er führt sich auf wie ein großes, tollpatschiges Kind. Seine Knochen fühlen sich so leicht und zerbrechlich an wie Oscars.

Während wir ihn zur Tür bringen, dreht er sich zu mir um und sieht mich grimmig an. »Ich hab acht Jahre Klavier gespielt«, faucht er. Und als er in den endlosen Nieselregen hinaustaumelt, flüstert er es noch mal, und ich höre einen uralten Schmerz in seiner Stimme.

»Ich hab acht Jahre Klavier gespielt.«

Später sage ich zu Mike: »Stimmt das?«

»Was?«, fragt er.

»Steve Mantel. Hat er acht Jahre Klavier gespielt?«

»Ich kann mich nicht daran erinnern, dass er jemals gelogen hätte«, erwidert er.

Ich gehe gerade mit Oscar seinen Text durch, als Lucy vorbeikommt. Nicht den für *Der griesgrämige Schneemann* – den hat er eigentlich drauf –, sondern das, was er vor Gericht sagen soll. Wir denken uns quasi eine richtige Nummer aus. Ich bin stolz darauf, und er ist ein Naturtalent.

Lucy hat sich total aufgebrezelt. Diesmal wieder ganz in Schwarz und Weiß. Sie sieht aus wie ein Star. Sie leuchtet.

»Mädelsabend. Ich dachte, ich schau vorher mal bei euch rein.«

»Bettgehzeit«, sage ich zu Oscar.

Er zieht einen Schmollmund und runzelt die Stirn. Er sieht aus wie ein missmutiger alter Mann.

Lucy spielt ein wildes Mantel- und Degenspiel mit Oscar und macht ihn danach bettfertig. Sie putzt ihm die Zähne, liest ihm vor und erzählt ihm etwas über Nomadenstämme in der Kalahari. Er erklärt ihr den Wäschetrockner, und während sie das mit ihm macht, räume ich auf. Dann kommt sie wieder runter und wir sehen ein bisschen fern, reden ein bisschen – was in letzter Zeit so los war und so –, rauchen einen Joint und trinken Wein. Als wir die erste Flasche geleert haben, gehe ich los, um eine neue zu holen, aber als ich wieder ins Wohnzimmer komme, steht sie auf und zieht sich ihre Jacke an.

»Ich muss gehen«, sagt sie. »Die anderen warten schon auf mich.« Ich will sie anflehen zu bleiben, aber sie lässt mich gar nicht erst zu Wort kommen. »Nicht, Billy«, sagt sie. »Lass es.« Und dann beugt sie sich vor und küsst mich und streichelt mir übers Gesicht. »Ich mach dir einen Vorschlag«, sagt sie. »Was hältst du davon, wenn ich dich noch mal rasiere? Wäre das okay für dich?«

Ich sage, ja, das wäre okay, und als mein Gesicht glatt und nackt ist, sage ich, dass ich jedes Mal an sie denken würde, wenn ich mich rasiere. Ob ich wollte oder nicht. Von jetzt an würde ich mich bis ans Ende meines Lebens darauf freuen, mich zu rasieren. Lucy lacht.

»Du Idiot«, sagt sie. Dann küsst sie mich noch mal. Und geht.

11

Ich habe einen Energieschub und nehme mir einen Tag frei, um die Formulare für die Steuerbefreiung auszufüllen und diverse Zuschüsse zu beantragen. Sie bloß aus der Küchenschublade zu kramen, wo ich sie reingestopft hatte, fühlt sich schon an wie ein Triumph. Siehst du, sage ich mir, ist doch gar nicht so schlimm. Als ich los muss, um Oscar abzuholen, habe ich gerade mal die erste Seite ausgefüllt. Diese Formulare saugen einen aus. Ich bin nicht dumm, aber wenn ich davorsitze, komme ich mir so vor. Wenn ich das alles lese, bekomme ich Kopfschmerzen. Ich hab seit einer Ewigkeit nichts gelesen, das komplizierter als *Leben! Tod! Kreuzworträtsel!* gewesen wäre.

Ich beantworte die erste Frage und gehe danach spazieren. Nachdem ich bei Punkt zwei einen Fehler gemacht habe, lese ich ein paar Zeitschriften. Als ich endlich Punkt drei abgehakt habe, mache ich sauber. Das ganze Haus, von oben bis unten, einschließlich Mums Schlaf- und Arbeitszimmer. So verzweifelt bin ich.

Wir haben Mums Räume nicht mitrenoviert. Lucy wollte, aber ich habe sie nicht gelassen. Jetzt frage ich mich, warum. Es sind doch nur ein paar Räume. Und ich fühle mich nicht mal besonders mit ihnen verbunden. Eigentlich sehen sie gar nicht aus wie normale Räume. Ich könnte kleine eingeschweißte Schildchen im Flur aufhängen, auf denen

Schlafzimmer meiner Mutter und *Arbeitszimmer meiner* Mutter steht, dann wäre klar, was sie sind: Ausstellungsstücke.

Ich habe einen Flashback: Deans Sachen vorne auf dem Rasen. Es schaudert mich. Ihr Tod hat Mum in meiner Erinnerung zu einer Art Performancekünstlerin werden lassen. Alles, was sie getan hat, ist plötzlich mit Bedeutung aufgeladen. Ihr Leben besteht aus einer Reihe von Konzepten. Wenn ich versuche, mich an sie als Mensch zu erinnern, fallen mir nur Gesten ein. Haltungen. Szenenbilder. Dialoge. Konzepte. Installationen.

Im Schlafzimmer ziehe ich die Bettwäsche ab. Sie riecht immer noch nach Mum. Nach Chanel und nach Schlaf. Was Parfüm betraf, war Mum konservativ. »Wenn es gut genug für Marilyn war, ist es auch gut genug für mich.« Wieder so ein Spruch.

Anders als Marilyn trug Mum allerdings nicht nur Chanel im Bett. Unter dem Kissen liegt ihr Lieblingspyjama. Ein abgerissener Paisley-Männerpyjama, der ihr viel zu groß war. Als Kind störte mich das, so wie einen alles stört, was man an den eigenen Eltern komisch findet.

»Kauf dir doch mal ein Nachthemd, Mum«, sagte ich zu ihr. »Etwas Normales.«

Sie hatte auch noch andere Sachen, die sie zum Schlafen anzog, aber von dem Paisley-Pyjama hat sie sich nie getrennt.

»Das ist ein Geschenk«, meinte sie. »Von jemand Besonderem.«

Ich widme mich kurz der nächsten Frage und

lege die Formulare dann zurück in die Schublade. Auf einen Tag mehr oder weniger kommt es jetzt auch nicht an.

Bis es Zeit ist, Oscar abzuholen, sehe ich mir auf Channel 4 *In Which We Serve* an. Ein alter Schwarz-Weiß-Film über den Zusammenhalt einer Arbeiterfamilie im Krieg. Ich wünsche mir die ganze Zeit, dass die Hauptfiguren sterben. Manche tun es auch, aber eben nur manche, und wenn, dann leise und so, dass man es nicht sieht.

Curtis Highes wird verhaftet. Wegen Waffenbesitz. Eines Mittwochs starrt mich sein eingefallenes Comic-Gesicht aus der *Gazette* an. Ich würde ihn überall erkennen. Und die Waffe erkenne ich auch. Sie sieht genauso aus wie die Pistole von Captain Terence Mayhew MC, der 1917 bei der Dritten Flandernschlacht in Ypern fiel, und die sein Enkel Philip Mayhew 1995 dem Sozialhistorischen Museum geschenkt hat.

Als ich am Donnerstag zur Arbeit komme, kontrolliere ich erst mal den Schaukasten mit dem kleinen Schild *Southwood und der Erste Weltkrieg*, und natürlich fehlt ein sechsschüssiger Smith & Wesson-Revolver. Zusammen mit ihm ist auch das kleine Kärtchen verschwunden, von dem wir alles über Captain Mayhews kurze, aber ruhmreiche Karriere erfahren konnten. Lyndon. Es kann nur Lyndon gewesen sein.

Ich sage es Mike, und es scheint, als wäre nach dieser Gaunerei sein Glaube an die Menschheit endlich gebrochen. Dreißig Jahre bei der Met Police, und am Ende ist es ein kleiner Praktikant, der ihm die Augen öffnet und ihm zeigt, dass die Menschen schlecht sind. Er wird erst weiß und dann rot. Einen Moment lang habe ich das Gefühl, er könnte umkippen. Er sieht aus, als bekäme er gleich einen Herzinfarkt. Er setzt sich schwerfällig hinter seinen Schreibtisch.

»Das kleine Aas«, sagt er wieder und wieder. »Dieser kleine Scheißkerl.«

Natürlich hatte ich gehofft, Mikes Sympathie für Lyndon zu untergraben. Ja, das war unter anderem mein Ziel, als ich ihm davon erzählt habe. Aber jetzt fühle ich mich beschissen. Ist es denn wirklich so schlimm?

»Hey, Mike«, sage ich. »Der Revolver war uralt. Uralt und kaputt. Er hätte sowieso nicht damit schießen können, selbst wenn er irgendwo Munition dafür aufgetrieben hätte.«

Das beruhigt Mike nicht, er steht noch unter Schock. »Ich habe ihm vertraut. Dieses kleine Aas. Ich habe ihm vertraut.«

»Das ist das Problem, Mike. Du kannst niemandem trauen.« Aber er hört mir nicht zu. Natürlich nicht. Es bricht ihm das Herz.

Mein Handy klingelt. Es ist Nachmittag, ich bin immer noch im Museum und habe Kopfschmerzen.

»Er ist tot, Billy. Er ist tot.« Es ist Alfie.

»Jetzt mal langsam, Mann. Wer ist tot?«

»Alfie Campbell. Der andere Alfie, der mit mir im

Krankenhaus lag.« Dann verfällt er in ein unidentifizierbares Geschnodder, das klingt, als wäre seine Zunge zu groß für seinen Mund, als weigerten sich die Worte, Gestalt anzunehmen. Er schluckt und seufzt. Ich bin so erleichtert, dass ich fast lachen muss.

»Billy?«

Ich weiß nicht, was ich sagen soll.

»Das ist traurig, Alf, aber er war vierundneunzig.« Vierundneunzig. Mein Mund fühlt sich ganz alt an, allein von dem Wort. Alfie legt auf. Ich verstehe nicht, warum er so aufgebracht ist. Mr Campbell hatte ein ausgefülltes Leben. Er hat *an den Stränden gegen die Deutschen* gekämpft. Hat *seine Sorgen in seinen alten Seesack* gepackt. Hatte eine Affäre mit einer *Mademoiselle aus Armentières*, hat mit der zukünftigen Mrs Campbell die *Bluebirds über den Kreidefelsen von Dover* fliegen gesehen. Er hat seine Kinder aufwachsen sehen. Er hat seine Enkel aufwachsen sehen. Mann, selbst seine Urenkel sind keine Babys mehr. Und man hat ihm Respekt und Verehrung entgegengebracht. Das alles sind Vermutungen, aber eins ist sicher, Alfie Campbell hat seine Chance gehabt. Wer weiß, ob sein Leben gut oder schlecht verlaufen ist, aber er hat es gelebt und wahrscheinlich sogar noch mehr als das.

Ich muss an die Leute denken, die den Krieg durchgemacht haben, und frage mich, was ist, wenn sich der allerletzte Veteran als uneinsichtiger Nazi entpuppt. Was ist, wenn er Aufseher im Konzentrationslager war? Was, wenn sich herausstellt, dass der allerletzte Überlebende, der letzte unbestrittene Gewinner des Krieges, ein jüdisches Baby erschossen hat, um es im Schnee verbluten zu sehen?

Was, wenn sich der letzte Vietnamveteran als der Mann entpuppt, der die Kinder in My Lai erschoss? Kriegt er trotzdem seine Parade in Motherfuck, Nebraska, wird sein Sarg mit dem Sternenbanner behängt sein? Wahrscheinlich.

Anna Mabbutt ruft an und fragt nach mir. Mike reicht mir den Hörer und mustert mich misstrauisch. Anna will, dass ich die Lesung von diesem Künstler organisiere.

»Ich kann nicht«, sagt sie. »Ich hab meiner Familie versprochen, den Tag freizumachen. Du machst das bestimmt fantastisch.«

»Mike sollte das übernehmen«, protestiere ich. »Er ist unser Teamleiter.«

Anna lacht. Sie prustet regelrecht los. »Mike hat mir eindeutig zu verstehen gegeben, was er von moderner Kunst hält. Und was er von Deutschen hält. Ich bin nicht sicher, dass er den Mann besonders, äh, diplomatisch empfangen würde. Nein, das ist deine Aufgabe. Du kannst gut mit Menschen umgehen. Du hast eine freundliche, angenehme Art. Du machst das bestimmt fabelhaft.« Gleich muss ich weinen. Es ist verdammt lange her, dass mir jemand gesagt hat, ich sei gut in irgendetwas. Anna klingt jetzt ernster, vertrauensvoll. »Hör mal, Billy, die Museen hier müssen sich ein bisschen verändern. Sie müssen sich den Menschen öffnen. Sie müssen interessanter werden. Und ein Publikum zu haben, das frische Gesichter zu sehen und junge leidenschaftliche Stimmen zu hören bekommt, gehört dazu. Wir müssen die Marke Museum neu ausrichten. Und du kannst dabei helfen.«

Jetzt verstehe ich. Sie will, dass ich für das LOL sorge. Wieder mal typisch für die Alten, dass sie dem Mythos aufsitzen, alle jungen Menschen verströmten vom Scheitel bis zur Sohle eine funkelnde Lebendigkeit. Sie sollte öfter unter Leute gehen.

Sie sagt, alles, was ich tun müsse, sei, eine kleine Rede vorzubereiten, wie glücklich wir uns schätzten, diesen Hartmut Muhl in unserem bescheidenen Museum empfangen zu dürfen. Dafür sorgen, dass jeder ein Glas Wein hat, und nach einer Stunde alle wieder hinauskomplimentieren. Ganz einfach.

Der Tag der Anhörung. Oscar und ich in unseren Beerdigungsanzügen. Ehrlich gesagt hätte ich es lieber gesehen, wenn er etwas anderes angezogen hätte. Cordhose und den Pulli von Next, den Mum ihm gekauft hat, kurz bevor sie starb. Ein vernünftiger, gepflegter Junge aus der Mittelschicht. Aber als er mich in meinem Anzug sieht, will er dasselbe tragen, und ich gebe klein bei.

Wir frühstücken ausgiebig, Choco Krispies, Schinkentoast und so – Frühstück ist ja bekanntlich die wichtigste Mahlzeit –, üben noch eine Stunde und laufen dann zur Bushaltestelle. Unterwegs kaufe ich bei Spar eine Zeitung. Ich war noch nie beim Gericht, aber wenn es so ähnlich zugeht wie bei anderen Behörden, können wir uns auf eine längere Wartezeit gefasst machen. Nachdem ich ein paar *Leben!-Tod!-Kreuzworträtsel!*-Blätter ausgesucht habe, und eine *Times*, falls mir richtig langweilig wird, will Oscar unbedingt einen Chupa Chups. Ich könnte einfach Ja sagen. Würde ich normalerweise auch. Aber etwas an seinem Tonfall ärgert mich, und ich weiß auch nicht, ob es vor Gericht einen guten Eindruck macht, wenn Oscar morgens um 9:30 Uhr einen Lolli im Mund hat.

Er lässt nicht locker.

Als wir aus dem Laden kommen, legt er noch einen Gang zu. Mum hätte ihm einen gekauft, jammert er. Mum habe ihm jedes Mal einen Chupa Chups gekauft, wenn sie bei Spar waren. Das kann durchaus sein, zumal Mum so gut wie nie zu Spar ging, also konnte sie daraus ruhig ein kleines Ritual machen, ohne es allzu oft beherzigen zu müssen.

Als er damit nicht weiterkommt, ändert Oscar seine Taktik und argumentiert, Chupa Chups seien gesund. Sie hätten weder künstliche Geschmacksstoffe noch Konservierungsmittel. Aus seinem Mund klingt das, als werde Chupa Chups von der Lebensmittelbehörde empfohlen und sei ein potenzieller Ausweg aus dem weltweit desolaten Zustand der Kinderernährung. Er ist so fanatisch und drückt sich so absurd gut aus, dass ich lachen muss. Das bringt ihn nur noch mehr in Fahrt.

Oscar hat eigentlich nie einen Wutanfall. Jedenfalls nicht außerhalb der Schule. Nicht so wie ich. Ich war angeblich schlimm als Kind. Wenn ich meinen Willen nicht bekam, brüllte ich los und wälzte mich auf dem Boden. Als ich einmal Mum in der Innenstadt anschrie: »Du bringst mich um! Du bringst mich um!«, rief jemand die Polizei. Ich glaube, Mum hatte Glück, dass ich die beiden Motorradpolizisten, die kurz darauf *Terminator*-mäßig mit ihren Helmen und Lederklamotten erschienen, genauso anbrüllte, und sie zu genervt waren, um sich länger mit uns zu beschäftigen. Aber Oscar hat noch nie einen Wutanfall gehabt. Er kann quengelig, grantig und anhänglich sein. Er kann schmollen. Und offensichtlich kann er seine Mitschüler schwer verstören, wobei die lernen sollten, für sich selbst einzustehen IMHO. Wenn ich dabei bin, sieht Oscars Reaktion jedenfalls normalerweise so aus, dass er sich die Tränen verkneift und einfach weitermacht.

Seine Mutter ist tot. Er wird es verkraften, keinen Chupa Chups zu bekommen. Nur heute eben nicht, wie es scheint.

Eine heulende Sirene. Ein unmenschlicher Schrei, als würde jemand gefoltert. Ein anhaltender Schmerzenston, dass ich ihn am liebsten umbringen würde. Tue ich aber nicht. Ich ignoriere ihn einfach. Meine Schultern verkrampfen sich, und ich spüre, wie sich mein Magen zusammenzieht, aber ich schlucke alles runter.

»Nicht, Oscar. Nicht heute.«

Ich flüstere es, aber er ist sowieso zu keinem vernünftigen Gedanken mehr in der Lage. Ich glaube nicht, dass er mich gehört hat. Sein Gesicht ist vor Wut dunkelrot angelaufen, und plötzlich habe ich einen Flashback von seiner Geburt. Dem Moment, als wir alle dachten, er sei stillgeboren, wie man es manchmal auf Grabsteinen liest.

Als der Bus kommt, hört Oscar auf zu schreien und stürmt die Stufen hoch, während ich beim Fahrer bezahle.

»Kopf hoch, Junge«, sagt er. »Wird schon wieder.«

Ich folge Oscar nach oben und kann ihn erst nicht finden. Er sitzt eigentlich immer am liebsten ganz vorne und stellt sich vor, er sei der Fahrer. Da ist er aber nicht, obwohl die Plätze frei sind. Ich sehe mich um, eine alte Dame schenkt mir ihr Zahnfleischlächeln – sie sieht aus, als wäre sie ungefähr tausend Jahre alt, mit ihrem verschrumpelten, wie mit Tee eingefärbten Gesicht. Sie zeigt auf den Platz neben sich, wo Oscar sich zusammengerollt versteckt.

Der Sitz hinter ihr ist frei, ich lächle zurück und gehe durch den Gang, der Bus setzt sich schaukelnd in Bewegung. Als ich an Oscar vorbeikomme, springt er auf und will nach vorne sausen. Ich packe ihn am Arm. Er schlägt wie wild mit der freien Hand auf mich ein.

»Ich will nicht neben dir sitzen!«

Ich erkläre ihm ganz vernünftig, dass es mir egal ist, wo er sitzt, solange ich ihn sehen kann und er auf seinem Platz bleibt. Ich bin ganz ruhig und freundlich und erkläre ihm, dass er hinfliegt, wenn der Bus bremst oder anfährt und er nicht sitzt.

Ich komme mir vor wie eine Stewardess, die einen von Angst erfüllten und mit Erste-Klasse-Schampus abgefüllten B-Promi beruhigt. Ein Hilfspolizist, der einem Touristen mit Alzheimer den Weg erklärt. Ich bin geduldig. Ich bin gut gelaunt. Und das alles, während Oscar versucht, mit seiner geballten spitzen

Faust auf mich einzuschlagen und mich mit seinem Geschrei zu übertönen.

Immer noch ruhig und geduldig, beuge ich mich vor, hebe Oscar hoch und verfrachte ihn auf den freien Platz neben mir. Sein Geschrei schraubt sich in markerschütternde Höhen, er wirft sich hin und her und spuckt mich an, obwohl ich nicht sicher bin, ob es mit Absicht war.

Die Leute um uns herum sind natürlich äußerst pikiert. Das erkenne ich daran, dass sie alle stur nach vorne starren. Sie reden nicht mit ihren Nachbarn und sehen demonstrativ nicht zu uns hin. Nur die alte Dame dreht sich um und lächelt mir aufmunternd zu, bevor sie wieder nach vorn blickt. Gott sei Dank sind wir in England, wo die allgemeine Lebensmaxime lautet »Misch dich nicht ein«.

Die Anspannung in meinen Schultern tut jetzt körperlich weh, aber das merkt man mir nicht an, weil ich ohne Punkt und Komma beruhigend auf Oscar einrede. Das ist nicht unbedingt an ihn gerichtet, zumal er inzwischen völlig außer sich ist. Wie ein Feuersturm, der erst mal ausbrennen muss. Meine Aufgabe besteht darin, ihn festzuhalten, damit er sich nicht verletzt. Meine Worte sind zum einen ein Mantra, um mich zu beruhigen, und zum anderen dazu gedacht, die Leute zu besänftigen. Egal, was ich gerade zu Oscar sage, eigentlich ist die Botschaft an meine wahre Zuhörerschaft gerichtet, die anderen Fahrgäste. Keine Sorge, sage ich. Es ist alles in Ordnung. Wir kommen schon klar. Das geht gleich vorbei. Ihr könnt uns ruhig weiter ignorieren.

Mein Gott, bin ich vernünftig. Ich habe einen Orden verdient. Echt.

Nachdem wir uns drei oder vier Haltestellen weit durch das morgendliche Verkehrschaos gekämpft haben, merke ich, dass sich jemand drohend neben mir aufbaut. Er schnauft und keucht, als hätte er gerade ein Rennen hinter sich. Ich blicke hoch. Groß, dünn, rasierter Schädel. Eher jung, um die dreißig vielleicht, mit Laptop-Tasche und sportlich elegantem Sakko, das schon bessere Tage gesehen hat, offenbar also kein Skinheadschläger, wie man anhand seines Haarschnitts vermuten könnte. Er sieht eher nach mittellosem Schriftsteller oder trendigem Lehrer aus, oder – Gott behüte – Sozialarbeiter. Vielleicht ist er Hilfspfarrer. Bestimmt irgendwas Kreatives und/oder Soziales.

Er spricht mich an. Zuerst kriege ich nicht mit, was er sagt – Oscar brüllt und zappelt noch wie ein sterbender Fisch am Haken –, dann wiederholt er es, diesmal lauter.

»Lassen Sie das Kind los.«

»Was?« Ich kann nicht glauben, was ich gerade gehört habe. Ich war die Nettigkeit in Person.

Der Hilfspfarrer saugt die Luft ein. Ich kann zwar nichts hören, aber ich sehe, wie sein Zwerchfell sich anspannt. Er ist insgesamt sehr angespannt.

»Lassen Sie das Kind los!« Er erinnert mich an diese Retro-Spielzeuge, bei denen man an einer Schnur ziehen muss, und dann sagen sie denselben Satz immer wieder. *Mein erster Streetworker* oder so was. Er legt seine Hand auf meinen Arm, der allmählich wehtut, so wie sich Oscar dreht und windet.

Und dann verliere ich die Beherrschung.

Ich schiebe Oscar von meinem Schoß auf den Platz neben mir, stehe auf und hole aus. Die ersten Schläge gehen daneben. Ich höre meine Fäuste durch die Luft sausen. Und dann treffe ich ihn. Er hält die Hände hoch und versucht, seine dämliche Visage zu schützen, während ich seinen Kopf, Schultern und Unterarme bearbeite. Er hält den Kopf gesenkt und weicht langsam zurück, und als wir uns der Treppe nähern, bremst der Bus stotternd ab, und ich stolpere in ihn hinein. Für einen Moment sind unsere Gesichter nur einen Zentimeter voneinander entfernt. Nah genug, um uns zu küssen.

»Lassen Sie meine Familie in Ruhe«, keuche ich erschöpft.

Er bleibt ruhig, obwohl ihm ein dünner Faden Blut aus der Nase in seine vorlaute Klappe rinnt.

»Ihre Familie. Das ist ja wohl ein Witz.«

Ich trete zurück. Meine Wut ist verflogen. Als er die Treppe hinunterläuft, drehe ich mich um. Natürlich denken alle, ich sei nicht ganz dicht. Ich bin der sprichwörtliche Irre im Bus. Der Spinner, dem man aus dem Weg geht, dessen Blick man besser ausweicht, um sich keine einzufangen. Ich sehe Angst und Schrecken in jedem Gesicht. Außer in Oscars. Er ist endlich still und sieht mich verwundert an. Verwundert und ehrfürchtig. Mit anderen Worten, voller Liebe.

Ich zucke entschuldigend mit den Schultern, um ihnen klarzumachen, dass ich, na ja, eigentlich ein ganz vernünftiger, anständiger Typ bin, der einfach über die Maßen provoziert wurde. Vielleicht funktioniert das sogar. Bei ein paar Leuten zumindest. Als ich mich wieder auf meinen Platz setze, dreht sich die alte Dame mit dem Zahnfleischgrinsen um und sagt mit einer dünnen, aber schneidenden Sopranstimme: »Tja, geschieht ihm recht. Man mischt sich nicht in anderer Leute Erziehung ein.«

Ich antworte nicht. Ich kann nicht. Ich muss weinen.

Das Familiengericht sieht so aus, als solle es absichtlich möglichst wenig bedrohlich wirken. Von außen erinnert es an einen großen, eingeschossigen Altersruhesitz. Und auf dem Parkplatz überwiegt der Retro-Chic – ein Haufen nachgebauter Vintage-Klassiker. Was man heute so fährt. Käfer, Minis, Fiat 500 – auch dieses Gebiet ist fest in weiblicher Hand. Auch hier wird in erster Linie die emotionale Intelligenz getestet. Mir wird mulmig. Eines jedoch finde ich auffällig. Die Nachbauten sind alle viel größer und angeberischer als die alten Versionen. Einen Tick aggressiver. Ein echter alter Wagen war schmächtig und hatte nach 130.000 Kilometern ausgedient. Was man heute so fährt, wirkt bei all seiner Schnittigkeit viel männlicher und hält wahrscheinlich bis in alle Ewigkeit. Wir haben die Vergangenheit nach unseren Vorstellungen neu erschaffen, und zwar kälter, härter und tougher, als sie war.

Drinnen sieht es aus wie in einem modernen Hospiz. Überall Topfpflanzen und Wände in beruhigenden Grautönen. Arsen. Geometrisch abstrakte

Kunst. Rothko. Man kommt sich vor wie in einer Schweizer Euthanasieklinik.

Immerhin stellt das Familiengericht eine neutrale Zone dar, einen Ort, an dem Streitigkeiten geschlichtet werden sollen. Alles, was in *Leben! Tod! Kreuzworträtsel!* menschlich und lebendig ist, wird hier durch einen institutionellen Traum von nickenden Köpfen und leisem Gemurmel ersetzt. Lauwarme Gefechte, die mit raschelndem Papier anstatt mit Fäusten und Zähnen ausgetragen werden.

Wir sind früh dran, zum Glück, das bedeutet nämlich, dass ich mich noch ein bisschen in einem der Sessel im Wartezimmer entspannen kann. Oscar scheint es wieder gut zu gehen. Sein unerklärlicher Ausraster ist vergessen. Er hat ein paar Ritter mitgebracht und lässt sie die üblichen o-beinigen Handgemenge auf dem Sofatisch veranstalten.

Ich hab mir irgendeine Zeitschrift genommen. Ich weiß, ich hab selbst welche dabei, aber ich sehe mir immer erst mal lieber die an, die im Wartezimmer rumliegen. In diesem Fall ist es *Best Friend*. Klar. Familiengerichte sind natürlich der richtige Ort für Hundeliebhaber. Ich denke an die Teenagerväter mit ihren Kampfhunden, die hier auflaufen, und obwohl die Titelgeschichte von einer Frau handelt, die ihr Pitbullbaby so sehr liebt, dass sie es selbst stillt, kann ich mich nicht richtig konzentrieren. Die Sache im Bus hat mich total aufgewühlt. Und irgendwas daran lässt mir keine Ruhe. Es ist nicht nur wegen der Prügelei. Oder dass Oscar so ausgeflippt ist. Da ist noch etwas anderes. Meine Intuition sagt mir, dass hier etwas nicht stimmt.

Während wir herumsitzen und warten, kommt ein Mann mit einem Stapel Akten vorbei. Er sieht gut aus, wie ein Fernsehanwalt. Er grüßt lächelnd in den Raum, sein Lächeln erstarrt jedoch, als er Oscar und mich erblickt. Ich kann ihn nicht einordnen, aber Oscar spürt, dass die Atmosphäre im Raum plötzlich abkühlt, und sieht hoch.

»Billy, guck mal. Da ist Millies Dad. Hallo Mr James, wie geht's?«

Oscar scheint wirklich erfreut, ihn zu sehen. Nick lächelt ihm zu – offenbar können solche Leute einfach nicht anders – und kommt auf mich zu. Ich schließe die Augen. Mach nur, denke ich, tu so, als wäre ich an allem schuld. Bilde dir ein, das Ende deiner Ehe hätte mit mir zu tun und nicht mit deiner Untreue, deinem billigen Betrug, deinen schäbigen Lügen.

Was passiert?

Nichts passiert.

Als ich die Augen wieder öffne, ist Millies Dad weg und Oscar sieht mich böse an. Vielleicht habe ich es damit endgültig vergeigt. Diese Richter, diese Anwälte. Die müssen einfach zusammenhalten. Das ist Karma. Würde Mum denken. Ich ernte nur, was ich gesät habe.

Toni trägt ihren besten Lehrerinnen-Hosenanzug und fummelt an ihrer Handtasche herum. Sie hat abgenommen, die Jacke ist etwas zu groß. Sie wirkt nervös, angespannt. Ihre Haut ist fleckig. Gut so.

»Hallo Jungs«, sagt sie mit einem schiefen Lächeln.

»Hallo, Tante Antonia«, sagt Oscar und will sie

umarmen. Das habe ich kommen sehen und ihm vorsichtshalber eine Hand auf die Schulter gelegt. Als ich zudrücke, hält er inne und bleibt sitzen. »Wie geht's?«, sagt er stattdessen nur. Förmlich. Höflich. Kühl. Wie wir es geübt haben.

Mary und Joe Goddard bekamen einen kurzen Prozess. Mr Henry Bowker erklärte, Joe Goddard habe ihn mit einem vorgetäuschten Gelegenheitsdiebstahl eines Gegenstandes aus seinem Schaufenster abgelenkt – der Billigausgabe eines Unterhaltungsromans. Daraufhin habe er vorübergehend seine Geschäftsräume verlassen, um den Dieb zu verfolgen, der sich jedoch als zu flink für ihn erwies, und sei atemlos und untröstlich zurückgekehrt, als er plötzlich Mary Goddard mit mehreren gewichtigen Bänden in den Armen aus seinem Laden laufen sah. Eine zusammengerufene Menschenmenge hatte Mary schließlich in der Chapel Lane beim alten Schulhaus in die Enge getrieben. In ihrer Verzweiflung hatte Mary ihre Beute fallen gelassen, wobei die Bücher – teure, in Leder gebundene Ausgaben von großem wissenschaftlichem Wert – im Dreck landeten und beschädigt wurden.

Als Joe Goddard von der Festnahme seiner Schwester erfuhr, stellte er sich der Polizei. Mehrere Zeugen bestätigten den Tathergang, und weder Mary noch Joe bestritten ihn. Tatsächlich ist in den damaligen Berichten die Rede von einem unverfrorenen Schweigen, in das sich die beiden während der gesamten Verhandlung hüllten.

Mr Browker drängte darauf, ein Exempel an den Kindern zu statuieren, denen er unterstellte, den Überfall auf seinen Laden mit einer Gründlichkeit geplant zu haben, die auf eine tief verwurzelte Schlechtigkeit des Charakters schließen ließ.

Mary habe es auf Bücher von besonderem Wert abgesehen gehabt, was dafür sprach, dass dies kein spontaner Diebstahl war, der durch Hunger oder Not begründet gewesen sei. Mary müsse mehrere Tage lang seine Bestände begutachtet haben. Weiterhin argumentierte er, diverse andere ehrliche Händler seien auf ähnliche Weise ausgeraubt worden, und dass die beiden in der Stadt wohlbekannt seien als Unruhestifter, Vagabunden und Gelegenheitsdiebe. Eine Reihe von angesehenen Bürgern bestätigten diese Aussagen. Das Gericht vernahm außerdem, dass insbesondere Mary eine böse Zunge und ein hitziges Temperament habe, und außerdem trotz ihrer jungen Jahre bereits mehrfach ihre Unschuld verkauft habe. Zusammengenommen seien die beiden eine Art Geistesgeschwür dieser Stadt.

Der Richter, Sir Dalton Shields, hatte gefragt, ob jemand etwas zu ihrer Verteidigung vorzubringen habe, und war ganz offensichtlich bestürzt darüber, dass keiner der Bürger, wie fromm sie auch sein mochten, bereit war, die Taten dieser jungen Missetäter zu entschuldigen. In Anbetracht der Sünden und Verbrechen, die sie bereits begangen hatten, und ungeachtet ihres zarten Alters erklärte das Gericht die beiden für reif genug, Recht von Unrecht unterscheiden zu können, und warf ihnen vor, sich gegen ehrliche Arbeit und stattdessen für die Verlockungen eines unmoralischen Lebens entschieden zu haben. Diesen Kindern die Missachtung der Gesetze durchgehen zu lassen, greife die Gesellschaft in ihren Grundfesten an, daher werde er die schwerstmögliche Strafe verhängen. Er tue dies, sagte er, schweren Herzens und in der Hoffnung, Gott möge sich ihrer Seelen erbarmen. An dieser Stelle, so heißt es, seien gleich zwei Damen, die gerade erst gegen die Gefangenen ausgesagt hatten, in Ohnmacht gefallen. Mary Goddard und Joe jedenfalls schwiegen weiter. Mary ganz blass und still, während ihr Bruder rot anlief, sie offenbar Hilfe suchend ansah und dabei auf seiner zitternden Lippe kaute.

Als die Kinder durch den mucksmäuschenstillen Gerichtssaal abgeführt wurden, ordnete Richter Shields an, der Hauptmann der Chelmsforder Kavallerie möge das Urteil mit seinen Leuten vollstrecken. So sei gewährleistet, dass der Wille des Gesetzes ohne öffentlichen Aufruhr ausgeführt werden könne.

12

Unser Gerichtssaal könnte genauso gut irgendein Raum in jeder anderen Institution sein. Langer Tisch, Plastikstühle. Am Kopfende ein Flipchart, das noch von einem Arbeitsschutz-Seminar stammt, wie man an dem Diagramm erkennt, das jemand mit einem lila Edding auf das graue Recyclingpapier gemalt hat. Der Richter selbst wirkt ähnlich leger. Sportlich elegant. Cordjackett, hellblaues Hemd, oberster Knopf offen. Chinos. Gesundheitsschuhe. Wir sind auf jeden Fall overdressed, Oscar, Toni und ich. Zara und Penny sind auch da, sie sehen aus wie eifrige Oberschülerinnen mit ihren Mäppchen und Notizblöcken. Außerdem anwesend ist eine Justizangestellte, eine junge Frau in Jeans und einem Sweatshirt vom Middlesex University Ruderclub, die Oscar und mich anlächelt, als wir uns setzen. Mitleid? Sympathie? Ein gutes Zeichen? Oder ein schlechtes? Meine Fähigkeit, so etwas zu deuten, ist eingerostet, und es hat auch keinen Sinn, darüber zu spekulieren, ich tue es aber trotzdem und nehme es als gutes Zeichen. Als Mitarbeiterin des Gerichts wird sie schon wissen, woher der Wind weht, und immerhin lächelt sie.

Der Richter setzt ein mattes Lächeln auf, vermeidet aber sorgfältig, es an jemand Speziellen zu richten. Er macht eine lustige Bemerkung zum Wetter, räuspert sich und beginnt.

Das Gericht sei zusammengekommen, um in erster Linie darüber zu entscheiden, bei wem das Kind wohnen, und nicht, wer das Sorgerecht bekommen soll. Sicherlich stimmten ihm alle Parteien zu, dass das Wohl des Kindes, also Oscars – er hält kurz inne und lächelt ihn an – an erster Stelle stehe. Er nennt kurz die diversen Gesetze, in denen es um die Fürsorge und Betreuung von Minderjährigen geht, und legt seine Verhaltensregeln dar, die den modernen Regeln des Boxsports entsprechen. Er will, dass diese Veranstaltung ruhig, vernünftig und mit gegenseitigem Respekt abläuft.

Zara fängt an. Sie liest ihren Bericht vor, Wort für Wort, in langgezogenem, monotonem Geleier. Sie beschreibt die Bedenken des Jugendamtes hinsichtlich meiner Reife und meiner Fähigkeit, Oscars Bedürfnisse über meine eigenen zu stellen. Mein offensichtliches Desinteresse an der Zukunft, meine Unfähigkeit zu planen. Meine Weigerung, professionelle Hilfe anzunehmen oder auch nur in Betracht zu ziehen. Die Tatsache, dass Oscar ein chaotisches Leben ohne einen geregelten Tagesablauf zu führen scheint. Er esse seltsame Dinge zu unregelmäßigen Zeiten und dürfe sich spätabends Filme ansehen anstatt im Bett zu liegen und einen Opernführer für Kinder oder so was zu hören.

Ich weiß, dass Oscar zuhört. Es sieht vielleicht so aus, als bekäme er nichts mit, wenn er mit seinen krummbeinigen Rittern die Geschichten von König Artus nachspielt, aber mir macht er nichts vor. Er nimmt genau auf, wie sein großer Bruder schlechtgemacht wird. Ich erkenne das daran, wie sich seine Strichmännchenschultern unter der Anzugjacke versteifen. Wenn man ihn nicht kennt, fällt es nicht auf. Aber ich sehe es sofort, und ich frage mich, ob Toni es auch sieht.

Der Richter fragt, ob ich etwas dazu sagen möchte, und ich bin plötzlich so müde, dass ich mich kaum aufraffen kann. Der Berg scheint mir auf einmal unüberwindbar. Wozu also das Ganze?

Trotz allem habe ich das Gefühl, ihre Argumente ziemlich erfolgreich zu zerschlagen. Meine Zukunft ist fest geplant. Wir verkaufen das Haus, und dann gehen Oscar und ich nach Brighton, wo ich einen Studienplatz habe. Mit dem Abschluss in der Tasche suche ich mir einen Job, von dem ich Oscar und mich ernähren und in dem ich Karriere machen kann und so weiter und so fort. Während meiner Studienzeit schlagen wir uns mithilfe von Zuschüssen und Darlehen durch, so wie Tausende andere alleinerziehende Studierende auch. Ich habe Freunde, die mich unterstützen, und brauche auch keinen professionellen Beistand, weil diese Leute meiner Meinung nach hinterhältige Roboter sind, die seelischen Missbrauch selbst dann nicht erkennen, wenn man sie in einem fensterlosen Keller ankettet. Sinngemäß jedenfalls.

Zara und Penny tauschen Blicke aus und nicken sich zu, was so viel bedeutet wie *Siehst du, ich hab's ja gleich gesagt*. Toni kritzelt auf einem Schreibblock herum. Das Klick-Klack der Stenomaschine übertönt plötzlich alles. Es lief die ganze Zeit mit, aber es fällt mir jetzt erst auf. Und jetzt, wo es mir auffällt, kommt es mir ziemlich laut vor. Als würde jemand mit einem Maschinengewehr in den Raum feuern.

Penny ist dran und berichtet von ihrem Besuch bei Toni. Sie beschreibt Möbel, Teppiche, Beleuchtung und Atmosphäre, den gepflegten Garten. Gibt Rezepte wieder. Es klingt eher nach einer Lifestyle-Reportage als nach einem offiziellen Bericht.

»Ach kommt. Habt ihr auch über Schuhe geredet?«

Zu spät wird mir bewusst, dass ich das gerade laut gesagt habe. Aber ich könnte schwören, dass der Richter lächelt, und Penny wird feuerrot und zählt weiter St. Tonis zahlreiche Tugenden auf. Von denen die wichtigste ihr erklärter Wunsch zu sein scheint, zusammen mit dem Jugendamt eine langfristige Strategie für Oscars Entwicklung zu erarbeiten.

»Was ist mit Dean?«, frage ich. »Was ist mit ihrem gewalttätigen, stumpfsinnigen Freund?« Penny sieht den Richter an. Sie erwartet, dass er eingreift. Vielleicht denkt sie, es ist wie in der Schule, und ich werde hinausgeschickt, wenn ich den Unterricht störe. Der Richter starrt freundlich zurück. Penny rutscht auf ihrem Stuhl hin und her.

»Mr Dean Hessenthaler ist Ms Smiths derzeitiger Lebensgefährte.«

»Und ist er gewalttätig und stumpfsinnig?«

»Wir haben keinen Grund zu dieser Annahme. Er ist außerdem Oscars leiblicher Vater.«

»Hat er momentan Umgang mit ihm?«

»Soweit wir wissen, hat Billy Mr Hessenthaler den Umgang trotz mehrmaliger Bitte verwehrt.«

»Sie beide«, ich zeige auf Zara und Penny, »Sie dürfen mich gern Mr Smith nennen, wenn es Ihnen nichts ausmacht.«

Der Richter sieht mich an. Wahrscheinlich denkt er, er sei mitten in einer Episode von *Leben! Tod! Kreuzworträtsel!* gelandet. Dieses deprimierende Chaos macht ihn jetzt schon fertig. Geht mir genauso, Euer Ehren. Geht mir genauso.

»Haben Sie ihm den Umgang verwehrt, Mr Smith?« So wie er das Mr betont, klingt es sarkastisch, fast beleidigend.

»Ja«, sage ich.

»Warum das?«, fragt der Richter gelassen.

»Weil er ein Arschloch ist.«

»Ein, äh, Idiot zu sein ist noch keine Straftat, Mr Smith. Und es entbindet einen auch nicht von seinen Rechten und Pflichten als Vater. Haben Sie konkrete Gründe zu der Annahme, der Partner ihrer Tante – der Vater ihres Bruders – könne Oscar schaden?«

Viele Gründe. Keinen konkreten. Nur so ein Gefühl, dass es nicht richtig ist, fünf Jahre lang von der Bildfläche zu verschwinden und dann ins Leben deines Kindes hineinzuplatzen und sich als Held auszugeben. Nur so ein Gefühl, dass ein Typ, der einem Kind einen Fußball ins Gesicht ballert, nur weil es gelacht hat, im Zweifelsfall nichts Gutes verheißt. Nur so ein Gefühl, dass jemand, der etwas mit der Schwester seiner toten Exfreundin anfängt, nur um das Kind sehen zu dürfen, das er vor Jahren im Stich gelassen hat, irgendwie gefährlich ist. Aber das alles auszusprechen geht im Moment über meine Kräfte. Vor allem, weil ich jetzt weiß, was mich an dem Kerl im Bus gestört hat.

»Dean ist nicht zu trauen«, sage ich. »Er hat eine Persönlichkeitsstörung.« Der Richter macht sich Notizen.

Dann ist Toni an der Reihe. Sie sagt, ihre Schwester würde bestimmt wollen, dass sie das Sorgerecht für Oscar erhält, da sei sie sicher. Außerdem erklärt sie, sie sei bereit, uns beide aufzunehmen, sie habe das Gefühl, ich würde genauso von ihrer Unterstützung und ihrem Rat profitieren. Sie sei etwas zurückhaltend, was ihre Beziehung zu Dean beträfe, zumal sie sich noch in der Anfangsphase befänden, aber doch, sie glaube, dass man Oscar Gelegenheit geben müsse, seinen Vater kennenzulernen, und dass sie dies gern in einer sicheren Umgebung ermöglichen würde. Sie sagt, es täte ihr weh zu sehen, wie Oscar leide und wie tapfer er sei, so ein tapferer kleiner Kämpfer. Und dass sie sich Sorgen um meine geistige Gesundheit mache. *Meine* geistige Gesundheit.

In der Pause gibt es Tee, Saft und Kekse. Es herrscht angespanntes Schweigen. Nach ein oder zwei Minuten schnappt Toni sich einen der Ritter und fängt an, mit Oscar zu spielen. Ihr plumper Versuch, sich bei dem Richter einzuschleimen, bringt mich zum Lachen. Aber in der sterilen Atmosphäre des Familiengerichtes wirkt mein Lachen übertrieben und künstlich, sodass alle mich mit aufgerissenen Augen anstarren, also höre ich auf. Ich halte mich besser da raus. Ihre Masche ist so leicht zu durchschauen, dass der Richter bestimmt nicht darauf reinfallen wird. Ich schließe die Augen.

Der Spinner im Bus. Seine Stimme klang irgendwie abgehackt und ausländisch, und auch sein Outfit war komisch. »Mittelloser Schriftsteller«, war mein erster Gedanke gewesen. Aber jetzt denke ich eher »europäischer Künstler«. Ich denke »Hartmut Muhl«. Ich denke, ich habe gerade unseren Ehrengast zusammengeschlagen, den ich morgen Abend im Museum vorstellen soll.

Als es weitergeht, kann der Richter es kaum erwarten, dass Oscar zu Wort kommt. Ich bin wirklich stolz auf ihn. Mein Auftritt mag bisher schäbig gewesen sein, aber Oscar ist großartig. Er weiß seinen Text auswendig und wirkt dabei völlig natürlich. Seine Worte klingen, als habe er etwas zu sagen, und überhaupt nicht wie einstudiert. Er erzählt, was wir alles Tolles unternehmen, dass wir regelmäßig Junior Scrabble spielen, ich ihm Kinderbuchklassiker vorlese, wir im Park Fußball spielen, ins Schwimmbad fahren und Schlösser besichtigen. Wenn der Richter ihn etwas fragt, antwortet er höflich und flüssig. Ja, sagt er, er sehe häufig Filme, aber bei ihm sind es Pixar-Titel wie *Toy Story*, *WALL-E* und *Die Unglaublichen* und nicht *Der Soldat James Ryan* oder *The Road* – die er beide auch gesehen hat.

Der Richter lächelt, nickt und macht sich hin und wieder Notizen auf seinem gelben Block. Zara und Penny hören teilnahmslos zu, während Toni unruhig auf ihrem Stuhl herumrutscht und seufzt. Sie weiß, dass es nicht leicht für sie sein wird.

Ich hatte befürchtet, Oscars Zusammenbruch im Bus würde sich vor Gericht wiederholen, aber meine Sorge war umsonst. Oscar schlägt sich wie ein mit allen Wassern gewaschener Anwalt. Er erzählt von unseren abendlichen Ritualen. Badewanne, vorlesen, schlafen. Von den Rechtschreibübungen, die er macht, nachdem er seine Vollkornflakes gegessen hat. Er erzählt von seinen Freunden in der Schule und improvisiert sogar ein bisschen, indem er behauptet, ich würde ihn demnächst wieder samstags zum Judo bringen.

Der Richter nickt und lächelt die ganze Zeit. Und endlich entspanne ich mich ein bisschen und spüre, wie meine Schultern sich allmählich lockern.

Während der Richter sich eine Weile zurückzieht, um sein Urteil zu fällen, sitzen wir wieder im Wartezimmer und schweigen vor uns hin. Toni ist aufgewühlt und hibbelig. Zara kaut auf einem Fischbrötchen herum, und Penny sitzt da, den Kopf in die Hände gestützt, und denkt wahrscheinlich an den Schaden, den ihre Karriere durch diese Geschichte nehmen wird. Andererseits, vielleicht denkt sie auch gar nichts.

Ich bitte Toni, kurz auf Oscar zu achten. Sie sieht mich überrascht an, nickt aber, und ich gehe nach draußen, um Anna Mabbutt anzurufen. Ich frage sie, wie Hartmut Muhl aussieht. Ich kenne nur das eine, ziemlich schlechte Bild auf unserem Flyer. Ehrlich gesagt kann man darauf so gut wie nichts erkennen. Das hauseigene Repro-Team, was will man erwarten. Die Steuerzahler haben eben keine Lust mehr, für eine anständige Druckerei Geld auszugeben.

Sie antwortet: »Ach, weißt du, sehr deutsch. Groß. Blond. Guckt immer sehr streng.« Ich frage, ob es möglich .ist, dass er mit dem 7er-Bus gefahren ist. »Kann gut sein. Er wohnt in einem Bed & Breakfast in der Nähe vom Park.« Okay, das wäre geklärt. Er muss es gewesen sein.

»Ich kann das morgen nicht machen. Die Rede halten.«

»Warum nicht?« Sie klingt besorgt. Als würde sie denken, ich sei krank.

»Weil ich Herrn Muhl gerade mit der Faust ins Gesicht geschlagen habe. Mehrmals«, sage ich frei heraus, als wäre es ein Witz. Sie will die ganze Geschichte hören, und am Ende seufzt sie.

»Ich wette, er war es nicht, aber ich komme trotzdem. Ist sowieso besser. Ich wollte ohnehin nur mit den Kindern zum Indoorspielplatz. Keine große Sache.« Das sagt sie zwar, aber hinter ihrer professionellen Lockerheit spüre ich irgendwie, dass sie im Grunde ziemlich angepisst ist. Dass es doch eine große Sache ist.

Ich stelle mir vor, wie ihr Mann sich beschwert, dass sie ihren blöden Job zu ernst nimmt und nie zu Hause ist. Dass sie sich keine Zeit mehr für ihn und die Jungs nimmt und immer nur an ihre Arbeit, Arbeit, Arbeit denkt. Ich male mir aus, wie sie ihm verspricht, dass sie demnächst mit der Familie etwas ganz Besonderes unternehmen. Versprochen. Ehrenwort.

Wir warten über eine Stunde, bis die Justizangestellte uns wieder hereinruft. Sie lächelt nicht mehr.

Der Richter lässt die üblichen Floskeln ab, dies sei ein trauriger Fall, er hoffe, die Vernunft werde siegen und dass alle Parteien sich auf einen Kompromiss einigen. Er sei am meisten beeindruckt von Oscars Aussage gewesen, die ihm gezeigt habe, wie sehr er seinen Bruder liebe, müsse aber gleichzeitig den Bericht von Mrs Bingley berücksichtigen, die sich besorgt über seine stille, verschlossene Art geäußert habe und dass Oscar nicht den Freiraum habe, ein ganz normales, fröhliches Kind zu sein. Und so weiter.

Der Richter spricht Toni das Obhutsrecht zu mit der Auflage, dass ich Oscar jederzeit sehen darf, und der Aufforderung an das Jugendamt, die Situation zu beobachten. Das ist noch nicht alles, aber ich höre nicht mehr zu. Toni weint, Zara und Penny weinen ebenfalls. Oscar weint nicht. Er sieht mich nur stirnrunzelnd an. Vielleicht kann er es noch nicht ganz begreifen. Der Richter setzt eine Frist von drei Wochen an, innerhalb der die Übergabe erfolgen muss. Toni will über Termine reden, aber ich will nichts davon wissen.

Ich drehe ihr den Rücken zu und rufe ein Taxi. Wir fahren nicht noch mal mit dem Bus. Drei Wochen. Nur über meine Leiche.

Nachts wache ich hustend auf dem Sofa auf. Ich setze mich hin. Das Zimmer ist verraucht, es riecht nach Gras. Ich kneife die Augen zusammen. Irgendetwas stimmt nicht. Nichts stimmt. Meine Kopfhaut juckt. Ich schwitze. Meine Schultern sind wieder verspannt. Ich habe Bauchschmerzen. Ich fühle mich, als würde ich in einem endlosen Ozean treiben und alles Leid dieser Welt erfahren.

Und dann sehe ich ihn.

Der graue Lonsdale-Hoodie, die blaue Jogginghose, die fast, aber nicht ganz mit der Wand verschmelzen. Ganz still steht er da, wie ein Wachtposten. Aidan Jebb.

Sein Hass schlägt mir entgegen, ich kann ihn fast sehen inmitten der dunklen Nebelschwaden. Ich muss würgen und greife nach der Decke, mit der ich mich gestern Abend offenbar noch zugedeckt habe. Mein Magen rumort, und ich habe das Gefühl, mir jeden Augenblick in die Hose zu scheißen. Oh mein Gott.

Jebb tritt einen Schritt aus der Dunkelheit. Sein Gesicht ist von der Kapuze verdeckt, aber ich sehe, wie seine Zunge hervorschnellt und sich kurz über die Lippen fährt.

»Warum hat sie ihn mir nicht gegeben? Warum hat sie ihn mir nicht einfach gegeben?« Er klingt flehend, klagend, wütend, herrisch, alles zugleich. Seine Stimme ist dünn und belegt. Er wirkt verzweifelt. Mir wird schlecht. Das Blut rauscht mir in den Ohren.

Ich bin bereit für ihn und sein Messer, was auch immer. Er macht keinen besonders kräftigen Eindruck, und ich werde bestimmt nicht zulassen, dass er Oscar zu nahe kommt.

Ich öffne den Mund. Es heißt immer, man soll in so einer Situation versuchen, eine Verbindung zu seinem Angreifer herzustellen. Man soll ihm bewusst machen, dass man ein Mensch ist und kein Opfer. Aber ich bin kein Mensch. Ich bin eine Ansammlung von brodelnden Flüssigkeiten. Ich kann mich kaum in meiner Haut halten. Ich bin nicht in der Verfassung zu kämpfen.

»Es wäre alles okay gewesen. Warum hat sie ihn mir nicht gegeben?«

Ich schließe die Augen, atme ein, konzentriere mich darauf, meinen rasenden Puls zu beruhigen. Ich denke nach. Los, stürz dich auf ihn. Raste aus. Bring ihn um. Zertrümmere ihm seinen nichtsnutzigen Schädel, bis sich eine radicchiorote Lache auf dem Boden gebildet hat und alles vorbei ist.

Ich öffne die Augen.

Er ist weg. Keine Spur von ihm. Nicht mal der Geruch. Ich stehe auf und mache das Licht an. Alles sieht aus wie immer.

Ich gehe nach oben und sehe nach Oscar, der leise in meinem alten Etagenbett schnurrt. Ich betrachte ihn eine Weile und überprüfe dann den Rest des Hauses. Ich lasse überall Licht an. Dank Mr Khan kann ich mir das jetzt leisten. Die Türen und Fenster sind alle zu. Verschlossen und verriegelt. Ich sinke auf mein Bett. Ich kann nicht mehr denken. Ich will an nichts mehr denken. Ich weiß, was ich zu tun habe. Es ist spät, und natürlich ist es unverantwortlich. Ich hole das Geld aus Oscars Sparschwein, fahre mit dem Taxi zum nächsten 24-Stunden-Tesco-Markt und kaufe alles, was ich brauche.

Zwölf Flaschen Flüssiganzünder zum Preis von zehn: £22.59. Eine Schachtel lange Streichhölzer: 79p. Feuerfeste Handschuhe: £5.99. Und ein richtig scharfes Küchenmesser: £6.30. Ich muss mich ausweisen und zeige meinen Führerschein vor. Die Kassiererin mustert ihn gewissenhaft. Mein Name kommt ihr bekannt vor.

»Tut mir leid, das mit deiner Mutter«, sagt sie. »Wie geht's dem Kleinen?«

Ich kenne sie nicht mal. Typisch Kleinstadt. Die Leute müssen überall ihre Nase reinstecken und denken, sie können einen einfach fragen, wie es einem geht.

»Gut«, sage ich. »Könnte nicht besser gehen.«

»Freut mich«, sagt sie. »Sind hart im Nehmen, was? Die Kleinen.«

Ich bin keine Stunde weg gewesen, Oscar schläft immer noch seelenruhig. Es ist nichts Schlimmes passiert, während ich weg war.

Ich werde gefeuert. Als ich ins Museum komme, ist Anna Mabbutt da, ihr Blick ist gleichzeitig trotzig und freundlich, während Mike ein so grimmiges Gesicht macht, dass ich erst denke, sie setzen ihn vor die Tür. Aber nein. Zumindest nicht heute.

Mike und Anna rufen mich ins Büro. Anna führt das Gespräch. Mike sitzt nur da und sieht mich böse an.

Umstrukturieren. Neugestalten. Umdenken. Festes Team. Engagierte Mitarbeiter. Sparen bei den Teilzeitkräften. Landesweite Kampagne für Kosteneffizienz und Umweltfreundlichkeit. Neue Initiativen, das Museum zu einem lebendigen Teil von Southwoods breit gefächertem Freizeitangebot zu machen. Wissen deinen Einsatz zu schätzen. Wiedersehen. Ganz so schnell geht es nicht. Aber fast.

Ich frage nicht: »Was ist denn mit der Neuausrichtung der Marke Museum?« Ich protestiere auch sonst kaum, außer als Anna sagt, ich brauche nicht bis zum Ende des Monats zu arbeiten, bis Ende der Woche sei völlig in Ordnung.

»Wie wär's denn mit Ende des Tages?«, sage ich. Wie sich herausstellt, geht auch das in Ordnung. Genau genommen ist es nicht sehr nett zu hören, wie sehr das für sie in Ordnung geht.

»Okay«, sagt sie. »Und du bekommst trotzdem bis Ende des Monats bezahlt.«

Na, großartig. Dann habe ich ja ausgesorgt.

Danach sage ich zu Mike: »Danke, dass du dich für mich eingesetzt hast, Mann. Echt nett von dir.« Er seufzt. Ich wünschte, sie würden damit aufhören. Dieses ewige Geseufze. Es geht mir echt auf die Nerven. Ich hasse es.

»Billy, du hast dich im Museum geprügelt, während wir eine Schulklasse zu Besuch hatten. Du hast einen Gastredner angegriffen.« Also ist es doch wegen Hartmut. »Und was noch wichtiger ist: Du rührst keinen Finger, wenn du hier bist. Du sitzt rum und träumst. Und oft kommst du gar nicht erst.

Mich stört das im Grunde nicht. Es war eine verdammt harte Zeit für dich, wir alle wissen das. Aber das Management hat nun mal ein Auge auf uns geworfen.«

»Ja, weil du beleidigt warst, als man dich gebeten hat, deine eigenen Haferkekse mitzubringen.«

Er geht nicht darauf ein. »Egal, mich schmeißen sie auch raus.«

»Quatsch.«

»Doch, wirklich. Jen und ich müssen uns neu um unsere Jobs bewerben. Ich bin sechsundsechzig, Billy. Ich glaube kaum, dass Ms Mabbutt in mir die Zukunft sieht.« Er streicht sich das Haar zurück. Er sieht erschöpft aus. Ich kann mir beim besten Willen nicht mehr vorstellen, dass er sich mal mit den Kray-Brüdern angelegt hat. Oder Dean Hessenthaler in den Schwitzkasten genommen hat. Und das ist erst ein paar Wochen her. »Aber mach dir um mich keine Sorgen. Das ist okay für mich. Ich hab meine Polizistenrente. Meinen Golf. Meine Band.«

»Du spielst in einer Band?«

Er lacht. »Da brauchst du gar nicht so schockiert zu gucken, mein Lieber. Ja, ich spiele in einer Band. The Rave-ons. Rock and Roll. Sixties-Zeug. Wir treten oft auf. Komm doch mal vorbei.«

Und so erfahre ich, dass Mike damals die ganzen wichtigen Bands gesehen hat. Die Beatles, die Stones, die Kinks, The Who, alle. Und meistens auch noch umsonst. Er stand hinter der Bühne in seiner Polizeiuniform und hat dafür gesorgt, dass die Kids keine Randale machten.

»Das beste Konzert, das ich je gesehen habe, waren die Faces im Roadhouse. Tolle Show, und als ich rauskomme, versucht irgendein Lümmel, mein Fahrrad zu klauen. Den hab ich erst mal verhaftet. Super Abend war das.«

Später denke ich, wie falsch wir ältere Menschen einschätzen. Sie sind nicht die Vergangenheit, sie sind die Zukunft, egal, was Leute wie Ms Mabbutt denken. Die Alten wissen, worauf wir zusteuern. Sie senden uns eindeutige Botschaften, dass es dort, wo wir hinwollen, dunkel ist und keine Liebe gibt. Aber wir hören einfach nicht auf sie. Wir halten uns die Ohren zu, schließen die Augen und singen la-la-la, um ihre Warnungen zu übertönen.

Am Ende des Tages bekomme ich exakt dieselben Abschiedsgeschenke wie Lyndon Bowers. Die Anoraksticker, einen Zwanziger, einen Händedruck (Mike) und einen Kuss auf die Wange (Jen).

»Meld dich mal«, sagt sie. Ich nicke. Vielleicht. Vielleicht auch nicht.

Mike sagt: »Kopf hoch. Und denk dran …«

Ich falle ihm ins Wort: »Ja, ja. Das A-Team haut so schnell nichts um …«

Lucy heiratet. Sie kommt extra vorbei, um es mir zu sagen.

»Dann wird das wohl nichts mit dem Mitleidsfick?«

»Nicht heute, Billy. Lass mich erst mal die Flitterwochen hinter mich bringen. Und das Baby.« Sieh an, nicht nur verlobt, auch noch schwanger.

»Milan ist hin und weg«, sagt sie. »Und es ist definitiv von ihm. Also komm nicht auf dumme Ideen.«

»Ich weiß, dass man vom Blasen nicht schwanger wird«, sage ich.

Lucy wird rot. »Kein Grund, vulgär zu werden«, sagt sie. Es gäbe sogar tausend Gründe, denke ich. Aber das sage ich nicht. Stattdessen sage ich etwas anderes.

»Nur weil er jetzt der Daddy ist, heißt das nicht, dass er immer der Daddy bleibt.« Sie fragt mich, was ich damit meine. Und ich antworte, dass Vater zu sein nichts damit zu tun hat, wer was wo reingesteckt hat. Dass es um ganz andere Dinge geht. Um *Fireman-Sam*-Gummistiefel und Essensgeld. Um das Leiterspiel und alle drei *Toy Storys*. Um Liebe, nicht um Sperma. Vor allem aber um Zeit. Die Zeit, die man mit seinem Kind verbringt. Das und £295.000 – so viel kostet es nämlich heutzutage offenbar, ein Kind großzuziehen.

»Wie viel?«, fragt sie und guckt schockiert. Und dann lacht sie und legt sich der Länge nach aufs Sofa, die Hände hinterm Kopf verschränkt, wie jemand, der sich um nichts Sorgen machen muss. Mein Gott, ist sie schön. Was für eine Verschwendung.

Als die Polizei auftaucht, lese ich gerade die Geschichte von einem Mädchen in Hull, das einen Typen von der Humber Bridge stößt. Jeremy Philip, 27, aus Beverly, hatte gedroht, sich umzubringen, und Kayla Bosleigh, 17, aus Anlaby, total genervt, dass er den Verkehr aufhält, hilft ihm sozusagen auf die

Sprünge. Sie steigt aus ihrem Wagen und klettert zu ihm hoch, als wollte sie ihm gut zureden. Stattdessen schubst sie ihn runter. Andere Autofahrer hupen und jubeln ihr zu, und sie winkt zurück.

Währenddessen bekommt ein Mann in Motherwell sieben Jahre, weil er seine Kinder vergiftet hat, um Schadenersatz von einer Suppenfirma zu fordern. Zwei Jahre wegen Körperverletzung und fünf wegen Betruges. Gleichzeitig kommen auf einem Küchenfußboden in Belfast Sechslinge zur Welt, ohne künstliche Befruchtung und ohne Hebamme. Und das alles steht nicht in *Leben! Tod! Kreuzworträtsel!*, sondern in der *Times*. In der *Times*!

Die Polizisten sind zwei Mädchen: Polizeiwachtmeister Loyd und Polizeiwachtmeister Bone, die sich schüchtern als Chloe und Rhiannon vorstellen. Beide sind Anfang zwanzig. Mittelschicht-Akzent. Ihre sauberen B+-Gesichter umweht der frische Duft nach Gras einer Uni-Hockeymannschaft. Sie haben einen schwierigen Auftrag. Jedenfalls keinen, auf den man in der Polizeischule oder in Serien wie *The Bill* oder *Holby Blue* vorbereitet wird. Ja, sie überbringen eine Todesnachricht, aber das Skript ist diesmal etwas seltsam. Besser gesagt, ungewöhnlich. Was ist, wenn ich in Freudengeschrei ausbreche und den Schampus raushole? Was machen sie dann? Trinken sie ein Glas mit oder was?

Sie sind gekommen, um mir zu sagen, dass sie eine Leiche gefunden haben, auf die die Beschreibung von Aidan Jebb passt. Ein Familienangehöriger sei auf dem Weg, um ihn zu identifizieren, erst dann habe man Gewissheit, sie wollten mich aber vorsichtshalber schon mal informieren, bevor ich auf anderem Wege davon erfahre. Und, was noch etwas heikler ist, sie wollen mich als Verdächtigen ausschließen. Jebbs Tod ist nicht unbedingt eine große Überraschung, aber er ist noch nicht aufgeklärt, und sie hoffen auf mein Verständnis, dass sie mit jedem sprechen müssen, der ein Problem mit Jebb gehabt haben könnte.

»Klingt nach einem langen Gespräch«, sage ich. »Tee?«

Sie sehen sich im Wohnzimmer um, und wenn ich mich in ihre ordnungsliebenden Polizistenköpfe hineinversetze, muss ich sagen, ja, in der Oaks Avenue 86 hat es schon mal sauberer ausgesehen. Mir ist auch klar, dass sie die Jointstummel im Yuccapalmentopf bemerkt haben. Mein Gott, na und? Gras ist doch heutzutage keine Droge mehr. Sonst würden sie doch keine Longpapers im Supermarkt verkaufen, oder? Rizla Kingsize nimmt man zum Beispiel nur für Joints. Oder gibt es Leute, die plötzlich das unbändige Verlangen verspüren, sich eine ultralange Zigarette zu drehen? Ich kann mir im Übrigen vorstellen, dass die Gewinnspanne bei den Dingern nicht schlecht ist.

Chloe und Rhiannon wollen keinen Tee, ich selbst würde aber gern ein Tässchen trinken, also gehe ich in die Küche und klappere ein bisschen mit dem Geschirr. Eine der beiden – ich glaube, es ist Rhiannon – folgt mir.

Ich reiße mich zusammen, aber wenn ich ehrlich

bin, hat mich die Nachricht ziemlich aufgewühlt. Ich überlege, wie lange es her ist, dass er bei mir im Zimmer war. Ich weiß nur, dass ich seitdem nicht mehr ordentlich geschlafen habe. Ich laufe wie Lady Macbeth alle zwanzig Minuten durchs ganze Haus, überprüfe Türen und Fenster und lasse überall das Licht brennen. Vielleicht wissen sie das aber auch alles, und ich tappe hier gerade blind in eine abgefeimte Bullen-Falle.

»Wann ist er gestorben?«

»Die Leiche, die wir gefunden haben, ist circa elf Wochen alt. Aber die Kälte hat den Zersetzungsprozess womöglich verzögert. Das ist einer der Gründe, weswegen wir Schwierigkeiten haben, die Leiche zu identifizieren.«

Nein, das ist nicht wahr.

Ich muss kurz einen Blick auf Rhiannon werfen, um mich zu vergewissern, dass ich das nicht laut gesagt habe.

»Wir glauben, dass der Verstorbene sich erhängt hat.« Ich spüre ihren Blick auf mir, wie sie lehrbuchmäßig nach Reaktionen in meinem Gesicht sucht. Ich konzentriere mich darauf, Wasser in den Kessel zu füllen.

»Wir haben einige persönliche Gegenstände von Mr Jebb in der Nähe der Leiche gefunden.« Ich sage nichts dazu. Jebbs persönliche Gegenstände sind mir egal. Falls es seine sind. Sie fährt fort. »Der Tote wurde in einer leer stehenden Fabrikhalle in einem Gewerbegebiet in Havering gefunden.« Dass jemand, egal wer, sich einen Strick nimmt und fast drei Monate in einer Fabrikhalle im Osten von London hängt, ohne vermisst zu werden, gibt einem zu denken. Zum Beispiel denke ich, dass wir es weit gebracht haben, seit man damals ein Paar Bücherdiebe auf einem Marktplatz aufgeknüpft hat. Heutzutage haben die Kids immerhin so viel Anstand, sich ein ruhiges Plätzchen zu suchen und ohne viel Aufhebens allein zur Tat zu schreiten. Das ist Fortschritt. Und dass niemand etwas davon mitbekommt und es niemanden schert, na ja, wie ich schon sagte, den Toten ist das egal.

Im Augenblick versuche ich das alles möglichst locker zu sehen, aber ich spüre schon wieder den Eisklumpen unter meinen Rippen. Meine Arme jucken. Erste Anzeichen von Übelkeit. Eine Vorahnung.

Als ich meine beiden Polizistenmädchen hinausbegleite, bekommt Rhiannon natürlich einen Anruf. Sie nickt, murmelt etwas und legt auf.

»Das war die Wache. Sie haben es bestätigt. Es ist definitiv Aidan Jebb.« Sie weiß immer noch nicht, ob sie mich trösten oder beglückwünschen soll. Ob sie mich umarmen oder mit mir einschlagen soll. Sie entscheidet sich für einen nüchternen Händedruck. »Sagen Sie Bescheid, wenn Ihnen irgendetwas einfällt, das uns weiterhelfen könnte. Oder wenn Sie etwas brauchen.« Dann gehen sie.

Ich sehe sie plaudernd und lächelnd in ihren Focus steigen. Ich kann nicht hören, was sie sagen, aber ich kann es mir vorstellen.

»Komischer Typ«, sagt Chloe. »Der macht mir

Angst.« Und Rhiannon antwortet: »Hast du gesehen, wie er mir auf die Brüste gestarrt hat?« Mir ist nämlich aufgefallen, dass Frauen in Machtpositionen immer denken, dass wir ihnen auf die Brüste starren. Tun wir aber nicht. Nicht immer.

Aidan Jebb fuhr mit dem Zug zum Bahnhof Liverpool Street. Es war das erste Mal überhaupt, dass er mit dem Zug fuhr. Er kaufte sich eine Cola und ein Twix und sah aus dem Fenster. Felder. Kühe. Schafe. An all so was hatte Aidan nicht mehr gedacht, seit er in der dritten Klasse auf einem Bauernhof in Dedham gewesen war. Er wollte auch jetzt nicht daran denken. Er legte den Kopf auf den Tisch und lauschte dem Rattern des Zuges. Es klang wie ein Lied, dachte er. Eine seltsame, endlose Melodie. Er konnte nicht schlafen, nur ein bisschen dösen, und nach einer Weile nicht mal mehr das, also hob er den Kopf und sah sich um. Die Leute hatten alle irgendwas dabei. Kopfhörer, iPods, iPads, Laptops, Nintendos, Bücher, Zeitschriften, Sandwiches, Chips, Kinder. Irgendwas. Irgendwas, das zischte, tickte, piepte oder sang. Und sie redeten über irgendwelchen Scheiß. Arbeit, Wetter, Urlaub, Häuser. Den ganzen Scheiß.

Der Zug war gerammelt voll, aber er hatte trotzdem einen Tisch für sich allein, was ihn einerseits freute, aber andererseits auch ärgerte. Warum wollte niemand neben ihm sitzen?

Und dann die Menschenmassen in London. Aidan stellte sich vor, dass sie alle weg wären. Er stellte sich eine Bombe vor, die die Menschen auslöschte, aber die Häuser stehen ließ. Jemand hatte mal so eine Bombe erfunden. Man sollte sie zum Einsatz bringen. Ein bisschen aufräumen auf den Straßen. Dauernd wurde er angerempelt, zur Seite gedrängt oder eingequetscht, und das gefiel ihm nicht. Und dann die U-Bahn: noch mehr Menschen, die nach Parfüm und After Shave rochen, ihre morgendliche Pfefferminzfrische, die glänzenden Gesichter, die Zeitungen. Und wieder Gestoße und Gedränge. Er war zu müde dafür. Und die Leute hier machten das jeden Tag.

Aidan hatte eine Adresse und eine Telefonnummer. Havering. Einer von Titus' alten Freunden. Jemand, für den er früher Besorgungen erledigt hatte. Er schrieb ihm eine SMS, aber irgendwas an der SMS, die er zurückbekam, war komisch. Zunächst mal war sie sehr freundlich. Aidan wusste, was das bedeutete. Es bedeutete, dass sie ihn verpfeifen würden. Die konnten ihn mal.

Aidan war klar, wonach er suchen musste. In dieser Gegend gab es jede Menge leere Fabrikgebäude, die niemand kontrollierte. Hin und wieder kam vielleicht ein Sicherheitsmann mit einer Taschenlampe vorbei. Aber Sicherheitsleute sind faule Wichser. Und sie wollen keinen Ärger. Es dauerte eine Weile, aber irgendwann hatte Aidan den perfekten Ort gefunden. Ein Ort, wo früher Fußböden für Büros hergestellt wurden, die viele Kabel brauchten. Ein kleines Büro, in dem er es ein bisschen warm hatte, mit einem Wandkalender von 2007. Die kleinen bunten Punkte klebten noch darauf. Vor drei Jahren war hier noch gearbeitet worden. Aidan kroch in seinen Schlafsack und fragte sich, ob sein imaginärer Freund sich noch an ihn erinnerte. Er wartete darauf, dass Jesus kam. Er wartete auf ein Zeichen, was er jetzt tun sollte. Er sang sich selbst in den Schlaf. Ein zartes, zerbrechliches Wispern. *»I want her everywhere …«*

13

Empire. Lagebericht: am Arsch. Aber richtig. Meine eigene Schuld. Ich hab's drauf angelegt und hab mich plattmachen lassen. Fertig. In der Grundschule wäre mir das nicht passiert. Ich war nicht bei der Sache. Ich war mit den Gedanken woanders, und jetzt ist es zu spät.

In meinem Siegestaumel, im Blutrausch, habe ich meine Soldaten auf den Fersen des Feindes über die Grenzen vorpreschen lassen, und genau darauf haben sie gewartet, die Kwoks, Chungs und Chens.

Und jetzt bin ich erledigt. Meine Nation ist in Aufruhr. Weil, bei *Empire* sind es nämlich nicht nur Soldaten, Panzer und Granaten, die einen fertigmachen können. Wenn sie erst mal genügend Punkte gehortet haben, und wenn sie die alten Zauberformeln kennen – die Cheats, mit denen sie die Ballistik außer Kraft setzen –, dann steckst du richtig in Schwierigkeiten.

Meine Luftwaffe kämpft also gegen Kamikazekrähen und wird von Adlern auseinandergenommen, die so groß wie Häuser und immun gegen Raketen sind. Meine Flotte wird von Wellen, Walen und unbekannten Meeresungeheuern niedergewalzt. Währenddessen ist die Infanterie gegen mehrere Vulkandivisionen ins Feld gezogen und wird von Geistern ausgeweidet. Das Erdreich erhebt sich gegen sie. Meine Feinde kontrollieren sogar das Wetter. Und ich hatte keine Ahnung davon, ich kannte die Passwörter und Geheimcodes nicht, die es einem talentierten Regenten der virtuellen Welt ermöglichen, Herrscher über alles, das auf Erden kriecht, zu werden.

Meine Feinde sind zahlreich. Überall auf der Welt von Dhaka bis Kursk, von Teheran bis Bulawayo haben sie getagt, diese Nerds. In den Internetcafés von Vientiane und Port-au-Prince und so ziemlich jedem anderen Drecksloch in der Dritten Welt haben sie Konferenzen abgehalten und sich gefragt, was sie mit Billy Smith anfangen sollen. Wie sie diesen arroganten, dekadenten westlichen Imperialisten in die Knie zwingen.

Paranoia? Wirklich? Wie kommt es dann, dass ich dieselbe Message – »Cry Havoc« – innerhalb von 24 Stunden zigtausendmal in meinem *Empire*-Posteingang habe, und zwar von IP-Adressen auf der ganzen Welt? Außer England. Abgesehen davon würde kein englischer Student im Siegesrausch Shakespeare zitieren. So etwas machen nur Ausländer.

Meine Leute brauchen gerade mal zwei Tage, um vom späten 21. Jahrhundert in die Steinzeit zurückzufallen. Ich habe sie ins Verderben geführt. Die Bevölkerung schrumpft von 100 Millionen produktiven Verbrauchern auf 311 analphabetische Wilde, die aufgrund von schrecklichen Genmutationen vor Schmerzen schreiend lange nukleare Winternächte durchwachen. Meine Leute verbringen ihre Tage damit, im Schnee nach etwas zu suchen, womit sie sich umbringen können.

Es ist ein merkwürdiges Gefühl, mir vorzustellen, wie sehr diese Typen mich hassen müssen. Ein wahlloser Haufen Freaks vom Arsch der Welt, die sich zusammengetan haben und Genugtuung darin finden, meine mickrige Sandburg zu zerstören. Natürlich geht es nicht um mich, sondern um uns hier im Westen. Sie wollen uns alle töten. Es ist vorbei. Die neuen Herrscher wollen, dass wir das Feld räumen und nicht länger vor ihren Bulldozern rumliegen. Wir gehen ihnen auf die Eier, weil wir uns immer noch nicht eingestehen wollen, wie überflüssig wir sind. Und ihre Geduld geht im selben Maße zu Ende wie unsere Zeit abläuft.

Aber das spielt keine Rolle. Es spielt keine Rolle. Es spielt keine Rolle. Ich sage es mir immer wieder. Und als Oscar kommt, um zu fragen, ob er sich ein Butterbrot machen kann, sagt er: »Warum weinst du, Billy?«

Er sieht mich mit großen Augen an, als habe er gerade ein Wunder erlebt. Ich habe nicht mal bei Mums Beerdigung geweint.

Eigentlich ist es zum Lachen, nur dass ich nicht lachen kann. Ich habe plötzlich den Geschmack von verbrannten Büchern und Stacheldraht im Mund. Oscar begreift mal wieder schnell. »Es ist nur ein Spiel, Billy.« Er weiß, dass das eine Lüge ist. Es ist niemals nur ein Spiel. Nichts ist jemals nur irgendwas.

Später sitze ich mit Alfie im Wohnzimmer, und wir kiffen. Ich habe ihn seit Wochen nicht gesehen und würde es auch heute nicht tun, hätte er nicht vor unserer Haustür gesessen, als ich mit Oscar nach Hause gekommen bin. Oscar hat sich übertrieben gefreut, und Alfie hat ihn gebadet, gebrüdergrimmt und maximal explodiert. Sie haben sich schon immer gut verstanden. Oscar findet ihn toll, für ihn ist er so etwas wie eine Stilikone. Wenn Alfie da war, macht er am nächsten Tag immer an seinen Haaren rum und versucht, Alfies penibel geformte Stacheln, Windungen und Türmchen nachzubilden, in dem er sich Vaseline und Seife hineinschmiert.

Nachdem Alfie Oscar ins Bett gebracht hat, hören wir seine neueste Errungenschaft, eine brasilianische Rap-Metal-Band namens Granny Scarecrow. Er redet belangloses Zeug über ein Musikfestival in Serbien, und ich unterbreche ihn und will von ihm wissen, ob er an Geister glaubt. Er denkt lange nach. So lange, dass ich mich frage, ob er vielleicht eingenickt ist. »Deine Mutter«, murmelt er schließlich. Wieder eine Pause, womöglich noch länger. »Sie kommt nicht wieder.« Aber das war nicht die Frage. Und warum eigentlich meinen die Leute, mir Dinge sagen zu müssen, die ich längst weiß? In diesem Augenblick habe ich mich entschieden. Nach heute Abend werde ich mich nie, nie, nie wieder mit Alfie treffen.

Ich sehe ihn mir an. Seine trüben Augen, seinen L'Oreal-Kopf, so schön glänzend schwarz und weil-ich-es-mir-wert-bin. Ich sehe mir seine schwarzen Kampfstiefel an, seine Bundeswehrjacke, den idiotischen Orden, den er auf einer Wohltätigkeitsveranstaltung bei der British Legion ersteigert und sich an die Brust geheftet hat. Als würde er auch nur eine

Minute im Krieg bestehen können. Ich sehe mir sein schmollendes verwöhntes Gesicht an, die weichen Züge eines Kindes, das Fagott gelernt und Jugendtheater gespielt hat.

Wir haben uns immer gut verstanden. Der Zufall, dass wir bei Mrs Manton in der Vorschule nebeneinander saßen, hatte eine Freundschaft zur Folge, die solide Dienste geleistet und lange genug angedauert hat, aber jetzt ist es Zeit für ein Upgrade. Wenn Alfie über Mädchen oder über Bands oder vor allem über Gras redet, weiß ich oft nicht, was er meint. Es versetzt mir einen Stich, weil damit eine Welt für mich verloren geht, aber das ist auch schon alles: ein Stich. Vielleicht war diese Welt nicht so toll. Ein Wartezimmer, in dem niemand aufgerufen wird. Ich kann kaum glauben, dass ich mich so lange dort aufgehalten habe.

Im Grunde hat er sich kein bisschen verändert. Derselbe Junge, mit dem ich Süßigkeiten klauen war und mit dem ich *Action Man* gespielt habe, sitzt jetzt neben mir. Und das ist das Problem. Er hat sich nicht weiterentwickelt. Er spielt immer noch *Action Man*, nur dass er jetzt seine eigene Puppe ist. Indie Action Man.

Ich werde mich auch nicht mehr mit Lucy treffen. Eine Zeit lang hatte ich das Gefühl, dass sie genau das war, was ich brauchte, aber das war wohl falsch. Was werde ich vermissen? Ihr Lächeln? Ihre Küsse? Ihre weichen Hände, als sie den Mach 3 an mein Kinn hielt? Ihre Lippen? Ihre Wimpern, die wie Insektenflügel über meine Wange streiften? Ihre unbekümmerte Schönheit? Ihre gedankenlose Grausamkeit?

Sicher. All das werde ich vermissen, aber es fühlt sich gut an, endlich Klarheit zu schaffen. Zu wissen, dass alles auf ein Ende hinausläuft.

Granny Scarecrow machen immer noch den Dicken. Auf Portugiesisch. Ich huste und drücke meinen Joint aus.

»Ich kann dich nicht mehr ertragen, Alfie«, sage ich. »Du bist so was von langweilig. Und diese Musik ist wie Krebs.«

Sein Gesicht. Er sieht mich an, als hätte ich ihm eine geknallt. Yes. LOL. Er steht auf und macht die Musik aus. Er sagt irgendwas. Ich höre nicht zu. Er geht. Er geht hinaus in eine Welt voller Regen, Lärm, Bars, Mädchen, Hundescheiße, Musik und Kotze. Und ich sitze zu Hause und versuche, nichts zu hören. Nur dass es unmöglich ist, nichts zu hören, oder? Irgendwas hört man immer. Immer brüllt irgendjemand. Oder weint.

Aidan Jebb hörte auf zu atmen, endlich. Nach drei Minuten fingen seine Gehirnzellen an abzusterben. Ein drei Minuten langer Todeskampf. Länger, als Callum gebraucht hatte.

Sein Herz hörte auf zu schlagen, und seine Zellen wurden nicht mehr mit Sauerstoff versorgt. Das Blut wanderte aus den Kapillaren der oberen Körperhälfte ab, woraufhin die Haut verblasste, während die unteren Hautflächen dunkel anliefen. Kalzium-Ionen strömten in die Muskelzellen und führten zu einer Kontraktion. So versteiften sich die Muskeln, bis die Verwesung einsetzte.

Als die Zellen abstarben, verloren sie die Fähigkeit, Bakterien zu bekämpfen. Nach zwölf Stunden fühlte der Körper sich kalt an. Auch wenn niemand da war, der es hätte fühlen können. Nach vierundzwanzig Stunden war er komplett ausgekühlt.

Zu diesem Zeitpunkt sah er noch frisch aus und drehte sich leicht im Luftzug, der durch die Halle strömte.

Von innen jedoch griffen die Bakterien, die sich bisher dem Inhalt seines Darms – dem Twix – gewidmet hatten, den Darm selbst an. Und auch die Insekten wurden jetzt angelockt. Schmeiß- und Stubenfliegen, die den Winter durchstanden, suchten sich geeignete Öffnungen, um ihre Eier zu legen. Mund, Augen, After. Es dauerte lange, bis die Maden schlüpften. Schließlich war es Winter, und in der Fabrik war es eiskalt.

Nach vier Tagen hatten die Bakterien Gewebe und Zellen zersetzt. Flüssigkeiten tröpfelten in die Körperhöhlen. Sie setzten Schwefelwasserstoff, Methan, Diaminopentan und Putrescin frei. Die Gase zogen weitere Insekten an. Zehn Tage nach seinem Tod hatten die austretenden Gase so viel Druck erzeugt, dass der Körper sich aufblähte und weitere Flüssigkeiten aus den Blutgefäßen traten.

Weil es Winter war und die Insekten langsam waren, bildete sich Leichenwachs auf Jebbs Gesicht. Das entspricht ungefähr dem Pelz, der auf faulendem Obst wächst. Eine Fettschicht, die den Körper vor dem Vandalismus der Natur schützt.

Irgendwann krochen die Maden durch seinen

Körper, sonderten Verdauungsenzyme ab und rissen mit ihren Mundhaken das Gewebe auf. Dadurch, dass sie sich in der Masse bewegten, erzeugten sie Wärme und Verdauungssäfte, von denen sie gemeinsam profitierten. So bildeten sie eine geordnet vor sich hin wuselnde Gemeinschaft, die als Team arbeitete und in der es kein »Ich« gab.

Ihre fleißigen Bemühungen zogen die Räuber an, die Käfer, die sich sowohl von den Maden ernährten als auch vom verwesenden Fleisch.

Siebzehn Tage nach seinem Tod platzte Jebbs aufgeblasener Körper, der inzwischen von außen komplett schwarz war, während das Fleisch eine breiartige Konsistenz angenommen hatte. Eine Art Halloween-Slush. Nur nahrhafter und proteinhaltig. Ein herzhafter Eintopf, falls man zufällig ein Wurm war.

Drei Wochen nach seinem Todeskampf hatte Aidan so gut wie alles Fleisch verloren. Unter der Jogginghose breitete sich ein dicker teeriger Fleck aus. Die Karte eines Landes, in das niemand reisen will.

Fünfzig Tage nach seinem Tod war die Leiche komplett vertrocknet und zerfiel langsam. Mikroorganismen rückten an und übernahmen die Haare.

Nach dreiundfünfzig Tagen führte ein sechs Monate alter Schäferhund namens Felix einen Wachmann namens Ross Elliott über einen Abenteuerspielplatz aus leer stehenden Fabrikanlagen und Fachmarktzentren und stieß gemeinsam mit ihm auf die Überreste.

Jebb war seit einundfünfzig Tagen tot gewesen, als er in meinem Zimmer erschien.

Ich erzähle niemandem davon. Und inzwischen

bin ich auch nicht mehr sicher, ob ich selbst daran glaube. Ich stand unter Drogen, ich war betrunken, ich war außer mir vor Kummer, ich habe geträumt. Kann alles sein.

Ich sehe mir den Ort an, an dem Mary und Joe Goddard erhängt wurden. Es gibt keine blaue Plakette, nichts weist auf die Stelle hin. Der Platz selbst wurde 1940 von einer Bombe der deutschen Luftwaffe getroffen, der Pilot wollte seine Ladung loswerden, bevor er nach Hause flog, um sich bei Muckefuck und Kuchen von einem harten Arbeitstag zu erholen, nachdem er das Londoner East End zerbombt hatte.

Der Markplatz wurde darüber hinaus mutwillig vom Stadtbezirksrat zerstört, der das Einkaufserlebnis für die diversen Verbrauchergruppen in der Gemeinde zu einem Vergnügen machen wollte, oder wie immer der entsprechende Jargon damals in den fünfziger Jahren lautete. Jedenfalls rissen sie die kleinen schiefen Häuser ab, die die Luftwaffe stehen gelassen hatte, verbreiterten die schmalen Gassen, in denen sich seit den Römern noch jede Generation wohlgefühlt hatte, und überließen das Gelände der ersten Generation von Familienlimousinen, die sich inzwischen großer Beliebtheit erfreuten.

Welchem Irrglauben saßen die Menschen damals auf. Was hatten sie für Träume und Hoffnungen. All diese Modellautos, die Corsair oder Consul, Zodiac oder Zephyr hießen. Namen, bei denen man an Piraten, Richter und Götter denken sollte. Die Geschichte des Automobils ist gleichzeitig eine Reise durch die Sozialgeschichte. Es fängt an mit Göttern, Königen und Kaiserreichen und endet da, wo wir jetzt sind. Wo einem die Autonamen ein STFU oder LOL entgegentrompeten. Oder sie haben nur eine Nummer, als wären sie eine chemische Verbindung, eine wissenschaftliche Geheimwaffe. Eine neue Gesichtscreme. Irgendwas in der Art.

Der Marktplatz ist jetzt also ein Parkplatz, außer sonntags, da ist Kofferraum-Flohmarkt, was bedeutet, dass es eigentlich genauso aussieht, nur dass zwischen den Fahrzeugen die Überbleibsel eines nicht ganz so modernen Lebens stehen. Alles voller altem Zeug. So viel Sozialgeschichte. Schallplatten, VHS-Kassetten und Bücher. Brettspiele, Straßenkarten. Und nicht nur die Vergangenheit wird hier verscherbelt. Mir scheint, als würde auch die Zukunft verramscht. Mikrowellen, Handys, PCs, USB-Sticks, Computerspiele. Die Zukunft nutzt sich viel zu schnell ab. Kaum hat man etwas ausgepackt, fängt es an zu vergammeln.

Da, wo der Galgen stand, steht jetzt H&M. Ich versuche, mir ihre letzten Momente vorzustellen. Joe, der ganz still und ergeben dasteht und sich wünscht, seine Schwester würde aufhören, sie mit ihrem Gefluche und Gespucke in der Öffentlichkeit zu blamieren. Mary, die vor Hass kocht. Aber wie sehr ich auch versuche, mir ein Bild davon zu machen, dieser Ort hat keine Energie, er strahlt nichts aus. Kein Leid, das groß genug wäre, über die Jahrhunderte hinweg unsere Herzen zu erreichen. Selbst die wütende, brüllende Mary hat es nicht geschafft, einen bleibenden Eindruck zu hinterlassen. Andererseits hat sie den Henker und seine Frau, Sir Dalton und den Hauptmann mit in den Tod gezogen. Vielleicht hat ihr das gereicht. Vielleicht muss sich sie nicht mehr mit den H&M-Kunden herumschlagen. Ihr Werk ist getan.

Morgen ist die Aufführung vom *Griesgrämigen Schneemann*, und danach muss ich Oscar übergeben. Ich stecke die Quittung für die Sachen, die ich neulich bei Tesco gekauft habe, in einen Umschlag und adressiere ihn an Toni. Sie wird ihn morgen bekommen. Ich will, dass sie die ganze Liste liest. Ich will, dass sie weint.

Oscar ist im Schulhort, und ich verbringe den Nachmittag im Gericht. Es geht um Aidan. Und jetzt erfahre ich auch die wahre Geschichte seines armseligen Lebens. Es war alles ganz anders. Wer hätte das gedacht. Nichts mit Wodka-Gelagen und Müttern mit Rockstarallüren. Und das mit der Musik stimmte natürlich auch gar nicht. Niemand hat gesungen. Es gab kein *Here, There and Everywhere*. Nur ein Kind, das seiner Mutter unbedingt das Herz brechen wollte. Mit Erfolg. Darin war er gut, wenn auch nur darin.

Es sind nicht viele Leute da. Außer mir noch eine gelangweilte Reporterin, ungefähr in meinem Alter, die unbedingt zeigen will, wie schnell sie ihren Stenoblock vollkritzeln kann. Ganz ruhig, will ich ihr sagen, es sieht dir sowieso niemand zu. Dann eine Frau Mitte dreißig mit einem netten, runden Gesicht und Haaren wie Schmelzkäse. Ich frage mich, wer das ist. Sie macht nicht den Eindruck, als wäre sie von der Polizei oder vom Jugendamt oder so. Dafür sieht sie weder gelangweilt noch wütend genug aus. Sie wirkt eher müde und ängstlich. Und dann weiß ich es plötzlich: Das ist Aidans Mutter. Plötzlich kann ich mir nicht mehr vorstellen, dass sie Männern für Geld einen bläst. Stattdessen stelle ich mir vor, wie sie mich fragt, ob ich den Kassenzettel brauche und ob ich eine Kundenkarte habe. Sie sieht aus, als würde sie bei Sainsbury arbeiten. Ich muss mir eine neue Geschichte ausdenken. Eine ganz neue Welt.

Sie weint nicht. Aber sie zittert ein bisschen. Ein Polizist wiederholt, was Chloe und Rhiannon mir erzählt haben. Eine Pathologin, eine nervöse junge Frau im Hosenanzug, schildert kurz Jebbs Verletzungen, die ihrer Meinung nach voll und ganz zu einem Tod durch Erhängen passen. Ein Kriminalbeamter – der offensichtlich stolz darauf ist, von oben bis unten in Paul Smith gekleidet zu sein – erklärt dem Gericht, Aidan Jebb, siebzehn Jahre, ohne festen Wohnsitz, sei zum Zeitpunkt seines Todes im Zusammenhang mit dem Mord an Suzanne Smith, vierzig Jahre alt, wohnhaft in der Oaks Avenue 86, gesucht worden, und dass der Fall hiermit abgeschlossen sei.

Zum Schluss steht eine Zara-Schrägstrich-Penny auf. Sie ist weder dick noch dünn, hat aber denselben Mein-Hündchen-ist-gerade-gestorben-Gesichtsausdruck und das leicht verkrampfte, empörte Auftreten. Dasselbe gilt für ihre Wortwahl. Zara-Schrägstrich-Penny beschreibt »die mangelhafte Lebensführung des Verstorbenen, trotz der redlichen Bemühungen seitens seiner Hauptbezugsperson«. In anderen Worten, Euer Ehren, die Mutter hat ihr Bestes gegeben, aber hey. Manchmal ist das Beste eben trotzdem mies.

Als ich vom Gericht nach Hause komme, gehe ich durch sämtliche Zimmer und stelle erschüttert fest, wie schmutzig es überall ist. In den Ecken kleben ganze Hängematten von Spinnweben, und auf den Fensterbänken und Teppichen liegen unidentifizierbare Knäuel. Ich schäme mich, dass ich nicht mal mitbekommen habe, wie sich Fussel, Staub und Dreck angesammelt und überall festgesetzt haben. Geht offenbar schnell. Mir kommt es vor, als wäre es keine zwei Minuten her, dass ich zum letzten Mal aufgeräumt habe. Ich gehe den Staubsauger suchen, unseren Henry.

Er steht in Mums Arbeitszimmer, unter ihrem Schreibtisch. Wie ist er dahin gekommen? Aber da steht er gut. Mum redete immer mit Henry, als wäre er ein Mensch, ein etwas beschränktes, aber friedliches Kind. »Komm jetzt mit, Henry«, sagte sie, wenn sie ihn durch den Flur oder die Treppe hinunter zog. »Beeil dich ein bisschen, wir haben viel zu tun heute.« Zwischendurch nörgelte sie ihm etwas vor oder benutzte ihn als Tanzpartner, wenn sie den Staubsaugerlärm mit Abba oder den Bad Seeds übertönte.

Oscar hatte immer großen Spaß daran. Als Kleinkind lief er immer hinter Mum und Henry her und lauschte gespannt, ob der Staubsauger antwortete.

Wahrscheinlich gefiel ihm der Gedanke, dass es noch jemanden im Haus gab, der jünger und kleiner war als er. Und ehrlich gesagt bin ich mir nicht sicher, ob Oscar nicht heute noch denkt, Henry sei ein Lebewesen. Ein unerschütterlich fröhlicher Zwerg.

Jetzt, wo ich Henry gefunden habe, habe ich keine Lust mehr, ihn zu benutzen. Es erscheint mir plötzlich zu anstrengend. So wie alles andere auch.

Oscar ist begeistert, als ich ihm verrate, dass es heute etwas ganz Besonderes zum Abendessen gibt. Er denkt, es ist, weil sein Flugzeug endlich die Sonne erreicht hat.

»Und vergiss nicht die Meerschweinchen, Billy. Du hast es versprochen.«

Also gehen wir los und kaufen zwei peruanische Meerschweinchen, absolut reinrassig. Sie kosten £39.99. Oder anders gesagt, sie kosten genauso viel wie die Asche meiner Mutter im Krematorium.

Abends gibt es dann Oscars Lieblingsessen. Arme Ritter. Und Häagen-Dazs. Wenn ich bei anderen Leuten Arme Ritter gegessen habe, hieß es immer *Eggy Bread*. Ich fand, das war typisch Mum, sie war eben anders als andere Mütter. Besser. Bei den anderen gab es Eier und Brot. Bei uns Arme Ritter. Sie hatten die Prosa. Wir die Poesie. Sie hatten Mütter, wir hatten Suzie. Sie hatten Schwarz-Weiß, wir hatten Farbe. Keine gewöhnliche Milf, sondern eine Mutter zum Verlieben.

Vielleicht denken alle Kinder so über ihre Mutter.

Wenn ja, dann irren sie sich.

Oscar und ich spielen Fußball auf der Xbox Kinect, was ich seit Ewigkeiten nicht gemacht habe. Ich lasse ihn gewinnen, aber nur knapp, damit er keinen Verdacht schöpft. Dafür hat er ein gutes Gespür. Er kann es nicht leiden, wenn man ihn gönnerhaft behandelt.

Wir sehen uns *Star Wars* an, das Original. Ich sage, er könne so spät ins Bett gehen, wie er will, aber das scheint ihn nicht sonderlich zu begeistern.

»Morgen ist meine Aufführung, Billy. Da darf ich nicht müde sein. Ich will es nicht vermasseln.«

Am Ende besteht er darauf, seinen Text ein letztes Mal zu üben. Und den kleinen Hirtentanz. Er beherrscht beides fehlerfrei. Und dann will er unbedingt baden und ins Bett. Ich lasse ihn eine ganze Weile in der Wanne spielen, bis er sich beschwert, dass seine Haut schon ganz schrumpelig ist und dass es Zeit ist für den Trockner mit vierfacher Maximalexplosion.

Ich könnte ihn ertränken. Dann bräuchte ich das Messer nicht. Ich könnte ihn einfach an seinen dünnen Schultern packen und ihn in das lauwarme Wasser drücken. Er wäre zu schockiert, um sich zu wehren. Es würde nicht lange dauern. Aber ich zögere, und da kommt Oscar auch schon raus und wickelt sich in sein Lieblingshandtuch. Das mit dem Haifisch drauf.

Dann trage ich ihn ins Schlafzimmer. Er ist so leicht. Sogar klitschnass wiegt er fast nichts. Ich mache mit dem Handy ein Foto von ihm und schicke es Toni. Er macht extra ein albernes Gesicht. Eine richtige Grimasse. Sie soll eine Erinnerung an Oscars letzte Momente haben. Ein Bild, auf dem er glücklich aussieht.

Sekunden später piept mein Handy. Toni hat eine SMS geschrieben: *Ach, was für ein Engel.* Intelligente Menschen können manchmal so dumm sein.

Nachdem wir Trockner gespielt haben, darf er sich eine Geschichte aussuchen. Kann auch eine lange sein. Von mir aus sogar *Pat, der Postbote* oder *Thomas, die kleine Lokomotive*, die ich normalerweise beide vermeide, weil sie genauso lang, ausschweifend und langweilig sind wie Pats Postbotenroute. Und so flach wie die Insel Sodor. Zu meiner Überraschung entscheidet er sich für *Kannst du nicht schlafen, kleiner Bär?*.

Kannst du nicht schlafen, kleiner Bär? ist die Geschichte von einem Bären, der nicht einschlafen kann, weil er Angst vor der Dunkelheit hat. Sein Vater (natürlich der große Bär) holt eine Laterne nach der anderen, um die Dunkelheit zu vertreiben. Er fängt mit kleinen an und endet mit einem Riesenteil, quasi ein Lagerfeuer in einem Glaskasten. Aber der kleine Bär kommt immer noch nicht zur Ruhe. Am Ende muss er lernen, mit der Dunkelheit zu leben. Das Buch müsste eigentlich *Akzeptier es einfach, kleiner Bär* heißen. Weil man die Dunkelheit nicht von den kleinen Bären fernhalten kann.

Die Dunkelheit findet uns alle, wenn sie will.

Ich checke meine Mails. Da ich das ewig nicht gemacht habe, muss ich erst mal tonnenweise Müll löschen. Die Viagra-Verkäufer waren mal wieder fleißig. Der Viagra-Markt schläft nicht. Auch den ganzen Quatsch von meinen Freunden lösche ich. Und dann noch ein paar Sachen von Mums Freundinnen. Facebook, Tumblr, Twitter, Arena oder xScope, und was Mum alles so toll fand. Nichts davon interessiert mich.

Dann setze ich mich hin, trinke den Wein, den ich vorhin noch gekauft hab, und suche auf PornHub nach irgendwas, das nicht zu schräg ist und das ich noch nicht kenne. Es gibt nicht mehr viel. Nicht genug jedenfalls.

Wär's getan, wär's gut, 's wär schnell getan. Der alte Macbeth lässt einen nicht im Stich, wenn man einen guten Lehrer hatte, und ich hatte den besten. Jones the Vein nannten wir ihn. Jeder, der den Namen zufällig aufschnappte, muss sich gewundert haben, zumal Jonesy alles andere als eitel war. Er trug jeden Tag denselben alten weißen Anzug, aber er war mit einer Vene gestraft, die jedes Mal auf seiner Stirn zu pochen anfing, wenn er das Gefühl hatte, einer seiner Schüler verarsche ihn. Und einer seiner Schüler verarschte ihn immer. Er war es auch, der meinte, ich solle mich in Cambridge bewerben. Als ich ihm antwortete: »Nein, das glaube ich nicht, Jonesy«, dachte ich, seine Vene würde platzen. Er sprach nie wieder ein Wort mit mir. Außer wenn er es musste.

Jetzt. Ich muss es jetzt tun. Ich darf es nicht länger hinausschieben.

Ich tränke sämtliche Geschirrhandtücher in Terpentinersatz und verteile sie im Haus. Den Rest verschütte ich willkürlich. Die Dämpfe machen mir ein bisschen Kopfschmerzen.

Ich gieße mir ein Glas Wein ein und lege mich im Wohnzimmer aufs Sofa. Ich habe keine Angst. Bevor die Flammen mich kriegen, bin ich längst ohnmächtig. Ich werde eine Weile husten und keine Luft mehr bekommen, und dann werde ich einschlafen, während draußen die Nachbarn versuchen, Türen und Fenster einzuschlagen. Die Hitze und der Rauch werden ihnen entgegenschlagen und sie zurückdrängen, und später werden dieselben Nachbarn rußgeschwärzt aber voller Enthusiasmus in den Regionalnachrichten zu sehen sein. Sie werden beschreiben, wie sie versucht haben, die Kinder aus dem Haus zu retten – natürlich wissen sie nicht, dass Oscar schon tot war –, und dann werden sie mit Tränen in den Augen von dem aufgeweckten Jungen sprechen, diesem liebenswerten kleinen Kerl, der mit seinem Bruder dort wohnte. Und von der Tragödie, wie die beiden ihre Mutter verloren haben.

Und in ein oder zwei Monaten wird sich Toni vielleicht mit einem jungen Journalisten zusammensetzen und ihm ihre Story diktieren, wie man ihr Schwester und Neffen genommen habe, beides in nur wenigen Wochen. Und mit dem Geld, das sie dafür bekommt, fährt sie in den Urlaub oder verpasst sich ein neues Outfit. Die Welt ist krank. Vielleicht wird sie Dean ihren Fels in der Brandung nennen und so etwas sagen wie: »Ohne ihn hätte ich das nicht durchgestanden.«

Die Flasche ist leer. Dann ist die zweite Flasche

leer, und dann ist es so weit. Ich muss es jetzt tun. Ich muss das £6.30-Messer rausholen, meinem kleinen Bruder ein Kissen auf den träumenden Kopf legen und dann, schnell und sauber, ihm die Halsschlagader durchschneiden. Ich hätte ihn ertränken sollen. Als ich noch die Möglichkeit dazu hatte. Jetzt wird es umso schwerer. Ich bin nicht mal sicher, ob ich meine Hand ruhig halten kann. Was ist, wenn er aufwacht?

Es wird schon schiefgehen. Es muss. Es wird in null Komma nichts vorbei sein, und dann kommt überall Terpentin auf das Radicchio und das Arsen. Die neuen Vorhänge brennen. Die Raketen im *Nicht jetzt, Jakob*-Zimmer schmoren im Feuer. Ich verteile die terpentingetränkten, stinkenden Tücher im ganzen Haus, vor allem vor den Türen, falls ich in Panik gerate und in letzter Minute versuche rauszukommen. Ich stelle mir die ernste Stimme des Nachrichtensprechers vor, seinen bedeutungsvollen Blick, wenn er den Zuschauern erklärt, es sei ein Brandbeschleuniger benutzt worden.

Wie in einem Wachtraum stehe ich vom Sofa auf, lasse die Decke – mit der Oscar und ich uns vorhin noch bei *Star Wars* zugedeckt haben – auf den Boden fallen und trotte wie ein Schlafwandler in den Flur. Ich muss es jetzt tun. Er schläft. Es geht ihm gut. Er träumt von Meerschweinchen. Einen besseren Zeitpunkt gibt es nicht.

Und plötzlich steht Dean Hessenthaler im Flur.

Ich bin nicht mal überrascht.

Das liegt vielleicht daran, dass ich völlig weggetreten bin. Ich stolpere durch eine Landschaft des Schreckens. Treibsand zerrt an meinen Füßen. Die Luft um mich herum verdichtet sich. Ich muss mich regelrecht hindurchkämpfen. Von irgendwo höre ich das melancholische Rattern eines Zuges. Es könnte alles Mögliche passieren, kein Wunder also, dass auf einmal Oscars Vater durch den Flur schwankt. Sein Gesicht ist aufgedunsen und rot. Radicchiofarben. Seine Augen funkeln schwach.

Dean ist noch betrunkener als ich, und er bewegt sich, als würde er zum ersten Mal übers Eis tanzen. Er traut seinen Beinen nicht mehr. Sein Körper lässt ihn im Stich.

»Gut gemacht, Billyboy«, lallt er. »Das hast du verdammt gut gemacht.«

Er taumelt zurück. Und wieder vor. Ein Schiff auf rauer See. Eine gnadenlose See, die es zerstören und die Menschen darauf ertränken will. Und so stehen wir uns schwankend gegenüber wie zwei Revolverhelden am Ende eines schlechten Films.

»Was hab ich dir getan, hm? Was zum Teufel hab ich dir eigentlich getan?« Er klingt, als würde er gleich anfangen zu weinen.

Es reicht. Der Bann, der mich eingelullt hatte, fällt von mir ab, so wie eben gerade noch die Decke. Ich stehe mit einem Messer in der Hand im Flur. Ich habe Streichhölzer und Flüssiganzünder bei mir. Mir ist übel vor Erleichterung. Der Schweiß bricht mir aus, im Nacken und unter den Achseln. Mir wird schwindelig. Schwarze Insekten schwimmen vor meinen Augen, ich lehne mich gegen die Wand. Im

Grunde ist sie gar nicht arsenfarben, sondern einfach nur grau.

»Komm und setz dich, Dean.«

»Hast du was zu trinken, du kleiner Scheißkerl?«

»Ja, Dean. Ja, hab ich.«

Hätte ich es getan? Hätte ich es wirklich fertiggebracht? Hätte ich Oscar in sein wunderbares kleines Gesicht sehen können, seinem Schnaufen lauschen, während er von Meerschweinchen träumt, und es trotzdem getan?

Ja, wahrscheinlich. Menschen sind zu allem fähig.

Andererseits, vielleicht habe ich Dean auch herbeibeschworen. Vielleicht habe ich ihn mit meinen übernatürlichen Kräften in die Oaks Avenue gelotst. Vielleicht war es das.

Jetzt sitzen wir hier, es ist vier Uhr morgens, und wir sind beide plötzlich ein ganzes Stück nüchterner als vorhin. Wir haben jeder ein Glas Schlehenlikör in der Hand – das ist alles, was noch da ist –, und Dean erzählt mir von seinem Abend. Den wunderbaren Fleischklößchen, gefolgt von ausgiebigem, entspanntem Sex mit meiner Tante. Kerzen. Räucherstäbchen. Warmes Öl. Das ganze Programm. Und dann fing sie an zu weinen. Und sagte, es sei Schluss.

»Sie meinte, sie fühle sich irgendwie schlecht.«

»Weswegen?«

»Wegen dir. Wegen Oscar. Wegen Suzanne.«

Sie fühle sich irgendwie schlecht. Ich kann verstehen, dass er verletzt ist. Verglichen mit anderen »Es hat nichts mit dir zu tun«-Trennungsansprachen ist das ein bisschen dürftig. Klingt nicht danach, als hätte sich jemand großartig Gedanken gemacht. Da muss man sich wahrscheinlich klein fühlen. Klein genug, um jemanden verprügeln zu wollen.

Dean war aus dem Haus gegangen und hatte sich volllaufen lassen. Und nach jemandem Ausschau gehalten, den er sich vorknöpfen konnte. Aber es war einfach zu offensichtlich gewesen. Man hatte ihm sofort angesehen, wie gefährlich er war. Die üblichen Opfer waren davongehuscht und hatten sich in den dunklen Ecken der Pubs und Clubs verkrochen. Selbst im Andromeda ging man ihm aus dem Weg. Also war er hergekommen, um mir mit seinen Afghanenkiller-Fäusten ein paar Wahrheiten einzubläuen.

»Ich war wirklich vernünftig. Und geduldig.«

»Du hast Alfie zusammenschlagen lassen.«

Er sieht mich irritiert an.

»Wen?«

»Alfie. Meinen Freund. Eyeliner. Große Klappe.«

Dean runzelt die Stirn. »Den? Ich mag den Jungen. Er hat was. Der Junge hat Schneid. Warum sollte ich das tun?«

»Um mir eins auszuwischen.«

Dean zieht die Stirn noch krauser, die Falte über seine Nase wird immer tiefer, er sieht aus wie ein richtiges Arschgesicht. Er fährt sich mit der Hand über den stoppeligen Schädel.

»Mein Gott, Billy, es geht doch hier um dich, oder? Wenn ich dir eins auswischen wollte, dann wüsstest du das. Dann würde ich niemand Dritten mit hineinziehen, das kannst du mir glauben.«

Ich weiß sofort, dass er die Wahrheit sagt. Ich habe mir das alles zurechtfantasiert. Die Geschichte hatte nichts mit mir zu tun. Wer auch immer Alfie krankenhausreif geprügelt hat, es war ganz allein sein Problem. Weil er so ist, wie er ist. Seine Art zu lächeln. Seine spitzen Schuhe. Wie er seine Zigarette hält. Weil er die Nandos und all die anderen Sprücheklopfer durchschaut und sieht, wie traurig sie hinter ihrer Fassade sind. Und sie dafür bemitleidet.

Ich weiß nicht, was ich sagen soll.

»Alles o.k., Billy?« Dean lehnt sich vor. Er sieht riesig aus. Wie ein Wrestler. Ich versuche, etwas zu sagen. Aber ich kann nicht. Er legt mir seine große, fleischige Hand auf die Schulter. Gleich muss ich weinen. Ich schüttele seine Hand ab und stehe auf. Langsam. Dean lehnt sich zurück. Er sieht mich nur an. Es ist an mir, etwas zu sagen. Ich hole tief Luft.

»Komm, Dean, wir gehen zu Oscar. Komm mit.«

Also stehen wir auf Stühlen vor dem Etagenbett und sehen schweigend zu, wie Oscar von Meerschweinchen und Bärenkindern träumt. Dean schnäuzt sich die Nase. Ich taste nach dem Messer in meiner Hosentasche und presse den Daumen gegen die Klinge, bis ich mein Blut pulsieren spüre.

Ich bin einverstanden, dass Dean zur Weihnachtsaufführung kommt. Ich regele das mit Toni. Wir helfen uns gegenseitig kichernd von den wackelnden Stühlen. Oscar wacht nicht auf, aber er redet im Schlaf.

»Danke«, sagt er, und seine Augen tanzen hinter den geschlossenen Lidern. »Danke, Mum.«

Als Dean geht, frage ich ihn, ob er Mum mal einen Paisley-Pyjama geschenkt hat. Er denkt eine Weile nach. »Ja«, sagt er schließlich. »Ja, ich glaube schon. Warum?« Ich sage: »Nur so«, und frage, wie er eigentlich ins Haus gekommen ist. Und kenne im selben Moment die Antwort. »Total Security Systems.« Er lächelt. Ich sehe, wie rot und geschwollen sein Zahnfleisch ist. Er hat sich wirklich gehen lassen. »Ich lasse meine Leute immer eine Kopie vom Schlüssel machen. Man weiß nie, wann man sie brauchen kann.«

Nein. Man weiß nie, wann man vielleicht in ein Haus torkelt, in dem gleich etwas Furchtbares passieren wird, und es versehentlich verhindert, indem man einem Menschen sein Leid klagt.

»Weißt du was?«, sagt er. »Ich kaufe das Haus.«

Ich lache. »Du? Willst du einen Kredit aufnehmen, oder was?«

Dean sieht mich ganz ruhig an. »Ich brauche keinen Kredit, Billy.« Er hält kurz inne, während ich versuche, diese überraschende Information zu verarbeiten. Dean, der Coole. Dean, der Reiche.

»Was kriegt ihr dafür? £250.000? Wunderbar. Ich kaufe es. Und dann renoviere ich es und vermiete es. Ist doch super. Und die Lage ist auch gut. Parknähe. Genau so mache ich es.«

Ich kann mich nicht erinnern, geschlafen zu haben, muss ich aber wohl, als ich aufwache, ist Dean jedenfalls weg, und Oscar hat alles, was er braucht. Er hat seine Sachen gepackt, seinen Rucksack, Asthmaspray, die traurig guckenden Nilpferdgummistiefel, alles. Er hat anständig gefrühstückt – Haferflocken mit Milch –, und als ich in die Küche taumele, sitzt er da und hört Nachrichten auf BBC 4, wie ein sechsundsechzigjähriger Opa. Vielleicht hat er tatsächlich irgendeinen Tick.

Ich blättere eine Weihnachtsdoppelausgabe von *Leben! Tod! Kreuzworträtsel!* durch und stoße auf eine herzerwärmende Geschichte. Da Delyth Morgan, 19, aus St. Davis, sich die gemütlichen Weihnachtspuschen, die ihre Oma sich wünschte, nicht leisten konnte, bastelte sie ihr welche aus Karton, Glitter, Farbe, Prittstift und, vor allem, ein paar Monatsbinden. Ihre Oma fand, das seien die besten Hausschuhe aller Zeiten, und jetzt sind sie hier in der Zeitschrift zu sehen. Ein bemerkenswertes Zeugnis für die beispiellose Kreativität der Briten, muss ich sagen. Kein Wunder, dass wir nie angegriffen wurden.

Die Schulvorstellung verläuft mehr oder weniger ohne Zwischenfälle, obwohl der Weihnachtspudding die ganze Zeit weint und nicht mal das Jesuskind etwas daran ändern kann. Es kann zwar den Schneemann trotz palästinensischer Hitze von seiner chronischen Griesgrämigkeit heilen, aber dem Pudding seinen Kummer zu nehmen, scheint außerhalb seiner Macht zu liegen. Später, als wir uns in der Cafeteria über die Plätzchen hermachen, sehe ich, wie Mrs Bingley von einem kaltschnäuzigen Familienrichter ins Kreuzverhör genommen wird. Nick macht ihr bittere Vorwürfe, nachdem sie seine

Tochter, die neue Hoffnung am britischen Künstlerhimmel, als altmodische, dick machende Süßspeise besetzt hat. Wenn das kein seelischer Missbrauch ist. Mrs Bingley sei schuld, wenn sie später an einer Persönlichkeitsstörung leide. Er könne sie verklagen.

Am interessantesten ist, wie Toni und Dean miteinander umgehen. Offenbar können sie sich nicht in die Augen sehen. Sie umkreisen sich mit einer steifen Höflichkeit, dass man meinen könnte, sie seien verliebt. Vielleicht sind sie das sogar. Und dann denke ich, vielleicht sind sie füreinander bestimmt. Vielleicht hätte Dean erst Toni kennenlernen sollen, vor Mum. Vielleicht ist es wie mit E-Mail und Telefon, sie waren am richtigen Ort, aber in der falschen Reihenfolge.

Dean erzählt Toni, dass er unser Haus kaufen will – »Zum Marktwert, alles ganz regulär« –, und Toni erzählt Dean, dass sie nach Brighton ziehen will. »Im Sommer, wenn Billy mit der Uni anfängt.« Dean macht ein bestürztes Gesicht.

»Du kannst ja an den Wochenenden runterkommen. Dann übernachtest du in einem Bed & Breakfast oder so.«

Sie hat sich schon über die Schulen informiert und sich nach einem Haus in Uninähe umgesehen.

»Und ich hänge meinen Beruf an den Nagel«, sagt sie.

Ich sehe sie an. »Aber warum? Warum solltest du? Du bist doch glücklich hier. Du hast dein Leben. Und du bist gern Lehrerin.«

Sie sieht mich an, als wäre ich nicht ganz dicht. »Ich war nie glücklich hier, Billy. Ich habe mich nie richtig zu Hause gefühlt.« Sie macht eine Pause. »Ich hatte nie mein eigenes Leben, ich habe immer im Schatten der anderen gestanden.« Sie zuckt mit den Schultern, und dann lächelt sie Oscar an, der ein wenig verunsichert, aber gleichzeitig überglücklich aussieht. Sie sagt: »Und ich war nie gern Lehrerin. Um ehrlich zu sein, Billy, ich mag Kinder nicht besonders. Kinder sind abscheulich, und sie stinken.«

»Tante Tonia!«, kreischt Oscar schockiert.

»Sie schmecken nicht mal«, sagt Dean. »Ich weiß nicht, warum die Leute scharf darauf sind, Kinder zu haben.«

Tja, Dean, manche eben auch nicht. Manche Leute wollen jahrelang nichts von ihren Kindern wissen. Könnte ich jetzt sagen. Tue ich aber nicht.

Oscar sagt: »Ich weiß, dass ihr das nicht ernst meint. Sie meinen das doch nicht ernst, oder, Billy?«

Ich antworte, dass ich mir da ziemlich sicher bin, woraufhin mir Toni tief in die Augen sieht – sie hat Mums Augen, denke ich, so wie Oscar Deans Augen hat. Es fühlt sich seltsam an. Als wäre Mum plötzlich wieder lebendig und würde mich ansehen.

Toni sagt: »Dann kannst du Oscar sehen, wann immer du willst.«

Und dann will ich etwas sagen. Ich weiß nicht genau, was, aber ich habe das Gefühl, etwas Wichtiges sagen zu müssen.

»Toni«, fange ich an, aber sie unterbricht mich.

»Sag einfach danke, Billy. Du brauchst nur danke zu sagen.«

Und das tue ich, und mir wird klar, dass es tatsächlich erst mal alles ist, was gesagt werden muss. Ich wollte über die Quittung sprechen – sie muss sie heute Morgen bekommen haben –, aber ich weiß, dass es nicht mehr wichtig ist.

»Juhu!«, sagt Oscar und runzelt gleich darauf die Stirn. »Können Butch und Sundance mitkommen?«

»Wer?«, fragt Toni.

»Ach ja«, sage ich. »Die Meerschweinchen. Das wollte ich dir noch erzählen.«

»Ich liebe Meerschweinchen«, sagt Toni.

»Ich auch«, sagt Dean. »Am liebsten auf Toast.«

Oscar kreischt wieder. »Das ist gemein!« Er ist sichtlich begeistert von Deans durchschaubaren Versuchen, sich auf das Niveau eines Zweitklässlers zu begeben. Meine Schultern fühlen sich auf einmal ganz leicht an, und jetzt merke ich erst, wie angespannt sie waren.

»Was grinst du?«, fragt Toni, aber sie lächelt auch.

Sie nimmt mich in den Arm. Sie ist ganz warm, und ihr Pullover riecht nach Keksen. Ich fühle etwas Feuchtes, Warmes hinter meinen Lidern.

So ist das wohl, wenn man eine Familie ist.

Als wir nach Hause fahren, sehe ich Lucy Hand in Hand mit einem Typen, der aussieht wie ein Filmstar, wirklich unglaublich. Milan. Als hätte jemand die DNA sämtlicher traurig guckender, schmalhüftiger Idole, die man so kennt, zusammengeschmissen.

Er ist Elvis. Er ist James Dean. Er ist Zadie Smith. Alles Mögliche. Er geht nicht, er gleitet. Ich muss lachen. Was hab ich mir bloß gedacht? Wie konnte ich je glauben, es mit ihm aufnehmen zu können?

Obwohl, eigentlich schon. Es hat ja geklappt. Na gut, fast.

Ich spüre immer noch Lucys wohlduftende Wärme auf meiner Haut, und plötzlich sehne ich mich ein bisschen nach ihr. Ich schaue sie mir noch mal an, Southwoods Traumpaar, mit ihrem außerirdischen Glanz, ein knisterndes Kraftfeld leuchtenden Charismas, dem selbst der Regen nichts anhaben kann. Milan redet, und Lucy nickt, ganz ernsthaft.

Ich werde glücklicher sein als du, Lucy. Mutiger bin ich sowieso. Ich werde nicht mit meinem Baby in einer Kleinstadt sitzen, während mein Seelenverwandter irgendwo in Europa Puppenspielerinnen vögelt. Ich werde meinen eigenen Weg gehen und nicht einem anderen folgen. Und außerdem, in Brighton gibt es jede Menge hübsche Mädchen. Vielleicht ist ja eine dabei – in einem Sixties-Kleid, ein bisschen traurig, aber auf eine gute Art, das Haar mit einem Kugelschreiber zusammengesteckt –, die gerade in einer Bar sitzt, ein Geschichtsbuch liest und sich fragt, warum nie jemand mit ihr ausgehen will. Warum nie jemand zu ihr sagt, sie solle sich vor ihn hinknien.

Ich sehe zu Oscar rüber, der in seinem Kindersitz hängt und gleich einschläft. Ich drücke seinen Arm. Er richtet sich auf und blickt mich fragend an.

»Was soll aus uns werden, Oscar?«, frage ich ihn.

»Wir leben glücklich und zufrieden bis an unser Lebensende«, antwortet er ohne zu zögern. »Das weißt du doch, oder?«

Was ich eine ziemlich gute Antwort finde.

Danksagung:

Mein Dank gilt der Arvon Foundation, Adrian Barnes, Jan Fortune-Wood, Helen Garnons-Williams und allen bei Bloomsbury, Camilla Hornby, Caron May, Hannah Procter, David Smith, Sam Humphreys und allen bei der Annette Green Agency.

Stephen Kelman

»*Ein wunderbarer Roman.*« NZZ

Stephen Kelman
Pigeon English

Wenn Harri mit seiner Taube spricht, wenn er der Schnellste in seiner Klasse ist und immer neue Farben im Haribo-Sortiment entdeckt, dann scheint alles ganz harmlos. Dann wird ein Nachbarsjunge auf offener Straße erstochen, und keinen kümmert's. Harri aber beginnt seine abstrusen Ermittlungen. Eine Geschichte voll unschuldiger Erfahrung, die der rauen Realität alles entgegenhält.